El legado de la Fábrica Artesana

FSC
www.fsc.org
MIXTO
Papel procedente de
fuentes responsables
Paper from
responsible sources
FSC® C105338

El Legado de
La Fábrica Artesana

CARMELO SAIZ

© 2024 Carmelo Saiz
Editorial: BoD · Books on Demand GmbH,
In de Tarpen 42, 22848 Norderstedt (Alemania)
Impresión: Libri Plureos GmbH, Friedensallee 273,
22763 Hamburg (Alemania)
ISBN: 978-84-1174-814-8

Agradezco la lectura y la revisión de mis amigos que se han comportado como lectores cero y, con mucha paciencia, han supervisado mis errores en presentación y sintaxis.

En especial a mis profesoras y amigas correctoras por su paciencia para conmigo.

Para mayores de catorce años.

El Legado de
La Fábrica Artesana

ÍNDICE DE CAPÍTULOS

Reflexiones de un escritor incipiente:

El comienzo de un novelista puede ser debido a varios motivos; en mi caso, por el encierro en tiempos de pandemia.
Escribir me sana y libera recuerdos que alteran la mente.
Escribir es extraño: primero uno huye de ello hasta que empieza.
Al principio no sientes los personajes. No te caen bien y no crees en la historia que estás inventando. Pero luego te va gustando un poco más. Les pones nombres que se parecen a tus gentes, a tus familiares, a tus conocidos. Les imprimes carácter y personalidad.
Porque vivir de la historia inventada es poderoso y obsesivo.
Escribir me da libertad.

Sirva de prólogo…

Esta novela, con algunos recuerdos de mi juventud, pero en su mayor parte ficticia, en principio es una continuidad de *El Legado de La Casona,* libro ya editado anteriormente y, por ello, con muchos de sus personajes ya conocidos por algunos lectores.

Lo cierto es que en esta novela he juntado dos historias diferentes:

Por un lado, la vida en un pueblo de una viuda y sus allegados, con sus vivencias y problemas cotidianos; por otro, un relato de la posguerra creado a partir de un diario encontrado en el sótano de un joven revolucionario. Para ello he partido el libro *en tres tramos* o partes diferenciadas, siendo el número dos el que relata "El Diario de un Comunista".

Espero que los lectores diferencien una trama de la otra, aunque yo mismo, el que la escribe, reconozco que puede llegar a ser un poco enmarañada.

El autor

Posiblemente algunos datos concretos de los personajes del libro no estén suficientemente explicados y quizás pudieran ser confusos. Ello se debe al primer libro que le antecede y que casi, aconsejaría a los posibles lectores que leyeran primero.

Del libro EL LEGADO DE LA CASONA:

El martes 31 de enero de 2006 falleció Fausto viajando de Cuenca hacia Sierra. Un infarto, mientras conducía, lo despojó de su alma.

Serían las 18 horas.

Su coche cayó al río y de allí fue rescatado, pero con su cuerpo ya sin vida.

El mencionado dejó una mujer y una hija de pocos días (Valentina). No estaba casada la pareja y esto le puede traer consecuencias a Gimena, su consorte, con el tema de la herencia y la pensión de viudedad. Se enfrenta al reto de programar su vida de nuevo como *madre soltera*.

Además, Gimena viene de otro matrimonio anterior en el que también su marido murió. Este eraagricultor y le volcó el tractor aplastándolo debajo.

El entierro

SIERRA, 11:00 h
Jueves, 2 de febrero de 2006

Fausto llegó de Cuenca al pueblo, por última vez, encima de *un carruaje* con cortinillas y flores para la despedida y sepelio. Se acercó a la iglesia en silencio y lentamente, en un coche fúnebre señorial y elegante —por supuesto negro—, que se plantó en la misma puerta del templo con diferentes coronas colocadas a los lados del coche. Todos sus habitantes, sin excepción, estaban esperándolo en la puerta de la iglesia de La Natividad.

Para el pueblo, la noticia del fallecimiento de Fausto fue como una *bomba de racimo* que se expande entre todos sus vecinos condicionando la vida de Sierra. Esta villa, de menos de trescientos habitantes, es de alguna manera como una familia grande y numerosa. Desde lloros desgarradores hasta un profundo sentimiento de sus ciudadanos, que observan cómo desaparece una persona influyente del pueblo que ya no volverán a ver.

El difunto Fausto, de cincuenta años, deja temas inciertos como la continuidad de La Fábrica Artesana.

Esta fábrica es una empresa de muebles de prestigio y calidad, y en ella trabajan quince empleados. Gracias al empeño del finado, estaba creciendo y saliendo del bache que había pasado.

Los visos de un futuro prometedor se truncan de golpe y preocupan a los trabajadores y a los familiares.

La sierra conquense no bromea con las temperaturas y se hace valer. Hace frío en el lugar como febrero que es, con el sol saliendo a ratos, tímidamente. ¡Es un día de entierro!

Y, además, relevante para el pueblo.

Sierra es pequeño, con un poco de vida agrícola y forestal, además de las mimbreras que antes ayudaban a vivir a un grupo de gentes con su artesanía. También tiene algo de industria. Otros subsisten en el sector servicios, que se alimenta de la carretera y del turismo que sube a la Ciudad Encantada. El río Júcar, con sus zonas trucheras, crea otro aliciente más y, en el otoño, la recogida de setas en prados y pinares inicia una buena afluencia de visitantes por el entorno.

En el sepelio, todo el pueblo hace un pasillo en la calle y las mujeres, en su mayoría, ya han pasado a la iglesia. Enfrente de esta, entre el corredor y las barandillas del portal del templo, el resto del pueblo hace una especie de *corro grande* y rinde pleitesía al fallecido. Sale el sacerdote a recibir a Fausto y cuatro hombres, trajeados de oficio para la ceremonia, llevan el féretro en un carrito hasta el principio del altar mayor. No cabe más gente y muchos asistentes se quedan en la puerta, pues el cupo está más que cubierto.

Cierran el portón de la iglesia, evitando que así entren los fríos, aunque hay exceso de asistentes. Le reconforta a la viuda el ver la iglesia repleta de rostros conocidos y otros, nuevos para ella. Sus gestos y miradas le expresan un afecto que, de alguna manera, la arropan.

La niña Valentina, hija del difunto y de apenas unos días, se quedó en casa con Amelia, amiga de la familia.

En los asientos principales está Gimena, su compañera, toda de riguroso luto y de la que no se puede decir «su viuda», pues todo el pueblo sabe que no estaban casados. Bien es verdad que sí se le podía llamar así, y ciertamente era viuda, aunque de un anterior matrimonio.

A Gimena le rogaron que no fuera al sepelio, pero ella se negó rotundamente y dijo «… que despedía a su marido, por encima de todo». A su lado, está Laura, la hermana del difunto y Ricardo, el marido de esta, venidos de Madrid. En otro banco, Félix, el amigo íntimo de la familia, y Antonio, el gerente de la fábrica. En otro banco más atrás, Juan, hermano de Gimena, que ha venido de Astorga con sus hijos Luis y Silvia.

Detrás, toda *La Fábrica Artesana* situada en pleno y otros vecinos. Todo el pueblo. Y mucha más gente de Cuenca, que ni siquiera conocen.

El pequeño órgano de la iglesia toca unos acordes luctuosos y la campana tañe unos lentos golpes de dolor y desconsuelo. Las lastimeras voces del bronce avisan a sus vecinos de la mala fortuna de uno de sus hijos. El cura, un personaje anclado en los años cuarenta, vestido con sotana un poco deslucida, se posiciona tras el altar, que besa antes de comenzar.

Lleva puesta la casulla morada característica de la misa de difuntos para mayor prestigio funerario.

Y principia la misa:

—*In nomine Patris, et Filii, et Spiritus Sancti* —reza el sacerdote con su parte rutinaria y religiosa.

Este conduce la ceremonia del entierro a golpes de hisopo, para esparcir agua bendita, y el incensario extiende humos aromáticos mientras da vueltas alrededor del ataúd.

En un rato, invita a Laura a ser parte del sepelio y que suba al atril. La hermana del difunto se dirige a este punto del que desea pronunciarse. Por un pequeño micrófono, puesto para tal fin, les habla a los presentes:

—Sabéis que yo, precisamente, soy poetisa y toda la vida he disfrutado con ello, hasta el punto de que tengo muchos libros escritos e incluso vivo, de alguna manera, de la poesía. Pero hoy, para despedir a mi hermano, no encuentro las palabras necesarias, pues todas me parecen huecas y banales.

Estos versos que os voy a leer son breves. Quiero que tú, Gimena, en especial, los escuches con atención, pues es como si el poeta los hubiera escrito pensando en su día para mi hermano y para ti. Creo que serían los que, a Fausto, le hubiera gustado escuchar.

Son de William Shakespeare, y dicen así:

Cuando haya muerto, llórame tan sólo
mientras escuches la campana triste,
anunciadora al mundo de mi fuga
del mundo vil hacia el gusano infame.

Acabó el entierro y todo el pueblo pasó, en fila, por delante de la familia dándoles el pésame y las condolencias. Luego subieron hasta el cementerio, multitudinariamente en grupo, detrás del coche fúnebre, como es costumbre en estos pueblos.

Fausto fue enterrado junto a su madre Aurelia y la tía Josefa. La viuda o compañera no soltó ni una lágrima en el cementerio. ¡Había esparcido miles por allí, en tiempos anteriores! La visión del hoyo profundo y la piedra de mármol abierta al lado le impactaron profundamente a Gimena. Luego cogió una hermosa flor que llevaba en la mano y la dejó resbalar por entre sus dedos, cayendo sobre el ataúd. Recogió un poco de tierra en su mano; un puñado. Y la dejó caer, despidiéndose. Después, el enterrador del pueblo, con algún vecino más, fueron depositando encima más tierra, con las palas. Estas hacían un ruido parecido al de un tambor al caer en la cubierta de la caja. Incluso de vez en cuando, al coincidir dos paladas al tiempo, parecía hasta un redoble.

Conforme ponían más encima, se iba amortiguando el ruido y parecía que Fausto se iba despidiendo.

¡Y se acabó! La vida de este hombre se terminó yun capítulo nuevo de seres humanos seguirá creciendo, viviendo y subsistiendo.

A Fausto, un infarto lo apartó de este mundo con cincuenta años de edad y con múltiples proyectos en marcha. Su hija Valentina dará continuidad al apellido mientras crece entre los algodones de protección de su madre.

¡Fausto se había marchado para siempre!

Y Fausto se fue…

Se fue…

Se fue…

******

El entierro había terminado y Sierra, el pueblo conquense de la Serranía de Cuenca, vuelve a las rutinas del día a día.

Gimena llega a casa y le da un beso cálido a su hija, a su bebé, que está sonriente al ver a su madre. Su cuñada Laura y su marido se despiden y se van al hotel. Quedan con ella en verse al otro día, antes de marcharse del pueblo.

—Nosotros somos tu familia —explica dulcemente Laura —. No te preocupes por nada. Nos sentaremos con calma y hablaremos de todo, pero siempre pensando en ti como la mujer de Fausto. Nuestra prioridad eres tú y Valentina. En el tema de herencias y cosas similares, siempre nos tendrás de tu parte ayudándote en lo que podamos, tanto afectivamente como económicamente. Mañana seguiremos hablando.

La viuda se queda en la casa con su hermano Juan y sus dos sobrinos, que se han acoplado perfectamente en La Casona. Sus vecinos y amigos, Amelia y Félix, se van a la suya.

Del bar Julián viene Rosa, portando unas cazuelas con comida, pues es consciente de que ella no ha pensado en la intendencia. Bien es cierto que el cuerpo lo necesita si quiere seguir viviendo. ¡Y peor sería una enfermedad, por la falta de atención al propio cuerpo!

Afortunadamente, la casa es grande y espaciosa y todos tienen su habitación, hasta el punto de que su hermano Juan disfruta del confort de La Casona y está muy contento del bienestar de su hermana. Claro es que la muerte de Fausto truncó toda felicidad que había creado esta pareja.

Las condolencias

A la mañana siguiente se despierta Gimena y ella misma se asombra de que ha dormido casi toda la noche, igual que la pequeña Valentina. Piensa que, lógicamente, llevaba varias noches sin hacerlo y que, en algún momento, se tiene que rendir el cuerpo.

Los momentos siguientes, y desde las nueve de la mañana, es un constante ir y venir de diferentes visitas mostrando su apoyo a la familia. ¡Son hábitos y costumbres de pueblos!

Al final su hermano Juan piensa que hay que poner un filtro y no dejar pasar nada más que a las visitas verdaderamente importantes. Luis, el hijo mayor y sobrino, se encarga de atender la puerta y de aconsejar a todos los vecinos el retraso de las condolencias.

Está claro que su vecina y amiga Amelia no está en ese tipo de contrato o penitencia y entra sin preguntar directamente hasta la cocina, que es donde encuentra a la madre de la niña.

—¿Cómo has pasado la noche, cariño? ¿Has dormido algo? —pregunta y pone orden como mujer con más experiencia.

Después, con Silvia, que ya tiene veinte años, organizan el tema en cuanto a las comidas y provisiones. Al rato llegan su cuñada Laura y Roberto que, lógicamente, tienen que hablar de muchas cosas.

Se sientan los tres en el nuevo despacho de abajo, lejos de las miradas y las escuchas de nadie de la casa ni del pueblo. Ella, siempre con un puñado de pañuelos encima para limpiarse los ojos y las mejillas de los lloros que constantemente fluyen.

—¿De dinero estás bien? ¿Te hace falta algo? —pregunta Laura con cariño.

—Gracias, cuñada, pero tengo más que suficiente. Afortunadamente, en esta casa nunca nos ha faltado. Y te digo más, el mismo día de su muerte, me llegó una carta anunciándome el ingreso de cuarenta y ocho mil euros que tenía pendientes de la póliza de mi anterior marido. No le dije nada a Fausto, pues pensaba hacerlo por la noche, cuando viniera. ¡Era como una sorpresa que le quería dar! ¡Y mi pobrecito no llegó a saberlo nunca! —y rompió a llorar amargamente.

Bueno, quiero decirte que nosotros, por si te faltara, hemos adelantado uno de los pagos que tenemos pendiente por la venta de los garajes de Madrid. Lo tenemos aquí, para que no te sientas en ningún momento desamparada —y le dio un sobre bastante abultado de dinero—. El otro pago que falta, si no te corre prisa, te agradeceríamos que nos des un poco más de tiempo para hacerlo efectivo, pues al anticipar este nos hemos *apretado* un poco. Pero, como te digo, eso si no te hace falta inminentemente. Recuerda que el pago de esta venta se dividió en su día en tres partes.

En cuanto a las herencias y todos los demás detalles —explicaba su cuñada Laura—, para nosotros tú eres la mujer de Fausto y madre de Valentina que, por cierto, está preciosa. La niña es la heredera de todo lo que mi hermano tiene a día de hoy. Y te digo más. Es nuestra sobrina y también será en su día nuestra heredera.

—¡Si él quería casarse y fui yo la que no quiso! Yo deseaba que la casa estuviera completamente terminada. A mi grandullón no le di este capricho.

—Cariño, eso no tiene ninguna importancia. Realmente erais *una pareja de hecho*.

Y te voy a decir, como consejo, no como una obligación que, puesto que eres abogada y estos temas no los verás difíciles para ti, podrías dedicarle tu tiempo y gestionar la parte hereditaria. Ello te tendría entretenida y con la mente limpia de malos pensamientos. Nosotros estamos para colaborar contigo —seguía hablando Laura— siempre que nos necesites; cederemos nuestros derechos, si ello beneficia a tu hija Valentina. Cualquier explicación o detalles de lo que tiene en Madrid tu marido, nos preguntas y, tanto Ricardo como yo, lo aclaramos y agilizamos con ayuda de nuestros abogados.

—Os lo agradezco de corazón, pero… ¡Jolines! ¡Es el segundo hombre que me falta en mi vida! ¿Seré gafe? —se preguntaba hablando en alto Gimena, sollozando.

—Esas tonterías ni las pienses. Tú cuida a tu hija, disfrútala viéndola crecer y sé feliz, que te lo mereces. Hay otro tema que deberías de pensar y del que y nos darás una contestación. Esto sin ninguna prisa. Tienes que estudiar la continuidad de La Fábrica Artesana. Al parecer y con el impulso que le dio Fausto, esta crece y gracias también a Antonio, el gerente, marcha relativamente bien con un futuro prometedor. Sabes que la teníamos en herencia al cincuenta por ciento entre mi hermano y yo. Pues bien —continuaba Laura—, nos gustaría que fueras una mujer valiente e independiente, te metieras de lleno en ella y asumieras el reto de su continuidad. Esta era la ilusión de Fausto y, anteriormente, también de mi padre.

Naturalmente, si ves que esto te sobrepasa, lo entenderíamos perfectamente, pero antes yo hablaría con Antonio y, al menos, lo estudiaría.

—Laura, déjame tiempo, que son demasiadas cosas las que tengo en la cabeza y todo ello me abruma. Pero te prometo que estudiaré esa posibilidad —contestó.

Después de unos abrazos tiernos y sinceros, la pareja se marchó a Madrid, pensando que le habían dado a Gimena una inyección de energía y consuelo. Al menos es lo que pretendían ellos. Encima de la mesa se quedó un sobre *inflado* de dinero. Lo guardó Gimena sin ni siquiera contarlo.

Es de suponer que quedó agradecida, pues además Laura, su cuñada, tenía esa virtud de explicar las cosas con claridad y dulzura.

Llegó por la mañana el alcalde de Sierra, Humiliano, y le presentó sus respetos. Gimena simplemente le recibió en la puerta. Fue una visita breve y corta. Esta era también testimonial e indicaba que el consistorio estaba, de alguna manera, con la familia.

Su hermano Juan, después de comer y ya en la sobremesa, le hizo unas preguntas de las que Gimena no percibió la importancia. Pero al final él insistió volviendo a comentar directamente:

—¿Tú crees que te apañarás sola con esta casa tan grande y con tu niña tan tierna? Además, tienes los negocios de tu marido.

—Juan, no tengo más remedio que mirar hacia delante y hacerle frente a lo que pueda. Por fortuna, el tema del dinero no me agobia en absoluto. Y esto, ¡ya es muy importante, no creas!

—Verás, hemos hablado Silvia y yo y te queremos proponer un arreglo o ayuda familiar. Tu sobrina, aquí presente, está estudiando Humanidades, vamos, historia. Podría seguir los estudios en Cuenca, pues le quedan dos años. Es una chica lista y de buen carácter, que tú ya la conoces, y le gusta el pueblo y quiero suponer que también Cuenca, aunque la capital aún no la ha visto.

¿Te gustaría que se quedara contigo al menos un año? Yo pienso que una joven de veinte años y de la familia siempre te vendrá bien. Y no como sirvienta, sino como familiar conviviente —terminó Juan.

La mujer se quedó quieta, pensativa, y realmente le agradó la idea de tener a su sobrina en la casa. Primero, porque era de la familia y de confianza, y, segundo, porque siempre fue su sobrina preferida. Por la propia necesidad, ella aún no lo había pensado, pero evidentemente tenía que buscar ayuda.

—¿Tú, Silvia, crees que te adaptarás a vivir con tu tía gruñona? —le preguntó directamente a su sobrina—. ¿Realmente no te importa?

—Para nada, tía. Estaría encantada y en caso contrario, y si discutiéramos mucho, cojo mi maleta y me vuelvo a Astorga.

—Pues no se hable más. Escoge la habitación que te guste más y vete con tus padres. Luego vuelves con tus efectos personales —sentenció la tía.

—No hace falta que se venga. Ya puede quedarse aquí —contestó Juan, su padre.

—Hombre, hermano, déjale que se traiga sus cosas y se despida de sus amigas y amigos. ¡Por si hay alguno especial!

Silvia, en cuanto al tema de tus estudios, lo miramos cuando regreses con detenimiento.

Por la tarde, muy tarde, Félix y Amelia, sus vecinos y amigos llegaron y estuvieron con la familia un buen rato. De esta manera, le quitaron los pensamientos luctuosos. Luego se fue a su habitación y empezó otra vez a llorar en cuanto se acordó de la desgracia.

Cogió a su niña en brazos y la apretó contra el pecho cantándole bajito una canción. En realidad, también la cantaba para ella, para oír su propia voz.

«No es justo que llegue la muerte tan temprano —pensaba Gimena— ahora que aún no ha habido tiempo suficiente para la vida. Y más injusto es que me toque en mis propias carnes, ¡por dos veces en poco tiempo!

Yo llevo una eternidad tratando de encontrar un porqué y los motivos. ¡No encuentro el argumento! Soy viuda, palabra extraña, palabra siniestra».

Caja de ahorros

Al otro día, le llama por teléfono Ángel Correa, de la Caja de Ahorros *—hablamos del año 2006—*, para darle el pésame personalmente y comentar algunas cosas propias de cliente y banco. Le pide permiso para visitarla en su casa o, si quiere, en su despacho; si así le apetece más. Optan por hablar en casa de Gimena quedando sobre el mediodía.

Ángel toca la campanita de la puerta y, una vez recibido, entran al despacho. El bancario lleva una cartera de la que va sacando documentos mientras da explicaciones:

—En primer lugar, le doy mi más sentido pésame por la muerte de Fausto, que sabe usted que era muy querido por todo el pueblo y un cliente preferente de esta sucursal.

Quiero comunicarle, tal y como nos solicitó usted con el escrito enviado hace dos meses, que hemos tocado todas nuestras influencias y aquí le traigo un talón con seis mil euros por la muerte de su primer marido que estaba relacionado con la tarjeta y el seguro de la misma. Sepa que yo, personalmente, he movido todos mis pequeños poderes para adelantar el pago, pensando que quizás le podría hacer falta en este desgraciado momento.

Por otro parte, Fausto tenía una cuenta con nosotros que espero que usted siga manteniendo igual que su consorte. Nuestra puerta la tiene abierta para ayudarle en lo que fuere necesario —acabó el director.

—Si no le importa, me gustaría colocarlo en la cuenta que tienen ustedes a mi nombre. Deseo que Fausto, mi marido, vaya desapareciendo poco a poco de los distintos recibos y gastos que, lógicamente, él ya no podrá pagar. Este talón que me está enseñando ingréselo en mi cuenta —explicó Gimena—. También le indico que Fausto tenía unas tarjetas similares y, por tanto, supongo que tendré también el derecho al cobro. Y si quiere, empiezo ya a reclamar por escrito el pago. Espero que este no se demore tanto como el de mi primer marido. ¡Han sido casi tres años! Le puedo asegurar que pasé momentos difíciles y llenos de estrecheces cuando, con esta cantidad, yo no habría estado preocupada.

—Procuraremos que en esta ocasión no pase lo mismo, pero tenga en cuenta que primero deberá tener sus documentos como heredera universal, para que podamos entregarle alguna cantidad. Yo creo que no podrá ser y que deberán ingresarse a una cuenta de su hija. Pero esto se lo tendrá que explicar un abogado, no un servidor.

Otro consejo que me atrevería a darle —seguía hablando el bancario— sin ánimo de molestar, todo lo contrario, es que observo que usted tiene una pequeña pensión de su anterior marido. Si quiere, yo le doy el teléfono de un abogado de Cuenca especializado en estas materias que le podría ayudar.

Pienso, sinceramente, que vale la pena tener una consulta con el letrado —aclaró el director de la sucursal.

—Sí, por favor, pásemelo y así lo haré lo antes posible. Y gracias por sus advertencias.

—Ahora, le quiero comentar otra cuestión, y no pretendo ser pesado; es sobre la continuidad de La Fábrica Artesana. Sabe que la misma está tomando unos derroteros satisfactorios. Es una fortuna para el pueblo tener una empresa como esta, ya que da sueldos y bienestar a muchos vecinos. Pues bien, mi preocupación, como la de muchos del pueblo, es saber la continuidad, y yo le pediría a usted y a su cuñada Laura que tomaran determinaciones lo antes posible.

¡No puede estar una empresa descabezada por mucho tiempo! También le digo que observo, pues tengo los números de su cuenta —siguió hablando el bancario—, que usted hoy en día no tiene estrecheces económicas. Bien es cierto que es meterme donde no me llaman, pero estoy abierto a ofrecerle distintas maneras de colocación en depósitos, para que sean más rentables.

—Ángel, le agradezco sus desvelos, pero ¿se está dando cuenta de que tan solo han pasado cuatro días desde que enterré a mi marido? Yo tengo la firme decisión de sentarme con Antonio, el gerente, y hablar largo y tendido del funcionamiento de la fábrica, pero aún hoy tengo familiares en casa que vinieron al sepelio.

—Tiene usted razón. Le pido disculpas por mi premura, pero no piense mal, que yo solo quiero ayudar, de verdad. Y cerró su voluminosa carpeta guardando los documentos en la cartera, con la cara un poco sofocada. Acto seguido se levantó y empezó a despedirse, pues advirtió que la reunión había sido larga y quizás demasiado prematura.

La madre primeriza se fue a jugar un poco con Valentina, que pateaba contenta, porque le estaba gustando un sonajero que tenía atado en su cuna.

A la mañana siguiente, tuvo una visita que le dolió, pero al tiempo le gustó, ya que los apreciaba mucho. Eran los padres de su anterior marido (2). Vinieron los pobres, mayores y llorosos, a darle un abrazo. Se tomaron un café los tres juntos y lagrimearon un rato, en especial las dos mujeres. ¡Incluso le ofrecieron dinero los pobrecitos, del poco que ellos tenían! Pero la verdad es que la reconfortaron, pues siempre les tuvo mucho cariño.

Después mostró a la niña Valentina, el ángel de la casa. La madre la puso en los brazos de la anciana. Quizás la mujer experimentó una profunda empatía al ver a la niña y se sintió conmovida por la situación. O también se figuró que esa niña podría haber sido su nieta. (1) Y la anciana lloraba y la madre también gimoteaba. Al rato, se marcharon, pero les agradeció mucho su visita.

____

Nota 1. Gimena tuvo un primer marido, agricultor, que sufrió un accidente con su tractor. Este le cogió debajo y se lo encontraron muerto en el campo, por la noche. Ellos eran los padres. Se quedó viuda con treinta y dos años. A día de hoy, y tres años más tarde, ¡vuelve a quedarse viuda!

Llamó al abogado que le aconsejaron, pero este no estaba. Dejó el recado a su secretaria y por la tarde le contestó este.

—Hola, soy Pablo Gutiérrez. Usted ha llamado esta mañana preguntando por mí. ¿Qué es lo que desea?

—Soy Gimena Castro, del pueblo de Sierra, y le llamo porque ha muerto hace poco mi marido. Tengo muchas dudas sobre herencias y otros detalles y me gustaría que me informara y asesorara.

—¡No me diga que es la mujer de Fausto!

—Así es. ¿Quizás lo conocía?

—No tuve el gusto, pero estoy al tanto de las noticias de Cuenca y, además, estudió y era amigo de mi hermano Alfredo, que es un poco mayor que yo. Siento lo ocurrido con Fausto y le doy mi pesar.

Y después de una charla más larga que corta, faltando muchos datos en donde apoyarse, llegaron las dos partes a la decisión de tener una reunión presencial, lo antes posible, en casa de ella.

—Mire, no tiene pérdida —explicó Gimena—; cuando llegue a Sierra, pregunte a cualquiera del pueblo por La Casona.

Había llamado una empresa de desguaces de Cuenca sobre el coche Citroën 2 CV. Silvia, su sobrina, le había anotado el número en un papel, al lado del teléfono.

Gimena llamó y le contestó una señora:

—No sé si lo sabrá usted, pero tenemos aquí el coche del accidente de su marido.

Como comprenderá, no puede estar aquí indefinidamente. En un tiempo prudencial, este empezará a producir gastos de estacionamiento, que no son muchos día a día, pero que, sumados al final suponen un dinero que se tira tontamente.

Nuestra propuesta es comprárselo si no tiene la idea de repararlo y darlo de baja, pues de estos coches antiguos se pueden aprovechar piezas que son muy buscadas por los aficionados. Esos gastos de la baja y otros correrían de nuestra cuenta y le pagaríamos algo más, una vez que firme la conformidad.

—Mire usted —dijo con enojo Gimena—, yo no he sido la que ha encargado que el coche se lo llevaran a ustedes y, por tanto, no tiene que producirme gasto alguno. Pero le voy a decir más, quiero que el coche sea destruido y aplastado completamente hasta hacerlo un paquete de hierros retorcidos y prensados. Mi deseo es que no se aproveche ni una pieza «del coche asesino de mi marido». Deseo que tenga el dolor que soporto yo ahora mismo.

¿Eso lo pueden hacer ustedes? ¿O lo tengo que llevar con una grúa a Tarancón? O donde fuera.

La mujer del otro lado del móvil se calló un rato y, viendo que la situación no era nada normal, le contestó con tacto:

—Así lo haremos, cumpliendo su deseo—. Quizás, pensó, debiera de haber esperado más tiempo la mujer del desguace, para hacer esta llamada. Se maldijo a sí misma la dueña por haber telefoneado tan pronto a una viuda dolida y despechada.

—Un ruego más, ¿yo podría estar allí el día de su prensa? Me gustaría verlo, como se chafa, se retuerce y se contrae en un paquete pequeño, ¡muy pequeño!

La otra mujer apreció el dolor de la viuda y le dijo que, en principio, no veía inconveniente y que le avisaría el día de antes de *la ejecución*.

Colgó Gimena el teléfono y se quedó a gusto. Es de suponer, que la otra parte también se conformó.

¡Supongo que al Citroën no le gustó tanto la idea!

Para entender mejor a esta familia, deberíamos estudiar su árbol genealógico:

SIMEÓN CIFUENTES Y DEMETRIA ORTIZ
↓

JOSEFA CIFUENTES

AURELIA CIFUENTES
RAMÓN SAIZ marido

↓

↓

JAVIER CIFUENTES
hijo no reconocido

FAUSTO hijo
GIMENA CASTRO
pareja

LAURA hija
RICARDO
marido

↓

↓

MARÍA RETUERTA
Compañera

VALENTINA
hija recién nacida

La fábrica

Gimena concertó una cita con Antonio, el gerente de La Fábrica Artesana, para hablar de múltiples cosas. La mujer prefirió ir al despacho del gestor y conocer la fábrica en general, pues nunca la había visitado por dentro. Le pidió a su hermano Juan que la acompañara sabiendo que esta visita le gustaría.

A las once de la mañana llegaron con el BMW de su difunto marido. Aunque ella nunca quería cogerlo, ahora se daba cuenta de que era una necesidad más que un capricho. Seguía siendo un coche muy grande, pero, despacito y sin agobios, se estaba familiarizando con él.

Antes de bajarse del coche, Antonio ya los estaba esperando en la puerta. Les saludó cordialmente y empezó con las explicaciones, similares a las que, en su día, y un par de años antes, le hizo a Fausto.

Había sustanciales diferencias desde entonces, que la mujer no apreció, pues no conocía la fábrica anteriormente. En la puerta seguía habiendo un rótulo. Era el mismo, pero restaurado, y decía:

Fábrica de Muebles Artesanales - Sierra

—Si os parece —explicaba Antonio—, daremos un paseo por toda ella para que cojáis una impresión de lo que se trabaja y se crea aquí. Por supuesto, posteriormente se vende. ¡Bueno, al menos se trata de vender!

A su derecha, nada más entrar, había unos portones antiguos enormes apilados en vertical. Uno de ellos puesto en unos caballetes horizontalmente, donde un obrero estaba lijando con una máquina y sacando su esplendor y belleza a una madera de muchos años trabajada.

—Esto es lo último que hemos empezado a trabajar de acuerdo con Fausto. Cuando los limpiamos, saneamos, y les damos sus aceites naturales, los ofertamos a diseñadores, decoradores y empresas de reformas de un cierto prestigio y se van vendiendo poco a poco. No es un negocio rápido, pero la inversión tampoco es muy grande. Además, vamos haciendo cartera de clientes que cada vez nos conocen más y el tema va creciendo. Todo esto lo recuperamos de desguaces y derribos de casas antiguas. También tocamos grandes ventanales, pero ahora no nos queda ninguno.

Perdonad un momento —hizo un inciso Antonio— que tengo que comentar una cosa con un trabajador.

—Lucio —llamó el gerente al obrero que estaba manipulando por allí—. Estoy viendo un cenicero con unas colillas justo debajo del cartel de prohibido fumar.

—No se preocupe que son de hace unos días y no volverá a ocurrir —contestó el tal Lucio un poco sofocado.

—Claro que no ocurrirá más, pues, en caso contrario, estarás en la calle. Esta norma la tenemos todos y la cumplimos. Aquí hay barnices y aceites que se pueden incendiar muy fácilmente. ¿Queda claro?

Se volvió cara a Gimena y su hermano tratando de explicarse un poco:

—Perdón por esta interrupción, pero hay que estar siempre encima del personal.

A vuestra izquierda está la aserradora antigua, que modernizamos y colocamos aquí, como una máquina auxiliar, cuando compramos la nueva. Afortunadamente nos ayuda a cumplir pedidos, pues ya estamos usando las dos prácticamente al unísono.

En esta zona —entraron dentro de la fábrica dejando el patio exterior atrás—, es donde se montan los muebles una vez preparados y pendientes de ensamblar. Un poco más allá también se pintan y montan los de la *Serie Cerezo Rosa,* que son muebles de estilo *vintage* de cocina y algo de cuarto de baño. Empezamos el año pasado y ciertamente están dando un buen tirón de ventas.

En fin, trabajamos las maderas nobles, sentimos su aroma, contemplamos su veteado y apreciamos su textura. ¡Casi diría que las disfrutamos!

—Antonio, ¿tenéis deudas o pagos de importancia que me pudieran preocupar? —preguntó ella.

—No, Gimena. Un préstamo de La Caja que es muy cómodo de pagar mensualmente. Es más, si tú quieres, lo podríamos liquidar al momento. El stock de materiales y maderas es grande y habría suficiente para trabajar tres meses con lo que tenemos. No hay morosos ni deudores, pues eso fue una de las premisas que nos impuso tu marido. ¡Tanto se vende, tanto se cobra! —seguía Antonio concretando.

Llegaron después a la zona donde dos artesanas pintaban las flores y la ornamentación en los cabeceros de las camas y después los barnizaban. Esta zona le encantó a Juan, pues se trataba de verdaderas manualidades aplicadas.

—Observaréis que en casi toda la fábrica no hay serrín ni motas de polvo flotando en el aire, siendo una zona limpia, a pesar de que trabajamos con lijadoras y sierras. ¡Este fue otro logro conseguido por tu marido! Ahora vamos a pasar al despacho de Fausto que, si quieres, será… tu despacho.

Al entrar se encontraron a Pedro, el informático, que compartía el recinto con Fausto, pues así lo propuso él en su día. Aquí, una vez cerraron la puerta, se apagaron todos los ruidos, pudiendo trabajaba con un cierto relajo. Fue presentado el empleado y acto seguido le dijo Antonio:

—Pedro, por favor, déjanos solos un rato y ya te llamaré más adelante.

Este chico —continuó Antonio una vez que se marchó—, es el que nos lleva todo el tema de la página web y la atención de correspondencia con clientes de España y algunos países extranjeros. Envía publicidad, precios, ofertas, etc. Hoy en día no podríamos funcionar sin una persona como él. ¡Vital para el buen funcionamiento de la empresa! Debéis tener en cuenta que si no vendiéramos nuestros productos fuera, tendríamos que cerrar, pues solo con el pueblo y Cuenca no sería suficiente. Este fue uno de los logros conseguidos por tu marido… ¡Estamos creciendo gracias a clientes nuevos de todas partes!

Y aquí tienes el despacho del padre de Fausto y de él, unos años después. Considéralo tuyo e indaga, revisa, pregunta y haz lo que te apetezca.

Bueno, y si quieres baja a mi despacho, que te digo lo mismo —y le ofreció Antonio el suyo.

Ella pensó que, para revisar y llorar a ratos dentro del mismo, necesitaba más tiempo y más intimidad.

No obstante, aspiró con intensidad el aire de la habitación… como tratando de coger aromas de Fausto sueltos por la estancia.

—Mira, Antonio, me gustaría que me prepararas un dosier con balances, ingresos, gastos, plantilla de personal, pedidos pendientes y todo lo que pudiera ayudarme a entender este negocio. Sabes que yo soy abogada, pero no empresaria. Pienso que son dos cosas muy diferentes —Y se encogió de hombros un momento con incertidumbre y dudas.

—Tengo casi todo lo que me pides, pues, como puedes suponer, estaba esperando tu visita. Tengo una duda que me gustaría que me aclararas sobre la propiedad de la fábrica… ¿Es solo de Fausto, en este caso, tuya? ¿Sigue teniendo parte en ella su hermana Laura?

—Al cincuenta por ciento las dos partes. Pero te voy a ser sincera; si no sigo yo con ella, ellos desde Madrid no están dispuestos a llevarla y tomarían otras decisiones, posiblemente muy traumáticas para este negocio.

—¡Me lo has aclarado perfectamente!

—Por ello, es muy importante que tú seas claro conmigo y me quites los miedos que yo pueda tener. Pienso y deseo, por el bien del pueblo, que esta empresa funcione, pero nunca exponiendo mi patrimonio ni el de mi hija. Me gustaría que formáramos una pareja empresarial, sin tapujos ni secretos.

Al salir del despacho, Gimena pensó que le daría una pintada al mismo, antes de entrar. Quitaría todos los vestigios y cosas personales que había por allí del abuelo Ramón. Sería el despacho de Gimena. Por otra parte, nunca le gusto el famoso personaje de "Ramón, el abuelo".

—Te invito a coger documentación —comentó ella en la puerta de la empresa—, y que vengas por mi casa. A ratos libres, me pondrás al día de todos los entresijos. Piensa que con la niña tan pequeña es difícil el moverme. ¿Estás de acuerdo?

—Conmigo puedes contar como un colaborador fiel, como así he sido toda mi vida con esta fábrica. Y te agradezco que pienses en mi ayuda para la nueva aventura.

—No lo demos todo por hecho, pues aún tengo miles de dudas y quiero estudiarlo con detalle y ver el futuro real de esta empresa.

Ella, debido a sus responsabilidades, estaba más madura, más mujer, más centrada. Cuando salieron, y una vez en el coche, le dijo su hermano Juan:

—¡Caramba, hermanita! No sabía yo lo profesional que llegas a ser y el carácter que tienes. ¡Si pareces un tiburón de las finanzas!

Llegó el momento de despedir a la familia. Ya tenían que estar en Astorga, pero lo retrasaban. El hijo mayor tenía que presentarse allí, sin falta.

Gimena le dio un abrazo a su hermano Juan y disimuladamente le colocó un sobre con quinientos euros en el bolsillo. Él se dio cuenta del detalle, aunque no de la cantidad, y empezó a gruñir y rechazar el gesto.

—¡Cállate! Luego le tienes que pagar el viaje de vuelta a Silvia.

En cuanto a ti, mi niña, ven sin miedo a nuestra casa que serás bien recibida y, además, tengo la idea de pagarte un sueldo como institutriz o Srta. Rotenmeyer —le anunció medio en broma a Silvia.

Al atardecer recibió la visita de Félix y Amelia. Entre otros muchos comentarios y charlas, además de hacerle *las fiestas* a la niña, se acordó del tema del Citroën 2 CV y del desguace. Les contó su versión.

—Lo siento, pero no puedo estar de acuerdo con tu opinión —le contestó Félix—. Fausto murió de un infarto y así lo dice el resultado de la autopsia. Hasta el punto de que no tragó nada de agua, aunque estaba con la cabeza dentro de ella. Con esto te quiero decir que comprendo que tú tienes que echarle la culpa a algo o alguien de su muerte, pero es una hipótesis tonta y sin fundamento.

—Yo opino lo mismo —confirmó Amelia—. Y tú eres una mujer equilibrada y nada supersticiosa para que culpes a un puñetero cochecito viejo. ¡Pero si así te sientes mejor!

—Quizás sea así pero no lo puedo evitar y, cuando me acuerdo de ese coche rojo, me pongo de una mala leche que no os lo podéis imaginar… ¡Uf!

—¿Han llegado ya tus familiares a su casa? ¿A Astorga? —preguntó Amelia cambiando de tema.

—Sí, han llamado hace un rato que ya están allí. Por cierto, ¿sabes que Silvia, mi sobrina, volverá por aquí y vivirá una temporada con nosotros?

—¡Huy!, pues me parece muy bien porque se aprecia muy buena chica y a ti, personalmente, te ayudará mucho tanto psicológicamente como en las tareas que hubiera en la casa y con la niña.

—Veamos, Amelia, ¡que yo no quiero aquí una criada gratuita! Ella tiene que acabar su carrera, que le quedan dos años y eso lo tenemos que mirar en Cuenca. Para sirvienta, tendré que buscar a alguien, máxime si me atrevo a continuar con la fábrica.

—¡Ah!, ¿pero te vas a poner tú de jefa de la fábrica? —se asombró Félix.

—Bueno, aún no lo tengo claro, pero lo estoy sopesando, pues en caso contrario los de Madrid la finiquitarían. Me han dejado a mí el tema y la decisión. Por otra parte, en conversaciones con Antonio, no aprecio dificultades insalvables, aunque es cierto que me ocupará muchas más horas de las que dispongo. ¡No sé, estoy hecha un lío!

—En esto no te podemos ayudar, es la verdad. Tendrás que apechugar tú con todo —le indicó Félix.

—Oye, Félix —cambió de tema Gimena—, estoy pensando en comprarme un coche más pequeño y me quitaría este, porque lo veo muy grande. Además, si te soy sincera, me trae muchos y malos recuerdos y no me apetece cogerlo nunca. ¡Me subo al coche y me pongo a llorar como una Magdalena!

El nuevo, no lo quisiera ni grande ni pequeño. Uno tamaño como el Golf o similar. Yo pensaba que, si viene mi sobrina Silvia, se podría sacar el carnet y le vendría bien para ir a la universidad de Cuenca. ¡Claro, que estoy yo pensando por ella y aún no lo hemos hablado siquiera!

Sus vecinos se fueron a su casa y ella se quedó sola con su hija Valentina, y aún le pareció La Casona mucho más enorme. Cenó un poco, bañó a la niña y se la llevó a dormir con ella, en su cama. La apretó contra su pecho y la arrulló mientras le cantaba una nana. Había un efecto acústico que desconocía, subiendo un sonido intenso y nítido a sus oídos que la aislaba del mundo.

Luego le tocaba el lóbulo de la oreja de la niña, ya que esta tenía un pequeño defectillo que era la herencia genética de Fausto, su padre. La niña había sacado la misma pequeña deformación en el cartílago casi inapreciable, pero ella, su madre, lo notaba. Y tocándole la oreja, recordaba a Fausto y le parecía que estaba allí, al lado de su niña, protegiéndolas.

Le llamó por teléfono Juan, su hermano, desde Astorga:

—Oye, que tu sobrina Silvia te llegará mañana, para que vayas a recogerla a la estación. ¡Que la pobre lleva muchos bultos! ¿Tú estás bien? Ahora te pongo con la mamá, que quiere hablar contigo...

—Cariño, ¿me oyes bien? —indagaba la madre.

—Sí, mamá, te escucho perfectamente. ¿Cómo estás tú de tus huesos?

—Bueno, ya sabes que de esto no se muere uno, pero se duele.

—Mamá, tengo muchas ganas de verte y te echo mucho de menos, pues ya sabes que me encuentro muy solita. Ahora que mi vida empezaba a mejorar y yo era feliz, otro palo más que me da la vida. Menos mal que tengo a la bebé, que es un sol, y me sonríe cuando le hago alguna cosita en la barbilla. Es muy risueña. ¡Se parece tanto a ti, mamá!

—Hija, ¿de dinero estás bien? ¿Pero de verdad?

—Mamá, más que bien. No te preocupes, que ese no es ningún motivo de inquietud para mí, no te miento. Si vieras qué casa tan hermosa y grande tengo, con todo nuevo y solo para mí y mi chiquitina. ¡Qué lástima que no la puedas ver! ¿Te atreves a venir? Yo te pago el viaje en ambulancia.

—Gracias, hija, pero sabes que no me desplazaré. Espero que Silvia, que es una niña muy responsable, te ayude a salir del pozo, cariño.

—Un beso muy fuerte, mamá, y cuídate. Oye, ¿os gustó el morteruelo y las perdices escabechadas?

—Claro que nos gustó, pero no te molestes tanto y no te gastes dinero, hija. Un beso muy fuerte de toda la familia.

Y la desconsolada viuda estuvo un rato llorando a borbotones, hasta que Valentina empezó a gruñir un poco y esta se olvidó de sus penas.

Mira a su bebé. A menudo frunce el entrecejo, mientras duerme, como sumida en una reflexión seria para esa cocorota tan pequeña que tiene. Es adorable.

«¿Qué puede estar pensando esta cabecita?

Hay una carencia dentro de mí —que ya se ha convertido en un pequeño descontento sin voz, que ni sangra, ni rebulle—. Hay noches que lloro triste, arrepentida, por no haberme casado con Fausto».

Tiene recogida a su hija frente a la chimenea que preside la estancia. El fuego le relaja, susurra y abriga. Crepita la leña encendida. Arde bien y no necesita otro leño. Ya es tarde. Lo deja morir en sus ascuas y se sube a la cama con la niña.

El abogado

Llamó Pablo Gutiérrez, el abogado, y concertó una cita con ella en Sierra, en su casa. Sobre las once horas estaba en la puerta, en la calle. Ella bajó algunos documentos y se instalaron en el despacho. La niña se la dejó a la vecina.

Pablo era un hombre de unos cuarenta años con el pelo negro y un poco engominado. Llevaba un traje moderno y un suéter oscuro, sin corbata. Posiblemente *se machacaba* haciendo deporte. Bien afeitado y con unos bonitos zapatos con pinta de italianos. Una cartera de piel preciosa donde llevaba documentos y algún lapicero y plumas cogidas en un rincón. Olía muy bien de cerca y su voz era grave y agradable. En resumen, un buen varón a primera vista.

Se sentaron en una mesa del despacho lo más cómodos que pudieron para comenzar con una charla, en principio, larga.

—Yo estoy licenciada en derecho, aunque no ejerzo y se lo digo como información añadida.

—Gracias por su aclaración. Como puede comprender la interrogaré, de alguna manera, de muchas cosas que realmente son privadas o muy privadas. Pero sabes, y permíteme que te tutee, que los abogados somos como los médicos y debemos saber todo en referencia a nuestros clientes. En primer lugar, te mando un fuerte abrazo de mi hermano Alfredo, que se acuerda mucho de Fausto y algún día vendrá a hacerte una visita.

Te diré que es un concesionario de venta de vehículos en Cuenca.

Y dicho esto, te explicaré mis emolumentos o costes de todas mis gestiones para disiparle dudas en cuanto al importe. Nosotros tenemos bufete, somos dos socios. Además, gestoría adjunta, con lo que todos los documentos y temas burocráticos los presentamos directamente a Hacienda, Consejería, Ayuntamiento y todo tipo de estamentos. Ello quiere decir que muchos gastos se los llevan los impuestos de todo tipo que, en tu caso, no serán pequeños.

Mi remuneración aproximada, por decir algo, es la que te dice este listado que te entrego ahora mismo, pero siempre cuidando y tratando de ahorrar algún dinerito a nuestros clientes. Quede claro que en cualquier momento puedes cambiar o dejar de trabajar con nosotros y esta charla no te obliga a nada, al menos en principio —explicó el abogado.

Y ahora, hábleme y cuénteme lo que quiera y, si te parece, yo te interrumpiré cuando desee alguna aclaración. ¿De acuerdo? —terminó Pablo.

No sabe el motivo, pero a Gimena este hombre le calma y relaja mucho, quizás por su mirada directa a sus ojos o simplemente por su buena presencia.

—Sí, me gustaría que nos tuteáramos, pues estoy más cómoda… si no tienes inconveniente.

El hombre hizo un ademán afirmativo con su cabeza, asintiendo a la propuesta de la mujer.

—Verás, Fausto y yo vivíamos juntos desde hace unos meses, y mi embarazo lo pasamos y disfrutamos entre los dos, conforme iba creciendo y al tiempo consolidándose la pareja.

Unos cinco meses en esa casita con una parra que hay al otro lado de la plaza, que nos cedió nuestro amigo Félix, y después aquí, ya que estábamos en obras con *La Casona*, que así la llaman los del pueblo.

Yo vengo de otro matrimonio —siguió la mujer— con un buen hombre de aquí, al cual le volcó el tractor y murió, el pobrecito, debajo de él. Por tanto, soy viuda.

Fausto se quería casar, pero yo lo retrasaba por el jaleo de la obra de la casa y el nacimiento de la niña. Pensé que teníamos demasiados líos para sumar también los propios de una boda. La mala fortuna es que le dio el infarto y se cayó y ahogó en el río Júcar. Bueno, si tengo que decir la verdad, murió del infarto, no por el agua del río.

Pero, además, yo tenía un contrato con mi propio marido de media jornada que no anulamos, pues, entre el parto y otras cosas, ni nos acordamos. Es decir, que yo estoy cobrando un sueldo de Fausto que, realmente, no es mi marido, aunque sí el padre de mi hija.

Y aquí estoy viviendo en una casa que no es mía y cobrando una pequeña pensión de mi anterior matrimonio y sin oficio ni beneficio.

—Mujer, tampoco lo pongas tan mal que verás cómo todo tiene arreglo, aunque el hecho de no tener testamento, tú muy bien lo sabes, retrasa e impide la rapidez de la herencia. Pero básicamente y para que lo tengas claro:

Tú no eres *pareja de hecho* de Fausto oficialmente y nunca lo serás según la legislación vigente —aclaró Pablo—. No puedes demostrar, porque no ha sido así, la relación con tu marido durante años anteriores a su muerte. Además, hoy en día es imprescindible el estar registrados. Por ello, todos los bienes y herencias irán a parar a su hija Valentina. Tú serás una representante de la menor que gestionará el patrimonio de la criatura hasta su mayoría de edad. Esta casa será de ella y tú solamente vivirás aquí para cuidar a la niña y, cuando sea mayor, te podrá enviar a la calle, si ella quisiera.

En cuanto al sueldo ese ficticio con Fausto, tienes que anularlo ya, pues sería el primer fallecido que contratara y pagara a empleados. Pero estate tranquila que tienes margen todavía para hacerlo sin penalización —terminó el abogado con sus comentarios profesionales.

Y después de hablar de otras muchas cosas y aclarar ciertos matices que Pablo desconocía, se despidió de ella y se marchó a Cuenca dejando pendientes diversas preguntas. Pero lo importante es que el abogado, Pablo, empezaba a coger todos los datos para gestionar la herencia. Ella entendió todo lo que le dijo, pues siendo también abogada presumía que este sería el resultado. No obstante, buscaría el letrado algún resquicio en la Ley por si pudiera mejorar su parte de esposa del difunto.

Se quedó en casa atendiendo a su chiquitina y tratando de abrir una garrafa de agua mineral:

—¡Jolines, pero mira que están duros los tapones de estos envases! ¡Nada, que no puedo abrirla!

Servicios Sociales

Era la una del mediodía. Gimena colocó a su niña en el carrito y se fue al ayuntamiento que estaba a un paso de allí. Quería solicitar una chica, en los servicios sociales del municipio, para que la ayudara con Valentina, pues al ser tan pequeña no le dejaba tiempo para nada más. Pensó que, con la ayuda de Silvia, su sobrina de Astorga, y una chica de refuerzo se defendería un poco mejor y dispondría de algo de tiempo. Al menos para cosas tan simples como comprar o, simplemente, ir a la peluquería. Además, tenía el tema de La Fábrica Artesana, que no se le olvidaba. Llevaba con el asunto dándole muchas vueltas, pues implicaba a quince familias del pueblo.

Salió Humiliano, el alcalde, a recibir a Gimena en cuanto supo que estaba allí. Primero hablaron de la preciosa niña y luego le preguntó el motivo de su visita.

—En principio quiero anular el contrato con Fausto de *trabajadora de hogar,* que chico… ¡se me había olvidado con el accidente y el entierro!

También me gustaría que me buscaras una mujer de confianza, si hubiera alguien disponible, que me echara una mano con la niña y la limpieza de la casa, pues en caso contrario yo no llego —casi le rogó al alcalde la guapa Gimena.

Llamó Humiliano para que se acercara la chica de los Servicios Sociales. Al momento se presentó Carolina, una hermosa mujer, morena y con pinta de activa y profesional. Puesta al día con los asuntos se fue, y al rato trajo unos documentos donde firmar para anular el mencionado contrato laboral con su difunto marido.

—Aquí solo nos falta una copia compulsada del *certificado de fallecimiento* de Fausto. Nosotros sabemos que es cierto, pero es necesaria. Esta te la puede hacer, por ejemplo, Ángel, el director de La Caja. Estamos dentro de los plazos de anulación del contrato, pues tenemos aún un mes de margen para la extinción del mismo —le dijo Carolina.

—Y no te preocupes —dijo Humiliano—, miraremos y te mandaremos a alguien lo más adecuado posible. En cuanto a contratos domésticos y esas cosas, ya sabes tú el sistema, pues así comenzaste tú misma una vez hecha la entrevista con Fausto. ¿Recuerdas?

Volvió a su casa, que se había hecho la hora de comer y no tenía nada pensado. ¡Y el biberón de la niña!

Cuando llegó, estaba en la puerta Serafín, el alguacil del pueblo, con su mujer, puesto que tenían prevista una visita de condolencia.

—¡Buenas tardes, Gimena! Mi señora y yo solo queríamos darte el pésame por lo *ocurrío* con Fausto, si te viene bien ahora —hablaba Serafín con su castellano *tozudo*.

—Queremos decirle que apreciábamos mucho a su marido —le expuso su mujer con tristeza—, y que fue una noticia dolorosa e inesperada, no solo para nosotros, sino también para todo el pueblo. Era muy querido.

La mujer de Serafín estaba delgada, como siempre, pero bien peinada con un alfiler muy bonito en el pelo y con un vestido y chaqueta de corte sencillo y, al tiempo, elegante. Se dio cuenta de que tenía unos ojos muy bonitos y un poco rasgados, como si fuera oriental, aunque poco definidos para llegar a pensar en otra raza. La nariz y los labios casi lo confirmaban, pero tuvo sus dudas en este aspecto.

Les hizo pasar dentro y, mientras le preparaba un biberón a la niña, los dejó a ellos a su cuidado. Los dos se entusiasmaron con la preciosa Valentina que les premiaba con leves sonrisas.

—¡Ay! ¡Esto es lo más *bonico* que hay en *to* el mundo! ¡Qué *manicas* tan *pequeñicas*! —decía Serafín.

Y un rato después se fueron dando la pareja por terminada la visita.

—Si necesitas algo, *pá* lo que quieras, solo *tiés* que llamar y pedirlo —argumentó el alguacil, antes de marcharse.

Recordó Gimena el día que Fausto y ella encontraron, a la mujer de Serafín perdida y desorientada en las afueras del pueblo. La recogieron y la llevaron a su casa. Al parecer, era una mujer alcohólica y esto era más que conocido por todos sus vecinos.

**

Llamaron a la puerta y al abrir había delante una señora madura a la que no conocía. Se presentó y dijo que se llamaba Gregoria y que la mandaban allí los servicios sociales del ayuntamiento. Era una mujer con cara de buen carácter y con pinta de resolutiva. El pelo blanco y bien cuidado, con ropa limpia y llevada con estilo. Unas gafas en la cabeza que es de suponer que serían para leer.

Le pareció a Gimena un poco mayor para su gusto, pero quería hablar con ella antes de tomar ninguna decisión.

—¿Es usted del pueblo? Porque no la conozco.

—Nativa no, pero llevo viviendo aquí quince años. Tengo un chalecito a la entrada del pueblo, en la carretera. Mi marido murió hace unos meses de un cáncer muy largo y ahora estoy libre y sola. Un hijo en Inglaterra y poco más —le aclaró Gregoria.

—Si le digo la verdad, yo esperaba a una persona más joven, pero ello no quiere decir que a usted no la acepte, todo lo contrario. Mire, como supongo que ya sabrá, tengo una niña que hará pronto dos meses y una casa muy grande. Yo no llego a todo y necesito una ayuda. Estará también por aquí una sobrina mía de veinte años, pero que es más un apoyo familiar que de servicios, puesto que ella tiene que estudiar en Cuenca.

—Bueno, yo voy a cumplir sesenta años y no me asustan las tareas de la casa y, por supuesto, el cuidar a una niña pequeña. Creo que puedo aún trabajar un tiempo e incrementar mis pocos ingresos y, además, sentirme útil.

—¿Usted tiene la idea de trabajar todo el día o media jornada?

—Me es indiferente y lo dejo a gusto de usted. Si quiere, podemos empezar como media jornada y más adelante lo volvemos a estudiar. Eso sí, me gustarían los domingos libres, porque es cuando me relaciono con mis pocas amigas.

—Bien, pues pase usted por los servicios sociales y firme el contrato estipulado, que yo pasaré también y haré lo mismo.

Y así quedó el acuerdo para una ayuda, más que necesaria para la viuda. Entonces se acordó de La Fábrica Artesana y pensó en llamar a Antonio, ya que el hombre, muy prudente, estaba esperando esa iniciativa.

Cuenca

La llegada de Silvia

Le dejó la niña a Amelia, su vecina, ya que tenía que de ir a recoger a su sobrina Silvia a la estación de Cuenca. Amelia estaba encantada, puesto que era como su *madrina oficial* y la quería con locura.

—No le des biberón, que le toca el pecho esta tarde y llegaré a tiempo —dijo la madre.

Y efectivamente, en la estación se bajó Silvia del tren *Alaris*, con cuatro maletas, tal y como le había anunciado su padre Juan.

—¡Hola, preciosa sobrina!, ¿el viaje bien?

—Bueno, un poco pesado, pero ya estoy aquí que es lo importante. Aún me tienen que venir dos cajas de libros por una agencia de transportes. ¡Ten en cuenta que yo vengo a estudiar! Es una estación pequeñita, ¿verdad?, preguntó Silvia, mirando para todos los lados.

—¡Sí hija, llevamos pidiendo una nueva estación y el AVE toda la vida! Hoy, año 2006, Cuenca sigue con la vieja estación de siempre, en el centro de la ciudad. La nueva estación, que se llamará de Fernando Zóbel, dicen que se inaugurará para los años 2010/2011 con la incorporación del AVE, entre otros trenes. ¡Ya veremos!

Y volvieron las dos con el BMW dando un rodeo y desplazándose hacia la carretera por la variante de la entrada de Madrid. Gimena aún no se atrevía a pasar por la Hoz del Júcar, para no ver el lugar donde falleció Fausto.

—El pasar por el lugar del infortunio —explicaba Gimena— de mi compañero Fausto me acongoja. Ocurrió por el Puente de Valdecabras, muy cerca de una pequeña presa del río Júcar y pasada la zona denominada por los conquenses como "El Alfar". Yo, sí puedo, evito el circular por ese lugar. Solo lo hice una vez y yo, no conducía.

El coche aparcó en la puerta de La Casona y las maletas fueron subiendo en el ascensor mientras Amelia le entregaba la chiquitina a su madre. Silvia apreció que la niña había crecido en los pocos días que no había estado en la casa...

—¡Parece mentira cómo cambia!

Y su madre le daba el pecho mientras la pequeña succionaba con ahínco la teta. Silvia, mientras tanto, se entretenía colocando sus cosas en la habitación. Era la primera vez que podía disfrutar de tanto espacio y privacidad.

Antonio, el gerente

Vino Antonio con una cartera muy abultada y lo recibió Gimena en su despacho con la niña en brazos.

—Lo siento, pero hasta mañana que me viene una señora a trabajar no tengo con quién dejarla. ¿Qué me cuentas de nuestras conversaciones?

—Bueno, te quiero mostrar balances, compras, ventas, gastos y otros detalles. Mira, el coche de la puerta, el Audi A4, es de la empresa y es un regalo que me quiso hacer Fausto, y que sirve para moverme en nombre y representación de la fábrica. En cuanto a los gastos variados, verás, por supuesto, que las nóminas de los trabajadores es el lote más importante. Otro relevante es el coste de la energía eléctrica, ya que es muy alto y en ello estamos, intentando bajarlo en lo posible. Precisamente el día del accidente, tu marido venía de hablar con un jefe de Cuenca de *las eléctricas* para tratar de conseguir un contrato más ventajoso. Al parecer, algo consiguió, pero yo tengo que retomar las conversaciones, pues en conclusión nada hay, ya que nada se firmó. Era un tema para comentarlo Fausto conmigo al día siguiente.

Yo me paso el día apagando luces, parando máquinas y tratando de concienciar a los obreros, pero realmente la mitad de estos recibos son impuestos añadidos —aclaraba Antonio—. Además, hay un tema importante que te quiero comentar, porque pienso que también lo puede ser para ti:

Fausto tenía un sueldo, igual al mío, que lógicamente ya no paga la empresa.

Si tú te decides y coges el timón de esta, lo normal es que tengas el sueldo que tenía tu marido. Sería como estaba él, en calidad de asesora, que ahora se lleva tanto, en especial entre los políticos.

¡El horario sería más que flexible! Es decir, que te lo pondrías según tu criterio y necesidad —trataba Antonio de convencerla con todos sus argumentos.

—Bueno, no deja de ser un aliciente por el esfuerzo. Pero déjame consultarlo con el abogado y mi cuñada Laura antes de tomar una decisión —dijo ella.

—Por supuesto. En cuanto a las ventas, van bien… ¡Mujer, nos gustaría vender más!, pero si tenemos que ser sinceros, nos estamos situando muy bien en Portugal e incluso hay conversaciones con alemanes e italianos. En Andorra, parece mentira, pero hemos vendido ya un buen paquete de muebles. En Navarra tenemos un distribuidor que nos está sacando jugosas cantidades y Andalucía y Extremadura crecen a buen ritmo.

Nos faltan las zonas de Madrid y Valencia y me gustaría tener por allí un buen comercial que nos ayudara a ser conocidos. También Cataluña y La Rioja.

—Antonio, los sueldos de los trabajadores, ¿cuánto cuestan y cuánto suben mensualmente? Mejor, anualmente —pidió Gimena.

—Toma este listado y lo miras con tiempo. Es importante, pero es una fábrica artesanal y la mano de obra se puede reducir muy poco.

También es posible que tengamos que comprar otro furgón o camión pequeño para cumplir con los compromisos, pues estamos pagando muchos portes. Más que nada que lleve incorporado el sistema de portón trasero elevador.

Al final, el conductor y el ayudante son como mulas de carga y ellos suben los muebles, los colocan y los bajan. De esta manera y gracias a esa compuerta elevadora, optimizamos mejor a los dos obreros que están con el tema porque les será mucho más cómodo su trabajo.

*

Se fue Antonio y Gimena siguió pensando:

«Me queda un sueldecito de mi primer marido, que no es mucho, pero algo ayuda. Seguramente el sueldo de Fausto será para Valentina, y yo lo podré gestionar hasta su mayoría de edad de acuerdo con el magistrado.

También unos ingresos o compensación como asesora de La Fábrica Artesana, que será del que viviré, si voy para adelante y *me subo al carro* de la continuidad. Claro que, quizás, si tengo el sueldo de la fábrica, pierda el pequeño estipendio de mi primer marido…, lo tendré que hablar con el abogado.

»Y todos los inmuebles y bienes que hay en Madrid y aquí serán para mi niña el día de mañana. Una cosa está clara: Valentina tendrá *el riñón bien cubierto,* como vulgarmente se dice».

Llamó a Pablo, el abogado, y le preguntó por el tema del sueldo de Fausto para su hija. Le dijo que, efectivamente, estaba en ello, y que habría que ir al Juzgado para dejarlo todo según Ley. Que le avisaría cuando estos documentos estuvieran preparados.

También que la tendrían que nombrar oficialmente administradora para conservar y cuidar la herencia de Valentina. Igualmente, se le podría poner un sueldo a ella y esto lo decidiría un Juez a cargo del caudal hereditario. Y con ello, por ejemplo, podría *mandar* el coche Citroën 2 CV a la chatarra, una vez dentro de la herencia de la niña.

En cuanto a la póliza de vida suscrita por Fausto con un valor de ciento sesenta mil euros, lo reclamarían por la vía de urgencia, pues, «para que lo tenga el seguro —dijo Pablo—, mejor en la cuenta de Valentina y la tuya, porque sois partícipes al cincuenta por ciento».

*

Silvia, la sobrina, se acopló en una bonita habitación y pareció que estaba contenta con su nueva vida. Tenía armarios y una habitación… ¡Para ella sola! En Astorga y debido al amontonamiento de los cuatro hermanos, las comodidades escaseaban y, en especial, el espacio. Se acercó al comedor y, al verla, le preguntó su tía:

—Tú no tienes carnet de conducir, ¿verdad?

—No, tía, no he tenido la ocasión de sacarlo, ni dinero para ello. Aún no he ganado *un duro* en mi vida.

—Pues lo primero que tienes que mirar en Cuenca es una autoescuela. Dicen que hay una donde van todos los famosos y que en una semana lo sacan. Ve enterándote con la gente con quien hables en la universidad.

—No tengo dinero para eso, tía. Esperaremos un tiempo.

—Mira, mi niña, si tienes que ir a estudiar a Cuenca todos los días y usar el autobús, te vas a volver loca. Sácate el carnet y compraremos un cochecito para que puedas ir y venir y de paso tener independencia. El precio corre de mi cuenta, bobita.

Además, tengo que cambiar el coche. Yo no quiero el coche de Fausto porque me *da grima* cada vez que lo cojo. No por nada, por los recuerdos que se me vienen encima.

—De acuerdo, tía, lo estudiaremos.

*

Un poco antes de las diez de la mañana, sonó la campanilla de la puerta indicando que alguien deseaba ser atendido. Era Gregoria, la nueva asistente de ayuda a domicilio. A Silvia le extrañó un poco la edad, ya madurita, pero, por otra parte, los resultados se verían a lo largo de los días.

—Buenos días a las dos. Veo que usted es Silvia, la sobrina.

—Por favor, no me llame de usted. Así es, soy Silvia. ¿Y usted?

—Me llamo Gregoria, pero mis amigos todos me llaman Goyi.

—Goyi es muy bonito y así la llamaremos —le dijo Gimena, que estaba detrás de su sobrina—. Pero pase usted, por favor.

Mire, esta habitación pequeña que está entre la cocina y el comedor puede ser para usted y podrá colocar sus cosas personales. Si piensa que falta algo o sobra, nos lo dice y trataremos de atenderle en sus gustos. Por otra parte, hay dos habitaciones más montadas y sin asignar a nadie.

Goyi, después de hablar con la dueña un rato, empezó a limpiar, según su criterio. En cuanto a la cocina, les dijo que le gustaban los fogones y cocinar, y esto a las otras dos mujeres les encantó.

*

Silvia se bajó a la puerta de la casa con el carrito de la niña buscando un poco de sol para el bebé y para ella. La plaza era tranquila y allí se estaba bien.

La joven rubia astorgana tenía la piel muy blanca y debía tomar el sol en pequeñas proporciones para no quemarse. En la misma puerta estaba un hombre fumándose un cigarro un poco recostado en la pared del escaparate de la tienda de muebles. Tenía una pierna doblada y con la suela del zapato manchaba la pared a la altura de sus corvas.

«Un mal ejemplo de muchas gentes —pensó Silvia—, en especial los hombres, que ensucian las paredes sin darse cuenta».

No le dijo nada pues…, ¿quién era ella para corregirle? Aunque ciertamente tenía marcada la pared en un tramo (y sucia de otros días anteriores). Se dieron los buenos días y la joven paseó un poco con el carrito alrededor de la fuente.

¡Ella, una estupenda mujer!

Mario era un joven de veintisiete años que trabajaba de vendedor allí, debajo de su casa. El local de ventas de muebles de la fábrica lo tenía en calidad de comercial, junto con Angustias, que era la jefa de este y también empleada. Él hacía viajes ocasionales a Madrid y Valencia como vendedor e incluso estaban pensando, la dirección de la empresa, en aprovecharlo mejor debido a sus buenas aptitudes. Querían ponerle un coche y una cartera con catálogos y mandarlo por *esos mundos de Dios* a enseñar los productos de La Fábrica Artesana, puesto que realmente se le daban bien estos menesteres.

Por trabajar allí Mario, como vendedor, sabía que esta bonita chica era la sobrina de Gimena. Al pasar por tercera vez dando vueltas y cerca del hombre, este la abordó amablemente:

—¿Se adapta bien a nuestras tierras? ¿No le parece un pueblo demasiado pequeño? —le comentó Mario.

—Bueno, aún no he tenido tiempo de pensarlo siquiera, pero me da la impresión de que el carácter castellano es muy similar al leonés —le esbozó una pequeña sonrisa mientras lo miraba.

El hombre se quedó un poco aturdido. Realmente cuando a Mario le gustaba una mujer se volvía tímido por naturaleza.

—Si se siente sola y aburrida, yo le puedo ayudar a conocer Cuenca, pero poquito a poco que, a los conquenses, cuando nos ponemos *de marcha*, nos dura más de la cuenta y no sabemos cómo acabar. Sin compromiso de ningún tipo y con todo el respeto del mundo —terminó Mario mirándola impacientemente y esperando una posible respuesta negativa.

—Aún no estoy preparada para salir de fiesta, pero todo llegará y gracias por su oferta.

—Claro, además aprecio que usted es muy jovencita todavía para salir sola por zonas que no conoce —comentó Mario.

Esta última suposición *le escoció* un poco a Silvia, ya que se sentía segura, madura y toda una mujer responsable. Quizás él la vio como muy niña y ella pensaba que estaba lo suficientemente preparada para defenderse de todo lo que le fuera saliendo a su paso. ¡Sus veinte años se pusieron altaneros y en guardia!

—Es cuestión de prioridades y ahora no es mi momento de juerga y diversión. Supongo que usted sabe los avatares que han ocurrido en esta casa. Yo estoy aquí para ayudar a mi familia.

—No quiero contradecirla, por favor, y le pido disculpas por esta aclaración inadecuada. Yo sí que observo que es usted una mujer con todas las cosas en su sitio…, me refiero a su bonita cabeza, ¡no me malinterprete! —cada vez *se liaba* más el diálogo.

Silvia le miró un momento desafiante, dio un resoplido pequeño y pasó de un gesto enfurruñado a una sonrisa amable.

—¡Bueenooo! Empecemos de nuevo y, por favor, nada de usted. Me llamo Silvia y vivo en esta casa de aquí arriba —y le extendió una mano amigable.

—¡Hola!, yo soy Mario y trabajo en este local de muebles… de aquí abajo.

—Una pregunta, Mario; para hacer algún tipo de deporte por aquí… ¿Hay gimnasio, frontón o cualquier otra cosa parecida?

—Mira, yo salgo mucho en bicicleta con algún amigo y tengo una de campo con la que *me machaco* al tiempo que disfruto del paisaje. También voy a correr, y en este caso suelo hacerlo solo. Me suelo desplazar unos cinco o diez kilómetros arriba y abajo del pueblo. Siempre dependiendo de mi estado de ánimo. Y, por supuesto, en verano la piscina y las pozas del río Júcar —le indicó Mario.

—Pues algún día, si no te importa, me juntaré contigo para alguna cosa de estas. Por cierto, me tienes que enseñar la tienda, que no sé lo que se fabrica realmente y me gustaría ver los muebles que hacéis.

—Cuando quieras y lo que quieras, estoy a tu disposición; siempre que el trabajo me lo permita, claro.

—Y que te deje tu novia, supongo.

—¡Por eso no te preocupes, que soy libre como un pajarito!

Y Silvia se subió con la niña para su casa al tiempo que Mario entró en la tienda.

«¡Qué majo el chico este!» —pensó ella.

«¡Qué maja y qué buena está!» —repensó él.

Goyi les había preparado una comida con la que se chuparon los dedos las dos mujeres y, por supuesto, ella misma. Unas alcachofas rellenas con jamón y algo más dentro, puestas al horno y crujientes. Unas rodajas de merluza, al horno también, con patatas y cebolla, con un postre casero. El pan lo cambió y en la panadería adquirió un par de barras rústicas, que muy poca gente del pueblo compraba, pues eran más caras. Lo pasó un momento troceado, en rebanadas por el horno, aprovechando el calor al cocinar las otras viandas. El resultado fue espectacular y se comieron todo con ansia y gula.

—¡Qué bueno todo! —dijo Gimena.

—¡Una delicia! —afirmó Silvia.

—Pues si os ha gustado, un día os preparé una tarta especial, secreto mío personal, si me dais permiso, claro. Invitad también a vuestra vecina Amelia, a la hora del café, para que la pruebe.

—Te damos permiso y, además, el pan de momento vamos a cambiarlo y compraremos este rústico que has traído hoy; por lo menos, hasta que se nos pase el capricho —dijo la dueña.

—Este pan lo compra el restaurante de la carretera para sus clientes y muy poca gente más, no creas.

Yo, como mi pobre marido estaba ya tan delicado y estas cositas le agradaban…, así, le iba haciendo que comiera un poco —les explicó Goyi.

—Oye, Gimena, el chico este de la tienda de abajo, el tal Mario. ¿Qué sabes de él? —preguntó Silvia.

—Pues que es un buen chico que está vendiendo muebles y que Antonio, el gerente, me pide que lo saquemos a la calle a vender los productos, ya que parece que tiene buena mano para ello.

—¿Entonces tiene el futuro incierto en la tienda?

—¡Uuuy!, ¿Que tú preguntas mucho?

No es precario, simplemente que la empresa tendría que comprar un coche y pagar gastos de viajes, dietas y hospedajes, y no quiero comenzar nada si no estoy muy segura de su rentabilidad. Además, seguramente habría que contratar a otro vendedor para este lugar que ocupa él.

—No, era solo curiosidad. Lo que pasa es que, por la mañana, cuando saco a la niña a pasear, hablamos un poco y, oye, el chico no está mal.

Pero Silvia no engañó a ninguna de las dos mujeres que notaron un cierto interés por su parte.

La tarta

Después de la comida, vino Amelia a tomar café con las tres mujeres, y Goyi sacó una tarta cubierta de chocolate y empezó a repartir porciones pequeñas en cada plato y para cada mujer. Con sus cucharillas y sus bromas, fueron comiendo y alabando la dichosa tarta porque realmente estaba muy buena. Poco a poco la reunión se empezó a distender y se oyeron algunas risas por aquí y por allá.

—Además del chocolate y un poco de sabor a trufas, hay algo más que no sé lo que puede ser…, ¿quizás cilantro? —preguntaba Amelia, como mayor y más experta.

—¡Ja, ja, ja! —se reía Silvia—. Eso de cilantro te lo acabas de inventar. Yo, si me dices *un cilantro*, me imagino otra cosa.

—Jolines, pero está buena…, ponme otro poquito más y a estas también. ¡Uy!, ¡una cana! ¡La muy jodida! —detectó Gimena al verla en su pelo.

—¡Bueenooo!, pues verás cuando te des cuenta de que los pechos se bajan y los carrillos del culo flotan y flotan…, ¡pero allí abajo! —comentó Goyi.

Y todas se miraron sus pechos, e incluso alguna se los agarró para comprobar que estaban en su sitio.

—Nos ha jodido la jovencita. ¿Te gusta dónde están ahora, verdad que sí? ¡Yo, a tu edad, rompía los sujetadores con las puntas! —decía Amelia.

Y todas reían y reían.

—Hay que joderse —seguía comentando Goyi—, que de jovencita te ponías algo para que parecieran más grandes y de mayor algo para que sean más altas. Al final, siempre liadas con las tetillas.

—¡Pues yo no me he puesto nunca nada! —dijo Silvia extrañada.

—A tu edad, cariño, todo lo que ven los hombres les gusta, es comestible y lo quieren chupar por donde sea —le apuntó Amelia—. Mira, mi niña, ahora los hombres las quieren de todos los tamaños y, además, hoy en día os las tocan mucho… ¡Ja, ja, ja!

—Por eso no las podéis falsificar —apuntó otra— ni engañarlos. Las lleváis siempre a la vista —y todas, las cuatro, reían y reían.

—Es curioso, a los hombres les gustan las mujeres con los pechos grandes, pero luego las quieren con el talle fino y estiradas. Y está claro que, ¡si no hay bisturí por medio, no hay mujeres así!

Las risas, las inhibiciones y la relajación de todas las mujeres evidenciaban que la tarta que había hecho Goyi no era muy normal, y otro día ya les diría lo que llevaba *de cilantro.*

—¡Oye! —dijo Gimena, que entonces se acordó— ¿Y los jodidos tangas y cosas similares que nos tenemos que poner en el culo? ¡Con lo bien que se va con unas bragas *como Dios manda*! ¿Y los pelos?, que nos tenemos que rapar porque a ellos les gusta. ¡Pero qué es eso de llevar todo el cuerpo como el culito de un bebé! No solo los sobacos, tiene que ser todo el cuerpo. Y cuidado que las mujeres muy peludas, las pobres, están todos los días, como castigo, quitándose pelos de todas partes. Y los tíos, ni lo agradecen.

Algunas, las pobres, luego ni las miran y ellos están detrás de otras que llevan unos tacones de un palmo y las tetas operadas —casi gritó Goyi.

—Si es que las mujeres somos muy tontas… ¡que se depilen ellos sus huevecillos y el culo! —exclamó Amelia.

—¡Sí que somos gilipollas las mujeres! —dijo una, y las otras asintieron.

Y la joven Silvia no entendía los sacrificios que las otras decían, pues ella se depilaba lo justito y solo cuando llegaba el verano para ponerse el bañador.

Su piel muy blanca y su pelo rubio la ayudaban. Aún no se ponía casi tacones y, por supuesto, no tenía tangas en los cajones de su dormitorio. Las penurias de las otras mujeres para agradar a los hombres no las entendía ni llegaba a pensar que fueran tantas. Pero también reía abiertamente a carcajadas como sus compañeras…

—Mira si somos tontas las mujeres, que hemos creado la moda para los hombres que, según nosotras, son más sexys si llevan barba y sin afeitarse en una semana. Y realmente lo que son es unos holgazanes que no les apetece rasurarse todos los días. ¡Qué tontas somos las mujeres! ¡Tanto feminismo y tanta tontería para esto! —acabó Amelia que estaba ya disparada.

Por cierto, de la tarta ya no quedaba nada.

—Y no hablemos de los culos de ellos que, con la edad, no es que se les caen, es que desaparecen casi del todo —recordó Gimena—. ¿Y la barriga cervecera que se les pone a partir de los cuarenta?

—Pues anda que *sus huevecillos* se les descuelgan y *el rabito* se les muere y empiezan con la próstata a dar por saco —apuntilló Goyi.

Silvia ya se había dormido en un rincón sin ni siquiera darse cuenta.

—Bueno, ¿nos explicas lo del cilantro? —le preguntó Gimena.

—Pues está muy claro: mi marido, con el cáncer que cogió el pobre, llegó un momento en que tenía cada vez más dolores y no había medicación que los amortiguara. Entonces yo empecé a indagar y probar con *maría* y otras cosas y me hice una verdadera druida o alquimista. De tal manera que mi pobre marido murió tranquilo y feliz. Y he aquí los resultados...

Entonces, la niña Valentina lloró un poco y las tres se levantaron al unísono y se tropezaron entre ellas, al querer pasar al mismo tiempo por el quicio de la puerta. ¡Y se reían y reían! Y Silvia, la cuarta, dormía.

*

Al otro día, Silvia volvió a sacar un ratito a la niña a pasear por la plaza. A estas horas, mediodía, el sol entra con fuerza y desde arriba. Este garbeo dando vueltas a la fuente le gustaba.

—¿Cómo estás, Silvia? —le dijo Mario nada más que la vio salir.

—Muy bien, vicioso fumador —le contestó ella jovial y risueña.

—Si alguna *personita* en concreto me lo pidiera, me quitaba enseguida de este vicio tonto.

—¿Tú sabes en Cuenca dónde me puedo sacar el carnet de conducir?

—¡Dónde me lo saqué yo hace unos pocos años!

—Dame la dirección y el teléfono y lo miraré.

—No, lo haremos mejor. Yo te acompaño cuando quieras, te llevo y te traigo. Estoy a tu entera disposición —hizo un ademán de pleitesía con un inicio de reverencia.

Y hablaron un rato de varias cosas banales. Ella sonreía mientras subía en el ascensor, pues disfrutaba del encuentro.

El caso es que estaba un *poco escaldada* de los hombres. En su despedida de León tuvo una confrontación fuerte con un chico que solía juntarse con ella, y al que no le complació nada su marcha hacia Cuenca.

Pero, ¿dónde vas a comparar?... ¡Este es mucho más guapo!

*

Gimena habló por teléfono con Laura, su cuñada de Madrid, y, además de los comentarios lógicos sobre la niña Valentina, también le explicó que estaba allí su sobrina, que había venido a estudiar y para ayudarla.

También que había contratado a una señora para que, a tiempo parcial, le echara una mano en las tareas de la casa.

En el tema referente a La Fábrica Artesana, le dijo:

—Hemos hablado mucho y nos quedan muchas más conversaciones entre Antonio y yo. Me ha ofrecido un sueldo como el que tenía Fausto si me atrevo a coger la dirección. Bueno, eso de ofrecer un sueldo es un decir, pues realmente los dueños sois vosotros y mi niña, no él. ¡Pero el hombre no sabe cómo convencerme!

Como te puedes suponer, yo no tengo ninguna paga de mi marido, pues no figurábamos como casados y además no había testamento. La pensión de orfandad le llegará a mi hija del Estado, y yo sólo podré gestionarlo, pero ni vender ni comprar nada hasta su mayoría de edad. Estos honorarios de la fábrica me darían tranquilidad a mí como persona.

Yo le veo muchas posibilidades a este negocio, pero guardando las distancias, ya que no soy ni gestora ni economista y, sobre todo, que no tengo experiencia. Aunque sí que parece que están bien organizados y con posibles progresos ¡Además, detecto ilusión en sus trabajadores!

En cuanto a vuestra parte, como propietarios del cincuenta por ciento, si la empresa está consolidada y creciente, siempre tendréis un valor sustancial dentro de ella —se explicaba Gimena.

—Estamos de acuerdo contigo en todo lo que nos dices —aclaró Laura. Pienso que tendrás que venir un día a Madrid para firmar cosas y aclarar criterios. Lo dejamos todo pendiente de ti.

—Hasta que el Juzgado no me nombre administradora de mi niña, o progenitora sobreviviente, no puedo mover nada, como podéis suponer.

Laura, un abrazo muy fuerte a tu marido y gracias por todo lo que me estáis ayudando.

*

Le dijo Silvia a su tía:

—Gimena, este sábado me voy por la mañana a Cuenca con Mario, pues vamos a una autoescuela para ver los precios.

—Mucho estás tú *roneando*, que dicen los gitanos, con ese chico. Supongo que ya eres mayorcita para estas cosas y no hay que explicarte nada.

—Tía, por favor…

Y los dos contentos se fueron hacia Cuenca, que para la chica era como una aventura, pues casi no la conocía. Efectivamente, estuvieron en la autoescuela donde le dieron los precios y las explicaciones de cómo debía de estudiar, tomar las clases de conducción y los libros que le hacían falta. ¡Y, por supuesto, el dinero que costaba!

Una vez que fueron informados, Mario dijo que era el momento de tomar unas cañas con sus amigos.

Te los presentaré, que son muy majos. Con Jacinto ten cuidado, que ese *te tirará los tejos* en cuanto me dé la vuelta.

Y llegaron a la zona *de baretos* que hay al lado de la diputación, donde la gente está como si regalaran las bebidas. La calle San Francisco, que así se llama, tendrá unos diez bares. Es una zona de restauración. Si a ello sumamos los de las calles colindantes, es lógico que el bullicio sea espectacular.

—¡Jolines, esto se parece al barrio Húmedo de León! —exclamó Silvia una vez metida en ambiente.

—A los conquenses se nos podrá enseñar muchas cosas, pero a tapear y beber ya nacemos todos enseñados —comentó Mario.

A una corta distancia vieron a los amigos y amigas que ya tenían unas cañas en la mano. Mario estaba orgulloso y contento de mostrar su bonita chica a los demás e hinchaba el pecho como gallito de corral. Las presentaciones de rigor, y la colocaron entre otras dos chicas para que se sintiera cómoda.

Al momento, llegó por allí Jacinto a decirle cosas al oído muy despacito, para que le prestara toda la atención del mundo solo a él. Silvia se reía y miraba a Mario que también lo hacía, hasta que él pensó que ya le habían dado suficiente cuerda y se metió por medio. Jacinto huyó a otro rincón.

Después de varias cañas, tercios y botellines de cerveza, quizás demasiados, se volvieron al pueblo a comer.

—Yo, la verdad es que ahora no comería nada. ¡Estoy llena! Con tanto aperitivo y tanta cerveza, no puedo.

—Eso es lo que pasa. Yo no suelo comer cuando voy de tapas. Mañana me voy a correr un poco para quitar las calorías.

—¿Cuándo vas?

—¿Te apetece venir conmigo?

—Es que verás, estoy muy baja de forma y me sabe mal que tú te aburras conmigo. Quizás en otra ocasión.

—Yo por esos ojos claros tan bonitos me adapto a lo que sea. Dime la hora a la que te gustaría salir y me paras cuando te canses. ¿A las nueve es buena hora?

Esa demostración de cortesía le encantó a la chica. Se bajó del coche y subió a casa donde la esperaba su tía.

—¿Qué tal mi niña, te lo has pasado bien?

—Muy bien, pero espera, que me estoy orinando…

¡Off!, con tanta cerveza venía que no me podía aguantar. Unos chicos y chicas muy majos. Bueno, ¡yo era la más jovencita de todos! Oye, como por allí, por León…, gente a tope.

—¿Y del carnet qué has visto?

—Te cuento: la autoescuela me ha gustado, y mucho. Otra cosa es el precio, que es caro. Dejan pagarlo en varias veces, pero caro.

—Cariño, ya te he dicho que eso te lo pago yo —y se fueron a comer.

*

Gimena subió al cementerio como otros muchos días. Tenía dos tumbas que atender y limpiar y llevaba dos hermosas flores rojas para dejar encima de las lápidas. Colocó una flor en cada una de ellas y relucían estas como una mancha de sangre fresca sobre el mármol claro. Primero se emplazó delante de la de Fausto, allí de pie, y habló un rato con él:

«Hola, Faustito, hoy hemos charlado Antonio y yo de la fábrica. Me voy a meter de lleno en ello, ya que no quiero ser un obstáculo para esta.

Deseo que sigan con las ideas y los proyectos que tú tenías. Además, me da pena que todas estas familias se pudieran quedar sin trabajo. Todo el pueblo me ha reconfortado y está conmigo y de alguna manera se lo debo. Y tu familia, Laura y Ricardo, está de acuerdo. Un primor los dos. ¡Qué buena gente!

Y gracias también a Félix y Amelia, que me han ayudado mucho y así he podido superar una depresión *de caballo* que veía venir.

»Bueno, y por Valentina, nuestra preciosa niña.

Y mi sobrina Silvia, que es una brisa de juventud y alegría que ha entrado en la casa. ¡Si es que no hay nada mejor que dos chicas de Astorga juntas!

Faustito, me voy a comprar un coche nuevo, pues no quiero subir al tuyo. ¡Que me hace llorar y llorar cuando lo hago!

Dicen que hay un tiempo para el duelo y que este lo marca cada cual, pero tengo que pasarlo».

Y así terminaba con él y después se retiraba un poco más lejos y se ponía a charlar con el difunto anterior. Luego, mientras bajaba andando hacia el pueblo, seguía pensando para sí:

«También es mala suerte que sea yo la única viuda del pueblo que tiene aquí dos maridos. Estas visitas las voy a tener que distanciar más, pues me van a tomar por loca. Y por mí no me importa, pero sí por mi hija…

"Mira, esa es la loca de La Casona, la madre de Valentina". ¡Y eso sí que no!

»Prefiero hablar en mi casa, escondida sin que nadie me vea, de todo lo que se me ocurra, con mis dos maridos. Y lo primero que haré es quitarme estas ropas negras y venir menos al cementerio. Me iré cambiando poco a poco a prendas de color y en un tiempo ya nadie se acordará de la viuda.

Veamos, que los que se han muerto han sido mis maridos, no yo. ¡Hay que dejarse llevar! Tengo una hija y debo mirar hacia delante… ¡Que tengo treinta y cinco años!

¡Pero no me pienso casar otra vez, eso seguro!».

Luego cavilaba: «Porque eso sí, me estoy acostumbrando a hablar conmigo misma y tengo largos monólogos que me sirven de terapia».

«Soy una viuda, palabra extraña, siniestra. Ese nombre me da el coraje de alguna manera para seguir viviendo.

Y me dicen: Eres aún joven. Y eso, ¿qué coño significa? ¿Quizás el dolor es menor si tienes menos edad? ¿Por qué?».

El culto al cuerpo

Nueve de la mañana. Silvia se había puesto unas mallas de deporte cortas, por debajo de las rodillas y sin costuras. Un sujetador cruzado que se percibía debajo de una camiseta verde pistacho con los hombros al aire. Una visera del mismo color y unas zapatillas amarillo chillón con calcetines cortos, también verdes. Parecía un semáforo, pero muy bonito.

Se estuvo mirando esa mañana —coqueta ella— durante un buen rato en el espejo y observaba cómo se le marcaban sus músculos jóvenes cuando los tensaba y ponía rígidos. Sus glúteos firmes.

Por la ventana percibió que Mario ya estaba en la puerta haciendo estiramientos y lo dejó que esperara impaciente a su atleta. Cuando bajó, él le dio *un repaso* de arriba abajo. Silvia, con una amplia sonrisa, supo que, ciertamente, había acertado con la indumentaria. La verdad es que con cualquier cosa estaba preciosa.

Comenzaron al trote hasta que salieron del pueblo y luego un poco más rápidos por un camino que subía hacia el norte. En un par de kilómetros ella estaba roja como una amapola y resoplaba por todas partes.

Empezó a pararse con el cuento de subirse un calcetín, atar de nuevo la zapatilla o, simplemente, coger un poco de aire. Mario se dio cuenta del esfuerzo que estaba haciendo la muchacha, bajó el ritmo al mínimo y cambió la ruta acercándose poco a poco al río Júcar, donde, gracias a los árboles y las aguas, se notaba frescor y se escondían un poco del sol.

Cuando lo creyó oportuno pararon y a la chica *se le apareció el cielo.* Se tumbó en un ribazo junto a las aguas frescas de la orilla del Júcar.

Jadeaba su pecho arriba y abajo y el color de sus mejillas empezó poco a poco a perder el rojo alarmante, volviendo su tez a la tonalidad normal. El murmullo de las aguas corriendo con rapidez sosegaba el momento. Olía el río… a río. Difícil de describir esos aromas que llenan la nariz con una experiencia olfativa única en la que las mucosas gustativas también los detectan de alguna manera: frescor, humedad, vegetación, agua y musgo.

Desde allí podían verse prados cercanos sofocados por el bosque, como empujándoles.

Mario sacó de una mochila de la espalda un recipiente ex profeso para llevar sales y aguas minerales y se lo ofreció a Silvia. Aún estaba el agua fresca y tomó dos tragos largos. Entonces, ya más relajada, empezó a escuchar los pájaros y los ruidos del río serrano que discurría rompiéndose entre piedras. Las aguas murmuraban a su paso y una brisa agradable le rozaba sus brazos y hombros.

—¡Ay! ¡Qué bien se está aquí!

—Y que lo digas, esto es el paraíso.

Estaba tumbado a su lado y estiró la mano para cogerle a ella la suya. Silvia le abrió los dedos para que se entrelazaran las dos y cerró los ojos un rato. Notaba la respiración del hombre a su lado y lo sentía tan cerca que pensó que pasarían más cosas al instante. Él se acercó un poco, le dio un pequeño beso en su hombro y volvió a reposar cara arriba. Simplemente. Ella esperó, esperó…

«¿Ya está? ¡Venga, hombre, sigue un poquito más! ¡Vamos continúa, *bobito*, que ya te frenaré yo cuando lo considere oportuno!» —pensó ella en silencio, pero no dijo nada. Quiso ser recatada.

Y suspiró fuerte unas cuantas veces subiendo y bajando sus pechos para que viera lo bonitos que estaban.

—¿Quieres que sigamos corriendo o nos volvemos ya para casa?

—Yo no estoy en forma y tengo que ir poquito a poco.

Aunque, antes de levantarse, se dio media vuelta, se subió un poco encima de él y le dio un beso tierno, lento y jugoso. Luego, se levantó rápida y se puso a correr.

Él, un poco aturdido, vio cómo ya se marchaba por el camino hacia el pueblo.

—El último que llegue, paga las cervezas en Casa Julián —gritaba y se reía la jovencita picarona mientras corría.

Mario cogió el bote del agua, lo guardó en la mochila y se la puso a la espalda. Luego, se apresuró corriendo detrás. Ella, riendo, ya llevaba un buen trecho de ventaja. El muchacho *echó el resto* y, en la misma entrada del pueblo, la alcanzó. Llegó antes al bar y desde la puerta, jadeando, apoyando sus brazos en sus rodillas encorvadas, la señaló con el dedo al terminar ella su carrera.

—¡Yo no tengo dinero! —y meneaba *su bonito palmito* de un lado para otro para demostrar que no llevaba monedero ni lugar donde ponerlo.

Eso sí, se apreciaba una figura perfecta… ¡Un cuerpo de veinte años!

De compras

Preguntó Gimena:

—Goyi, ¿te puedes quedar con la niña mañana? Queremos ir a Cuenca, las dos leonesas, a comprar algo de ropa.

—Sin pegas. Cuando vengáis, os tendré puesta la comida en la mesa. ¿Os apetece alguna cosa?

—Pues ahora que lo dices, unas lentejitas con todas sus cositas, sí que nos gustaría.

A las nueve de la mañana salieron hacia Cuenca la tía y la sobrina. Se pasaron primero por un concesionario de coches para ver los modelos en venta, pues Gimena seguía con la idea de comprar un coche nuevo. Después de mirar y mirar, indecisas, dejaron el tema para otro día.

—Ahora nos vamos a comprar ropa, que yo no te veo a ti muy sobrada, mi querida sobrina.

—Que no, tía, de verdad, que tengo suficiente y no me hace falta nada —rogó tímidamente la jovencita.

—¡Cállate, bobita! Siempre me acordaré cuando mi Fausto me llevó a Madrid y me metió en unas tiendas estupendas y me dijo:

«No mires el dinero y compra lo que te guste. Considera este acto como una gratificación por los servicios prestados».

¡No se me olvidará nunca!

¡Bueno, no te digo más, ese día, por vez primera, nos acostamos! —concluyó soñando y recordando con cariño.

Silvia se compró todo lo que quiso siendo moderada, pues la chica tenía los pies en el suelo. La forzó su tía a comprar un par de zapatos con un tacón bastante más alto al que ella estaba acostumbrada. También unas bonitas zapatillas de deporte y algunos pares de calcetines de colores. Unas cuantas braguitas, pares de medias y lencería fina se sumaron a la compra.

—Tienes que ir acostumbrándote a llevar esos tacones altos, pues si un día tienes una boda o algún compromiso social importante, serás *una mujer elegante* y no un pato mareado. ¡No creas que todas las mujeres saben llevar unos zapatos tan altos! A algunas, en cuanto se ponen a andar, se les nota que no están seguras y pierden el equilibrio.

Y la próxima vez nos iremos a Madrid a comprar. ¡Allí sí que se disfruta!

Volvieron a su pueblo pensando en las lentejas que les estaba preparando Goyi para comer.

El machote

Esa mañana salió Silvia un rato, como ya era su costumbre, con el carrito de la niña para que tomara el sol. Por allí, por la puerta de La Casona, le gustaba dar vueltas a la fuente haciéndolas largas y lentas.

En un momento dado llegó un motorista con una Harley haciendo el ruido característico con sus pistonadas de motor y sus resoplos de los escapes. De ella se bajó un hombre alto y le puso la pata de cabra a la montura, que quedó inclinada. Puesta la típica chupa motera con unas alas en la espalda. Se quitó la chaqueta y debajo dejó ver un chaleco similar, alegórico también al mundo de *Harley Davidson*.

Al quitarse el casco y los guantes, que dejó en la moto, Silvia lo conoció. Bueno, ya lo había hecho de antemano. Era Braulio, un muchacho con el que tuvo una pequeña relación en León y que ella decidió acabar, pues era muy celoso y tóxico. Mayor que ella en años, quizás más de diez.

Este le sonreía mientras se acercaba a ella. Andaba como un pistolero del oeste con sus piernas arqueadas, flaco y mal afeitado. ¡Daba a entender que era el dueño de la plaza!

—¡Hola, Silvia! ¡Qué guapa estás! He tenido que venir a buscarte, puesto que tú no me has llamado ni enviado ningún tipo de aviso.

—¡Perdonaaa!, nosotros ya no tenemos amistad de ningún tipo para seguir teniendo contacto —le contestó ella orgullosa y altanera.

—Pero… ¿Qué me dices? ¿Crees que yo hubiera venido desde León si no hubiera una relación entre nosotros?

—Pero, chaval, ¿estás en tus cabales? Te dije muy claro que me venía a Cuenca y que nosotros no teníamos nada por terminar. Eres una persona celosa y posesiva y yo no quiero a nadie así cerca de mí. ¡Punto y final! —y con su bonito dedo se tocaba la sien como indicando al motero, que no estaba muy acabado.

Entonces él la cogió de los dos brazos, la separó del carrito de Valentina y la empezó a zarandear.

—Esto se acabará cuando yo diga, no cuando tu mente caprichosa de niña mimada quiera otra cosa, ¿entiendes?

Estos forcejeos los observó Amelia desde el otro lado de la plaza, que estaba entrando a su casa. Dejó las bolsas en el suelo y se dirigió a ellos con premura.

—¡Oye!, deja a la chica ahora mismo en paz, so bestia.

Miró el hombre a Amelia con desdén, sin soltar a Silvia con una mano, y le señaló la puerta de su casa con el otro brazo extendido.

—Anda, tía, vete a fregar a tu casa y no te metas en lo que no te importa.

Pero Amelia y su fuerte carácter no se amilanan ante cualquier *bravucón de salón.* Se acercó aún más al tipo y le agarró del chaleco. Y conforme lo tenía sujeto, le pegó con la rodilla todo lo fuerte que pudo en el centro de sus piernas. *El machote* dejó a Silvia y sus manos se fueron directas *a sus partes*, al tiempo que gruñía un poco agachado. Cuando se le pasó un poco el dolor, se fue cara a ellas colérico y amenazante…, pero un hombre lo cogió desde atrás y le dio un fuerte puñetazo, que le hizo caer al suelo completamente aturdido. Después, lo recogió de nuevo de la coleta, lo acercó a la fuente y, en la pila de esta, le metió la cabeza dentro del agua durante un buen rato. ¡Como si lo estuviera bautizando! Y este braceaba, pues le debía de faltar el aire y sobrar el agua ingerida.

—¡Que lo vas a ahogar! —le gritó asustada Amelia.

Le sacó la cabeza del agua y le dio otro enorme puñetazo. Volvió a caer, de espaldas, en el centro de la plaza y muy cerca de su moto. El escalón de veinte centímetros que había de la fuente a ras de suelo de la calle, ni lo tocó siquiera. Voló por encima y se quedó un rato allí quieto y aturdido.

Silvia vio a su chico, a su Mario, como un campeón frente al enemigo. Defendía a las mujeres y a la villa entera. Se acercó Mario de nuevo al motorista, le cogió la cabeza por los pelos y le dijo bajito, en la oreja:

—Ahora, coge esa *calienta huevos* en la que has venido y desaparece de aquí. ¡Y no vuelvas nunca más! ¿Lo has entendido bien?

El motorista asintió con la cabeza. Tenía un labio partido y sangraba por la nariz. Se puso su casco y su chaqueta y guardó los guantes en un bolsillo para agilizar la huida. Se fue con su caballo mecánico haciendo todo el ruido del mundo. En la plaza ya había seis o siete personas más que miraban atónitas.

Después, Mario se acercó a Silvia y la recogió entre sus brazos un rato para que se le pasara el susto.

—¡Ya se acabó, mi niña, ya se acabó!

Se fue hacia arriba, al piso, con la niña Valentina. Amelia recogió sus bolsas y las guardó en su casa, antes de volver también a La Casona.

Al momento llegó también el coche de la Guardia Civil que, se supone, alguien del pueblo había llamado. Explicaron algunos vecinos el trance y los agentes se fueron a buscarlo, al menos hasta la salida del pueblo. Más que nada para estar seguros de que no volviera.

Y Silvia se emocionaba solo de pensar como *su caballero* la había defendido sin dudas ni incertidumbres.

—Esta noche me lo como a besos...

Semana Santa. Cuenca, 2006

Le dijo Mario a Silvia:

—Mañana, muy tempranito, nos vamos a Cuenca a ver la Procesión de la Turbas. Abrígate un poco que a las siete de la mañana hace frío.

—Yo quiero ver la "de los borrachos".

—Esa es... la de Las Turbas. Se llama La Procesión del Calvario.

Y sobre las 7:30 h de la mañana aparcaron el coche por la zona del Juego de Bolos. Subieron andando por la Puerta de San Juan.

—Vamos a un sitio muy especial. Se trata de un

lugar donde los clarines —los turbos que llevan las turutas— dan una buena pitada al Jesús. Esto es histórico y un lugar muy singular. Este trance, siendo tú de fuera, solo lo puedes ver si vienes conmigo… cariño —le explicó Mario.

Cuenca en esos días se triplica entre vecinos propios y visitantes, y verdaderamente hay que ser del lugar para moverse con soltura por estos rincones. Optaron por esta antigua entrada a la ciudad —Puerta de San Juan—, aunque también podían haber subido por Las Angustias. Consiguieron bajar por la calle pequeña paralela a Palafox, para ver de cerca "La Clariná", donde los turbos se juntan y amontonan alrededor de una escultura de J.L. Martínez Saiz. Aquí le dan una buena pitada a Jesús, todos en grupo.

Y, efectivamente, allí empezaron poco a poco a juntarse nazarenos de todas las edades y con túnicas de todos los colores a esperar la llegada de El Jesús.

Los tambores, como moscas que se arriman a la miel, también *se apretaban*. El ruido ensordecedor de los palillos golpeando a los parches de piel destemplada crecía. Sus roncos sonidos se oían e iba subiendo el volumen conforme salía el sol tímidamente.

Al rato, llegan los penachos de la cofradía y, un poco después, «El Jesús». Es una figura de tamaño real, señorial y al tiempo espartana, con su cara expresando tal sufrimiento que parece que quiere gritar su dolor. Al mismo le acompaña la figura de un hombre que le ayuda con la cruz.

Las apreturas del lugar eran hasta un poco aterradoras para una chica de Astorga que nunca había visto nada igual. Cada vez la empujaban y exprimían más, hasta el punto de que no tocaba con los pies en el suelo y la zarandeaban para arriba y para abajo de la calle, según las hordas se movían a su capricho. Mario la abrazaba y estaba allí absorto en la procesión, muy contento con la visión tumultuosa y el momento. Olores a sudor y resoli se mezclaban entre los asistentes; también a buenos porros. Silvia llegó a pensar que la única que allí olía bien era solo ella.

La imagen de Jesús, El Nazareno, se paró delante de ellos con el madero a sus espaldas. La figura de un samaritano detrás del Jesús le ayuda con el suplicio que lleva a cuestas. Solo cuatro candelabros con velones encendidos le acompañaban, en las cuatro esquinas del paso. ¡Nada más!

Las *turutas* rompen y pitan con sus graznidos y quejas mirándole a la cara cuando *las andas* se ponen en movimiento.

—Les decimos los conquenses a las trompetas: *turutas*, con cariño, claro. Y los que van debajo de *las andas* llevando el paso, les llamamos *banceros*.

Los nazarenos que llevan *las andas* y la imagen a cuestas. Están debajo y con ritmo acompasado, componen parte del desfile de la Semana Santa.

Y *el paso*, con esfuerzo y cogiendo un ritmo medido por las filas de los *banceros* puede, casi con dolor, subir por las cuestas del Palafox. Suenan de nuevo los tambores al amanecer con frenesí y tapan con su ruido el clamor de los clarines. Ello no lo parece, pero esta es *una desorganización organizada*.

A Silvia se le hace un nudo en la garganta y le da mucha pena "El Jesús", pero no tiene tiempo, pues Mario tira de ella y empiezan a subir, con mucha más gente, por la calle estrecha paralela hacia la Plaza Mayor. El paso está limpio sin capas ni bordados, ni flores. La imagen, fatigada y agotada, lleva una corona de espinas clavada en su frente y un gesto de dolor y martirio en su cara.

—Si no nos damos prisa, no podremos pasar, que en la Puerta de San Juan se hace *un cuello de botella* enorme —explica Mario.

Y una vez que pasan ese lugar, se abre la calle Alfonso VIII y por encima de esta, ya sin prisas, llegan a la Plaza Mayor. Buscan un bar donde tomar un chocolate con churros, pero esta es otra tarea difícil de conseguir.

Cuando salen del parador, ella reconfortada por un buen chocolate, puede ver las preciosas Casas Colgadas desde el otro lado del puente. ¡El hermoso paisaje le llega a excitar por su belleza!

Sus ojos no pueden asimilar tantas cosas al mismo tiempo y, además, su miedo a las tablas del puente, que crujen con pequeños movimientos, no le deja centrarse.

Mario sonríe y tira de ella sin prisa, pues piensa que en cualquier momento se pondrá a cuatro patas, como un gato, y clavará sus uñas en el suelo de madera, inmóvil y aterrada. En el centro del puente la coge por detrás, le dirige la mirada hacia el entorno y le señala la casa de Federico Muelas, periodista, poeta y guionista de la Generación del 36. Hoy en día, la casa derruida.

Ella siente sus manos en los hombros y el tono de su voz, las palabras mismas, la presión de sus brazos, la sorprenden y la turban. Le agrada y le gusta.

—Mira, allí enfrente está el Obispado y, a la izquierda, las Casas Colgadas. Y aquello de allí arriba es el Castillo, que hasta hace poco era la cárcel. A tu derecha hay un seminario de donde, antiguamente, salían muchos curas nuevos que supongo que tenían mucha devoción.

Por abajo pasa el río Huécar y por ello a este paraje le llamamos Hoz del Huécar. Viniendo del pueblo que hemos pasado esta mañana, está la otra, la Hoz del Júcar, que tú ya conoces. Y Cuenca medieval, medio morisca, la antigua, en el centro.

Puedes ver sus edificios del siglo XIX y anteriores. Y allí abajo, el Auditorio —Mario le enseñaba todo, lo mejor que sabía y podía.

Volvieron otra vez por la parte de arriba de la calle de Alfonso VIII. Mario quería enseñarle el canto del *Miserere Mei Deus* que entona un coro desde la escalinata de Los Oblatos (San Felipe Neri). Tuvieron que esperar mucho tiempo, pero, cuando empezaron a bajar las turbas, fue un espectáculo tan curioso y diferente, que el tiempo ya no contó en el reloj.

Mario no le quiso aclarar exactamente de qué se trataba y ella *echaba ascuas...*

Hacía frío y para calentarse los pies se ayudaba la joven dando saltitos. Por fin, se acerca otra vez el paso del Jesús y en la parte más ancha que hay en la calle se empieza a juntar tanta gente, tantos nazarenos, tantos turbos, ¡que da hasta miedo!

Afortunadamente ellos están en el muro en la parte de arriba, y desde allí es como si estuvieran en una barrera. El paso con el Jesús llega al lugar, y sus *banceros* dan un pequeño y tímido giro encarando la imagen a unas escalinatas de entrada a la iglesia, y todo el mundo se calla. ¡Pero todos! ¡La ciudad entera! Silencio absoluto.

Los pocos pelos de los brazos de Silvia se le erizan y la emoción contenida de su corazón casi le explota. Siente su palpitar dentro de sí, aunque está junto a miles de personas.

Y comienza un coro situado en las escalinatas a deslizar su melodía, que a ella le parece *una especie de gregoriano antiguo.* Y va creciendo el cántico como subiendo al infinito hasta que se rompe en encanto y el silencio y una furia de rudos tambores, saltos, turutas y hasta silbidos y aplausos se apoderaron de nuevo del lugar. ¡Se le caían las lágrimas de emoción!

Y «El Jesús», con su samaritano detrás, baila y baila. Y los turbos le cantan... «*¡Que lo baile! ¡Que lo baile!*».

Y pum, pumpum, pumpum... suenan los tambores.

¡Ella no entiende nada, pero le gusta todo! Llorando, le pregunta a Mario:

—¿Qué significa todo esto? ¿Por qué?

—¡Esto es Cuenca, cariño! ¡Esta es su Semana Santa! Dentro de un momento vendrá el dolor, recogimiento y penitencia, pero será… después.

Y vino «La Verónica» y fue más de lo mismo y luego «el guapo San Juan Bautista».

¡Y cómo baila el San Juan meciendo la palma! ¡Tan triste, tan guapo y tan alto y señorito! —pensaba Silvia.

Los tambores poco a poco fueron alejándose, el frenesí se fue apagando y empezaron las bandas de música a tomar su lugar.

El duelo y el fervor llegaron a la procesión. Aquí, todo eran capirotes (capuchones), velas y silencio. Y por fin llega el último paso, La Soledad de San Agustín, con muchos penitentes, que ofrecen promesas y sacrificios detrás de ella, y la Banda Municipal de Cuenca.

Esta banda, ya saben los conquenses que es la última del cortejo. Las autoridades civiles y eclesiásticas pasan delante de los músicos y la Procesión del Calvario baja a su encierro, a su lugar, a la iglesia del Salvador.

La pareja, después, quiere visitar la capilla de Las Angustias, imagen de mucha devoción por parte de todos los conquenses. Disfrutan de una bajada entre rocas con preciosos rincones y muchas escaleras. ¡Y gente, mucha gente!

Virgen de las Angustias

Había tantos fieles queriendo entrar al santuario y visitar a la Virgen, que lo dejaron para otra ocasión.

—Otro día te contaré un par de leyendas que hay por aquí, pero hoy no es el día —y le tiraba Mario de la mano, con prisa.

Por las escaleras y bajantes, en un momento descendieron al Juego de Bolos, donde tenían el coche, para volver a su pueblo. Se notaba el frescor del río Júcar y su belleza entre los árboles.

—¿Te ha gustado?

—¡Me ha encantado! ¡Nunca pensé que podía ser así! Desde luego este país tiene cada vivencia, cada rincón para visitar y ver, que no lo acabaríamos nunca. Te doy las gracias por este día tan especial.

—Ahora nos falta una buena comida en el pueblo antes de despedirnos.

—Sí, pero déjame que primero avise a casa para que no se preocupen.

**

Por la carretera pasan por el lugar donde, según Mario, falleció Fausto, pareja de Gimena y padre de Valentina. Justo el sitio de la caída del coche al río.

—¡Para, por favor!, que lo quiero ver todo. ¡Para! —casi gritó ella.

Allí está el río Júcar, con un bonito remanso de agua verdosa y el lugar donde se salió el coche entre el arbolado. Aún no habían pasado ni siquiera cuatro meses y se apreciaban algunos chopos cortados y barro por el lugar. El suelo tenía marcadas las ruedas del vehículo, en el ribazo del río.

—La gente que pasaba por la carretera dijo que el coche estaba *amorrado* en el agua y solo se veía el culo rojo del *dos caballos*. Fausto tenía la cabeza dentro del agua y entre varios tiraron del coche por atrás. Como el auto es pequeño, ligero y, además, había gente fuerte y bragada, lo arrastraron afuera y sacaron al hombre, por si estaba vivo…, pero nada pudieron hacer. Se ve que el corazón se le paró antes y por eso se salió de la carretera. Bueno, eso es lo que dicen las gentes y comentarios que se cuentan de la autopsia. Aunque yo no puedo asegurarte nada. Tengo un amigo del pueblo que ayudó y tiró del coche, y me lo contó.

Curiosamente, en un chopo y a una altura de unos dos metros, había una estampa funeraria o recordatorio cogida con dos chinchetas. En esta, se leía una oración que se empezaba a desdibujar con el paso de las lluvias y el tiempo. Alguien la colocó en su día. Y decía así:

A Silvia le caían lágrimas, que corrían por sus mejillas. Y rezó, para sí misma, la corta oración de la estampa. Lloró sin consuelo durante un buen rato, hasta que sus ojos quedaron secos, sin brillo, rotos. Se acordó de su tía Gimena y de Valentina, la chiquitina.

El hombre le cogió la mano suavemente y se la fue llevando del lugar. Se subieron al coche cara al pueblo.

—Me tienes que perdonar, Mario, pero he cambiado de idea. La parada y visita del siniestro lugar me acongoja y tengo un nudo en la boca del estómago. No podría comer nada y estoy realmente dolida. No soy la mejor compañía que pudieras tener. Te prometo que te compensaré en otra ocasión, pero, sinceramente, no pensé que me podía influir tanto el lugar —miró con lágrimas al chico.

—No te preocupes, que te entiendo y no deseo estar con una chica tan guapa y llorosa. Otro día saldremos con mejores ánimos. Lo importante es que ya conoces parte de la Semana Santa de Cuenca, que es lo que yo quería enseñarte. El próximo año me enseñarás tú la de Astorga.

—¡No creas, que es también muy bonita!

Y se dieron un pequeño beso, despidiéndose. La guapa Silvia se metió dentro de su portal. No le dijo nada a su tía del paraje visitado. Se lo comió para ella sola.

El nuevo vendedor

Bajó Gimena a la tienda en la que estaban Mario y Angustias. Acordaron una reunión con Antonio para hablar de temas de la fábrica y quedaron en verse a las doce de la mañana allí, en el local.

En el despacho de la misma se juntaron los cuatro para organizar las tareas. Angustias estaba *un poco mosca* con la reunión, pues no sabía por dónde iría el motivo. Mario se imaginaba algo, ya que tenía información privilegiada de Silvia sobre la compra de un coche para un vendedor y esperaba que se lo ofrecieran a él.

—No estéis preocupados, que estamos contentos con el rendimiento de la tienda. Bueno, si tenemos que ser sinceros, nos gustaría que se vendiera más, pero sabemos que no es culpa vuestra. Este local y sus productos realmente son un escaparate para posibles compradores y también para mostrar lo que fabricamos. Si no lo tuviéramos, habría que crear uno igual. ¡Es la imagen de La Fábrica! —dijo Antonio—. El motivo de esta reunión es que deseamos crecer como empresa y para ello queremos ampliar cartera de clientes.

Nuestra idea es poner un viajante que busque, ofrezca y venda nuestros productos en zonas donde no tenemos ningún tipo de ventas, es decir, que abra mercados nuevos. Podríamos buscar un comercial o dos en diferentes zonas para que visitara a nuestros posibles clientes, pero pensamos que la mejor idea es ofrecerte esta oportunidad a ti, Mario.

Eso si estás de acuerdo con ello y sabiendo que conoces nuestros muebles, casi como Angustias. Y también aprovechando que eres joven y no tienes cargas familiares para poder viajar. ¿Qué os parece la idea?

—Me parece todo muy bien —comentó Angustias—, pero entonces yo no podré llevar tantas cosas, pues, como sabéis, estoy ocupándome de la parte administrativa de la tienda, además de las funciones de decoradora publicitaria.

—Te reforzaremos con un ayudante en sustitución de Mario, pero lógicamente este será un chico joven, o chica, y no tendrá experiencia. Le tendrás tú que enseñar. No vemos otra manera de hacerlo —terminó Antonio.

—¡Qué remedio, pues enseñaremos! —Viendo los hechos consumados, asintió Angustias, y sin ninguna mala cara, ciertamente.

—Pues si tú, Mario, aceptas el reto, puede salir Angustias del despacho y hablaremos de tus condiciones y nuevas funciones.

—Bien, Mario —le aclaraba Gimena—, sabes que este tipo de trabajos no tiene horarios fijos y un poco hay que irse adaptando al tiempo libre que tienen los clientes. Y algunos, ciertamente, son unos pesados y poco compresivos. Esto no quiere decir que, si trabajas duro, cuando vengas por aquí, de vez en cuando te tomarás tus días de libranza según tu criterio y nuestra disponibilidad.

—¡Por supuesto que lo comprendo! Y espero que, si tengo que volver por carretera un domingo o día de fiesta, lo tengáis en cuenta para no crear un mal ambiente profesional. Pensad que habrá días en los que yo trabajaré catorce horas.

—Mira, Mario, normalmente en estos trabajos, todas las empresas *seducen* y ofertan la opción para que te des de alta como autónomo. Así no hay ningún convenio en el que agarrarse por la dificultad de normativas ante un viajante de carretera.

Nosotros no queremos perjudicarte y seguirás con el sueldo igual que el que tienes ahora. Tendrás un plus fijo, eso sí, pequeño, por cada día que estés fuera. Todos los gastos de hoteles, restaurantes, gasolina, taxis y muchas más cosas que te hagan falta…, te guardarás las facturas y te las pagaremos cada vez que vengas por aquí.

Otra opción podría ser, si te gusta más, el cobro de dietas. De esta manera tú te buscarás los hoteles y restaurantes, pero pensamos que esto es peor para ti. Además, te proponemos una comisión de las posibles ventas que consigas, como incentivo —le anotaba Antonio.

—Pero este método está abierto —explicaba Gimena sonriendo— y quizás lo tengamos que revisar dentro de seis meses viendo los resultados y mejorar, cambiar o sustituir. Eres el primer jefe de ventas itinerante de La Fábrica. ¡Eres el *vendedor piloto*!

Para ello te vamos a comprar un coche nuevo que podría ser un Seat León o quizás un Golf TDI…, a tu gusto. Tendrás que llevar un pequeño logotipo a modo de anuncio de la empresa detrás. Algo discreto.

También nos gustaría que comenzaras *a patear* la zona de Valencia y Madrid, pues nos parece que es un mercado muy abierto.

Lógicamente huyendo un poco de los pueblos donde hay fabricantes de muebles, pues serás su competencia. ¡Bueno, eso será a tu criterio!

Reúnete con Pedro, el informático, y prepararos una buena planificación. Este te ayudará mucho según las consultas que tiene de posibles clientes que preguntan —terminó de explicar Antonio. Y se dio por finiquitada la reunión.

Mario estaba en la puerta de la tienda esperando que saliera Silvia a la plaza para contarle las nuevas disposiciones de la empresa.

—Anda, niña, sal a dar un paseo a la calle —le dijo Gimena a su sobrina—. Que tienes al chico como un perrito, y solo hace que mirar para arriba. ¡Que te quiere contar algo!

Y Silvia se acicaló delante del espejo y salió *perfumadita* a dar un paseo.

Madrid

Le explicaba Gimena al gerente:

—Antonio, he hablado con Mark, de Madrid. Como tengo que ir allí por cosas de la herencia de mi niña, he pensado en concertar una cita con él y que nos dé ideas y otro impulso como experto que es en promociones y ventas. ¿Qué te parece la ocurrencia?

—Pues muy buena, ya que la influencia y mediación de Fausto con La Fábrica fue gracias a él. Mark nos buscó unos clientes, que aún tenemos, y nos abrió una cartera con Portugal que es discreta pero muy efectiva.

Un par de días después, la mujer cogió el tren en la estación de Cuenca y se presentó en Madrid sobre las once de la mañana. Allí, junto con su cuñada Laura fueron a una notaría y firmaron varios documentos; después, a un gestor inmobiliario y a un banco, donde demostraron que Valentina era hija de Fausto y de Gimena. Llevaba el libro de familia y el acta de defunción a la vista. Pusieron todos los ingresos y cuotas varias a nombre de la pequeña para años venideros. Bueno, realmente faltó algún documento y algún otro impreso oficial, pero quedaron en el envío certificado de los mismos unos días después.

—¿Te quedas con nosotros a comer y dormir? ¿Te vas mañana a Cuenca, sin prisas? —la invitó Laura.

—Te lo agradezco, pero tengo una reunión con un publicista amigo de Fausto para los temas de la fábrica y, además, quiero pasar por el pisito de tu hermano, para echar un vistazo. Si se me hace muy tarde, me quedaré allí a dormir y por la mañana, temprano, cogeré el tren de vuelta —explicó Gimena.

En un taxi llegó enseguida a la oficina de Mark. Cuando se bajó del coche y delante del edificio, en la acera, comprendió la magnitud de esta empresa publicitaria. Eran seis plantas con un rótulo enorme donde ponía P&G.Design. Los bajos del edificio tenían similares características a las de cualquier banco de primera línea española.

Toda la finca acristalada y en la entrada un mostrador modernista con dos secretarias monísimas. Cada una con un pinganillo cerca de su oreja. Un guarda jurado paseaba por allí discretamente, sin molestar. Con una sonrisa le indicaron que subiera a la quinta planta, que ya la estaban esperando.

En el quinto piso y nada más salir del elevador, se encontró innumerables plantas naturales que daban la impresión de un jardín botánico. De la parte izquierda del edificio vino una señorita y la acompañó amablemente al despacho del dueño de todo aquello. Le abrió la puerta y allí estaba el guapo Mark, sonriente, detrás de una enorme mesa modernista y un par de pantallas de ordenador. También dos teléfonos. No tenía nada más y esta mesa no disponía ni siquiera de cajones donde alojar documentación o una simple grapadora.

Se levantó de su sillón y fue hacia ella con una agradable sonrisa. Le dio dos besos y, acto seguido, la llevó a unos sofás blancos que había en un rincón de la oficina. Desde allí se apreciaba una vista de medio Madrid gracias al acristalamiento de todo el despacho.

Él olía muy bien cuando se le acercó. Llevaba unas gafas de vista *de diseño* que hacían juego con su camisa y chaqueta. Sus pantalones vaqueros eran muy entallados y posiblemente difíciles de poner. Sus zapatos, muy elegantes y sin calcetines. Estaba muy moreno y guapo, sin corbata y con la camisa abierta por donde se le asomaban unos pocos e incipientes pelos recortados con máquina.

—No te tengo que decir lo que sentí la muerte de Fausto. Espero que seas fuerte y lo sepas sobrellevar. Yo no pude ir al entierro porque estaba en New York. Ya me has explicado el motivo de tu visita por teléfono, pero quiero que me cuentes más cosas para poderte ayudar lo mejor que pueda. ¡No quiero que en esto tengas la menor duda!

—Pues verás, Mark, llegado a este punto, tengo la opción de seguir con la gestión de La Fábrica, malvenderla o quizás cerrarla. Pero cuando pienso en las familias que están detrás, me da pena. Además, aprecio que la dichosa empresa no va nada mal y, como soy una inexperta en estas cosas, se me ha ocurrido acudir a ti, pues no tengo en quién confiar y buscar asesoramiento. Esta era una ilusión de Fausto que no quiero finiquitar.

—¿Qué conocimientos empresariales tienes y qué experiencia? Básicamente, ¿qué has estudiado?

—Soy abogada, pero sin ejercer.

Mark se miró el reloj y le dijo:

—¿Qué te parece si te invito a comer y así tenemos más tiempo para hablar de todo?

Canceló todas sus citas cuando salió con ella por la puerta del despacho, simplemente con un comentario a la secretaria, y cogieron el ascensor.

«Huele bien, el puñetero… y no es precisamente bajo» —rumió Gimena para sí misma.

Ya en el garaje, casi vacío, se acercaron a un deportivo negro precioso que ella, como no era entendida, no supo definir, pero sí que le gustó. Se trataba de un Porsche 718 Cayman GT4. Se introdujo en el coche acompañada hasta la puerta por el hombre, que esperó que se colocara para cerrársela. La mujer no tuvo más remedio que subirse un poco el vestido al sentarse tan bajita en el asiento, y enseñó sus bonitas piernas y sus medias elegantes, con sus zapatos recientemente estrenados.

El coche rugió y salieron del edificio con premura hacia el lugar que él había pensado. Llegaron a un garaje donde también aparcó sin dificultades y se fueron por el ascensor al restaurante. Los recibió un *jefe de mesas* elegante y, por su saludo, se notaba que allí Mark era un cliente conocido. Fueron colocados en un rincón plácido y discreto donde pudieron hablar largo y tendido, e incluso la mujer soltar alguna lagrimita de vez en cuando. El hombre la cogía de la mano como solidarizándose y protegiéndola y este pequeño detalle a ella le agradaba.

El primer contacto estaba hecho en espera de resultados comerciales. Después de comer Mark la llevó a la estación donde cogió el tren de vuelta.

Dormitorio imperial

A Silvia la llamó por teléfono una amiga de Mario y de toda la cuadrilla de Cuenca. Cumplía los años el sábado y quería celebrarlo en compañía de todos. Había buscado un rincón en un bar para tomar una copa y charlar un rato. Ella se fue en el autobús, ya que Mario estaba de viaje con su nuevo trabajo de representante, que lógicamente se tomó muy en serio. Llegaría tarde a la reunión.

Besos múltiples de todos y todas y buena armonía y alegría. Se trataba de pasar un rato en compañía de la cumpleañera. Alguien había comprado un detalle y Silvia pagó su parte, a escondidas de la anfitriona.

Jacinto, como era costumbre, se acercó a ella y le susurraba cosas hasta el punto de que no le dejaba mantener una conversación amena con otra chica. Pasó a un siguiente paso, más atrevido y empezó con el dedo a tocarle tímidamente el hombro y el cuello...

—Jacinto, por favor, ¡deja de molestar... coño! ¡Si es que estás siempre chinchando como una mosca cojonera, joder! —exclamó Silvia irritada.

Y el mencionado se levantó y se fue a la otra parte del bar con *el rabo entre las piernas*.

—Es que es verdad —dijo la cumpleañera—. Está siempre igual. Pero tranquila, que es molesto pero inofensivo. Con este repaso que le has dado, ya no se acercará en mucho tiempo. Todas hemos tenido que plantarle cara en algún momento y, como tú eras la nueva, pues te ha tocado.

Después de cantar el típico *cumpleaños feliz* con un par de velitas encima de una pequeña tarta, se empezaba a vislumbrar el fin de la reunión. Entonces Silvia tuvo una visión muy agradable: allí, en el quicio de la puerta, detectó a Mario. Salvo que este tuviera el don de la bilocación, había llegado a tiempo al cumpleaños de Esmeralda.

¡Sus hormonas se pusieron *a cien* y le pareció más guapo que nunca! Se notaba cansado de tanto coche y carretera, pero estaba trajeado y apuesto.

Y después de los saludos a todos, la cogió por la cintura y le dio un beso largo al tiempo que la levantaba unos centímetros del suelo como si estuviera levitando. Hasta entonces había sido una reunión amena, pero a partir de este momento, Silvia se dio cuenta de que… ¡Amaba a este hombretón y lo quería con locura!

Volvieron a Sierra dándose mimos y cruzando manos y carantoñas dentro del coche y ella pensó que, de esa noche, no pasaba… ¡Y se lo tenía que comer…, enterito!

Las once de la noche y llegando al pueblo, le dijo a Mario:

—Me gustaría dormir contigo esta noche. ¡Quiero dormir contigo!

—Pues yo solo tengo el coche… ¿Si quieres aquí dentro? O quizás en una manta en medio el monte.

—Nuestra primera vez y en un coche. ¡Qué cutre!

—¡No creo que a tu tía le gustara que fuésemos a tu dormitorio a escondidas! Aunque si te digo la verdad, ¡me pone cantidad solo de pensarlo! Se me ocurre una idea, es atrevida, pero te la cuento: tengo las llaves de la tienda y está llena de camas. Si entramos despacito y encendemos una lucecita pequeña en un dormitorio de los interiores, allí no nos verá nadie. ¡Y son unas camas preciosas! —Le puso su mano entre las piernas a Silvia y esta las abrió como una flor.

Dejaron el coche lejos de la plaza y entraron en silencio en la tienda procurando no hacer ruido. Esto los ponía cada vez más excitados. Una vez dentro y al final, había una preciosa cama montada como modelo de exposición denominada *Imperial*. Una lámpara de mesita que difundía una luz cálida y escasa, pero más que suficiente, para lo que iban a leer. Tenía una sábana y una colcha preciosas que Angustias, la vendedora de la tienda, había colocado para conseguir un rincón placentero y agradable. Un par de cojines hacían de cabecero.

Disfrutaron de su momento y de su rincón; en especial a Silvia, le pareció el mejor lugar del mundo que pudieran haber escogido. Empezó a gritar en algunos momentos y él le tapó la boca para que no se oyera. Esto aún la excitó más.

Mario pasaba levemente la yema de un dedo por su corva de seda, le mordía el lóbulo de la oreja, se entretenía con el pezón de un pecho, jugaba con el vello rizado…, se dormía a su lado.

Cuando despertaron, vieron que ya pasaban de las seis de la mañana y entonces vinieron las prisas. ¡Estaba amaneciendo!

Gracias al nuevo cuarto de baño, perfectamente montado, se repeinaron y lavaron un poco. Después arreglaron la cama lo mejor que pudieron para que no se notaran las batallas que allí habían acontecido.

En un momento dado, Mario abrió uno de los cajones de la mesita y se encontró una caja de preservativos y un lubricante…, especial para clítoris. Esto los confundió un poco, pero, con las prisas, no estaban para indagar y razonar en lo encontrado. Luego, unos días después, pensaron que esos aceites y esos profilácticos debían de ser de Angustias. ¿Quizás el empleo de esas camas también se le había ocurrido antes a ella?

Salieron a hurtadillas y se fueron al coche que estaba en otra calle. Con el mismo, volvieron a la puerta de La Casona dando acelerones, para que se les oyera llegar.

—Tu tía estará preocupada —dijo Mario.

—Seguro, pero valió la pena. Ha sido una noche preciosa. ¡Uff, qué noche!

Se dieron un beso mordiéndose un poco los labios y cada uno se fue donde debía.

«Pensaba Mario que, cuando fuera *por esos mundos de Dios* vendiendo los muebles, siempre haría hincapié en la buena cama que era, el modelo *Imperial*».

La capital de nuevo

Nueva visita de Gimena a la capital para concretar distintos temas de la fábrica. Ella, monísima, se bajó del tren con unas gafas de sol puestas en sus bonitos ojos y un vestido negro con una chaquetilla igual con ribetes blancos, que hacían juego con sus zapatos de color marfil. Su bolso, también claro y con apariencia. Estaba un poco nerviosa ya que parecía una cita clandestina.

Fue Mark a recogerla a la estación y desde allí se fueron directamente a un buen restaurante. Después de ser atendidos por los distintos camareros empezaron a estar cómodos e intimaron de alguna manera. El rincón de la sala era escogido, discreto y, al tiempo, acogedor. Hacía dos meses del primer encuentro que habían tenido. El hombre de vez en cuando le cogía la mano como si fuera su protector.

—¿Estás superando la desgracia de Fausto?

—Bueno, a ratos, no creas. Mis responsabilidades y tareas me hacen olvidarlo en algunos momentos, y ello me ayuda a soportarlo.

—Yo te veo guapísima, Gimena.

—Será por ser madre. Dicen que produce una aureola, como un halo de luz radiante que te envuelve —contestó ella con una pequeña sonrisa.

—Tonterías, tú siempre has sido una mujer hermosa y ahora, más todavía.

—No seas adulador, Mark. ¿Me cuentas cosas de mi empresa y la posible ampliación de su clientela? Sabes que dependo completamente de ti.

—Pues van muy bien y empezarás a recibir llamadas y visitas en un corto espacio de tiempo. He contactado con Antonio y me están mandado fotos de muebles para publicitarlos y ofrecerlos. Los resultados tienen que empezar a verse pronto. ¡Te lo aseguro!

Estaban en los postres y el hombre pidió un champán francés. Aunque la mujer hizo un mohín de desaprobación, este le dijo que siempre bebía el mismo espumoso cuando estaba allí y que no lo viera como un festejo ni celebración. No obstante, si quería otra bebida, solo tenía que pedirla.

Ella aceptó y no quiso ser quisquillosa, pues se sentía una mujer moderna. Pero lo cierto y verdad es que las burbujas francesas, además del buen vino anterior más las sonrisas y halagos del hombre, la fueron relajando. Poco a poco reía cada vez más y se recostaba en el sillón con mucha comodidad, y hasta se soltó un par de botones del escote del vestido.

—¡Uf, qué calor hace aquí! —respiró fuerte ella.

—¿Quieres que te lleve a mi casa y te enseño mi colección de libros incunables? Se denominan así a los libros impresos antes de enero del año 1501. El término códice —seguía explicando Mark, aunque inútilmente—, se utiliza comúnmente para libros escritos a mano (manuscritos) en el período previo a la imprenta (es decir, hasta el fin de la Edad Media). Solían estar escritos en pieles de animales tratadas y estiradas.

Gimena dudó un momento, pues quizás esta era una invitación y proposición indecente. También es cierto que le apetecía ver la casa de Mark y que estaba un poco bebida, aunque trataba de disimularlo. No obstante, recordaba que su marido Fausto le dijo en su día que Mark, su acompañante, tenía fama de tener preferencia por los chicos. Entonces pensó que en ese aspecto estaba de alguna manera protegida. En resumen, que asintió y dio conformidad a la visita hogareña.

«¡Qué lástima que a *este hombretón* le gusten los chicos, con lo guapo que es!», reflexionó ella.

En veinte minutos estaban en el parking privado de su casa. ¡Parecía que Mark disfrutaba de todos los garajes privados de Madrid! Ya en el ascensor la tuvo que recoger de alguna manera por la cintura, pues daba algún traspiés y no coordinaba muy bien. Entraron en un piso moderno, céntrico y elegante. Ella no supo por dónde había llegado. Entre la rapidez del Porsche callejeando y los efluvios del alcohol, iba un poco perdida.

La pasó, orgulloso de ello, a una habitación amplia y oscura. Allí solo había una ventana con una iluminación indirecta protegiendo cientos de libros muy antiguos, que se guardaban colocados en vertical. Estos, espaciados por lotes lo suficiente para no tocarse entre ellos. La sala transmitía calma y sosiego. Le dio unos guantes de tela blancos y él se puso otros similares.

—Estos libros no se pueden tocar con las manos por las cremas y las grasas que llevamos en ellas —A continuación, le estuvo dando una disertación sobre el mundo del libro, su creación y su historia.

A ella no le importaba el tema, pues estaba *un poco borracheta* y no se centraba. Trataba de afianzarse un poco, pero en aquella habitación no había ningún sillón ni taburete. Solo un mostrador en el centro y poco más. Puso sus codos en él y se soportó la cara con las manos. Mark se dio cuenta y pasó directamente a enseñarle lo mejor de su colección. Trató de ser breve.

—Ahora te voy a mostrar mis mejores tesoros. No te voy a decir cómo han llegado estos a mi casa, pues es un secreto que no desvelaré a nadie —Y los empezó a sacar orgulloso.

Abrió un armario de puertas gruesas con una llave que la mujer no supo de dónde sacó, estiró unos rieles y aparecieron dos libros *códices* de diferente tamaño. Este armario estaba climatizado a la temperatura ideal que su propietario programaba.

Viendo que la mujer no mostraba el interés especial que él hubiera deseado, y comprendiendo que estaba *atufadita*, optó por sacarla de la habitación o especie de museo y se la llevó a la cocina, donde le preparó un café de máquina bien cargado para rehabilitarla un poco. La sentó después en el salón enorme, en un sofá de diseño totalmente negro.

La amplia estructura de este confortable sofá casi la obligaba a estar medio tumbada. Ella tonteó con la cucharilla poniéndosela en la boca de diferentes maneras ocurrentes.

—Mark, cariño, ¿me vas a ayudar a reflotar mi fábrica? —le preguntó un poco mimosa. Cómo saben hacerlo las mujeres…, ¡cuando quieren!

—Claro, preciosa, no tengas la menor duda. Por ello estamos aquí —y se la apartó un poco de encima con disimulo.

«¡Evidente; pierde aceite! —pensó entonces—. ¡Qué pena de hombre! ¡Jolines, pues una servidora está hoy para pecar e insistir! Que mi marido hace seis meses que falleció, el pobrecito».

Seguía, incisiva y cada vez más cáustica. Le puso los brazos por el cuello, empezó a tontear y se acercó a la comisura de sus labios. Este le correspondió y la besuqueó por todo el cuello y el lóbulo de la oreja. La temperatura fue subiendo con el roce. Él pensó:

«No puede ser. Que esta mujer que tengo aquí, medio espatarrada, ¡está borracha, caramba!».

—Gimena, vamos a hacer una cosa: vamos a la ducha, te das una con agua tibia y luego hablamos. ¿Vale, preciosa?

Y ella, obediente, fue hacia el baño cogida de su mano. Los zapatos, no se acordaba dónde estaban ni cuándo se los quitó. Le tuvo que ayudar a quitarse algunas prendas, pues, cuando se ponía a una sola pierna, oscilaba peligrosamente y se iba contra los bonitos azulejos de diseño de la ducha. Observó Mark que las medias no se las quitaría en toda la tarde ella sola. ¡No podía, simplemente!

Solo se atrevió el hombre a quitarle el sujetador. Al fin la metió debajo de la alcachofa de efecto lluvia y la dejó un rato. Le fue cambiando de agua tibia a fresca y viceversa. Esto comenzó a espabilarla y dio muestras de ser algo más razonable y cuerda. La secó un poco con una toalla grande y mullida y la llevó a la habitación. Le quitó las medias mojadas, pero no se atrevió a quitarle las braguitas. La dejó sentada en la cama envuelta en una toalla.

—Ahora me voy a duchar yo, que estoy totalmente mojado. Sécate bien que ahora vengo y es solo un momento. No te muevas de aquí —y se quitó la ropa mientras andaba hacia la ducha enseñando un poco la parte trasera de su cuerpo.

«¡Qué culito tiene el morenazo!».

Volvió Mark con la toalla alrededor de la cintura con pudor y secándose con otra la cabeza. Ella ya no estaba inhibida y sí muy tórrida. Sin tapujos ni vergüenza, le quitó la toalla de un tirón. Después, retiró la suya y se tumbó en la cama… ¡Sin braguitas!, dejando su cuerpo a la vista desnudo y precioso.

¡Porque esta mujer era… espléndida!

Él se la comía a besos y ella gemía de placer.

—Te voy a ofrecer un regalo: si quieres, chúpame los pezones y tomarás el néctar con el que mi niña vive y crece. Tengo leche aún, pues estoy amamantando a mi hija.

Esto fue una experiencia nueva para Mark, que pudo disfrutar del cuerpo de una mujer bella y degustar la leche de una madre que sacaba de sus entrañas y le ofrecía hasta sus raíces.

Miraba gustosa como él se aplicaba y succionaba mientras jugaba con su pelo y sus orejas. Y cuando su amante la miraba, ella se iluminaba. No había cansancio ni tiempo de parada en el goce de sus cuerpos, entregados a un hechizo lascivo. Un rato más tarde, después de los devaneos amorosos lógicos, se durmieron plácidamente durante más de una hora.

—Escúchame, Gimena, me gustaría que esto que ha ocurrido se quedara entre nosotros, pues tengo que decirte que mi fama de ambiguo en los temas del sexo me reporta muchos beneficios con clientes y clientas que diremos… que son distintos. Hay un colectivo aquí en Madrid y también en Barcelona y otras ciudades importantes —con mucho poder adquisitivo—. Este grupo de profesionales están directamente implicados en el mundo de la decoración, diseño y publicidad. En lo impreciso e incierto de mi persona, está el posible éxito con algunos de estos clientes. Quisiera seguir manteniendo este dilema —le aclaró Mark.

—Pues yo soy una viuda, por dos veces, de un pueblo de provincias, con una hija y, como comprenderás, no tengo interés alguno que nadie tenga dudas de mi honor. Pero me ayudarás, ¿verdad?

—No te quepa la menor duda de que lo estudiaré, aunque aún lo tengo bastante reciente con Fausto. Te pasaré una buena clientela de expertos, proyectistas y personas *esnob.* Estos son los que aconsejan y proponen a sus buenos clientes la adquisición de estos muebles que vosotros fabricáis.

Pero te advierto: si os van algunos de estos por allí, puesto que yo os los mando, debéis ser *sutiles* con ellos y tener mucho tacto. Ciertos comentarios y chistes, a este colectivo les molestan mucho.

—Mañana a las nueve debería estar en la estación para coger el tren. Si lo pierdo, me trastoca todos mis planes —dijo ella un poco asustada.

—Yo te llevaré, no te preocupes. Pero ahora, ¿qué te parece si yo hago un poco de pasta italiana que me sale muy bien? Para reponer fuerzas. ¡Porque me has dejado muerto!

—Sí, pero, por favor, ¡nada de champán!

Se juntaron Antonio, Angustias, Mario y Gimena. También llamaron a Pedro, el que llevaba la web y que, en su día, estuvo en Madrid con ellos. Tenían que hablar de la cita y reunión con el publicista Mark.

—Me ha prometido, el madrileño, que nos ayudará en todo lo que pueda y que pronto veremos los resultados. Quiere venir un día por aquí para observar *in situ* los nuevos productos y nuestros planteamientos. Cuando nos llame para visitas de algún posible cliente, tú, Mario, deberás acudir y atenderlo con rapidez. Pensad que, si él nos lo indica, es porque considera que puede ser importante.

La verdad es que, gracias a la amistad que tenía con mi pobre Fausto, se implicará y esto es una enorme ventaja para nosotros. ¡Tendríais que ver qué edificio tiene en Madrid!

Y otra cosa que os quiero comentar para que no *metáis la pata*… Tiene una cartera de diseñadoras y artistas que son el motor de la decoración de casas e inmuebles de clientes muy selectivos por todo el país. Estos, por decirlo de alguna manera, son afeminados y lésbicas y se comportan y visten muy a su manera.

Pero no os confundáis, no son nada tontos y sí muy suspicaces, y denotan enseguida el rechazo y la mofa escondida. Si se presentan por aquí de visita, es porque quieren conocernos y habrá que tener un cierto tacto, ya que pueden ser muy rentables para nosotros. Sus comentarios positivos nos pueden hacer mucho bien si los cuidamos.

—Pues yo no sé si sabré cómo tratarlos y hablar con ellos —expuso Mario.

—¡O con ellas! Pues con naturalidad, Mario. Son así y si quieren ser mujeres, como mujeres las tratarás, y si alguno quisiera algo contigo, niégate, pero sin aspavientos ni desprecios. ¡O no te niegues…, tú mismo!

Es, por ejemplo, como cuándo una chica te dice que no quiere salir contigo. ¡Supongo que alguna vez te han dado calabazas! ¿No conoces esa experiencia?

—…

—No sé si os he trasmitido la idea bien. ¡Y tampoco quiere esto decir que todos los que vengan por aquí, sean así! El mundo está cambiando y todos cabemos dentro de él —acabó Gimena con la alocución oral.

Y tú, Antonio, tienes que mejorar tu despacho, y el mío también. Busca a un pintor y cuando lo tengas me llamas para ordenarlo y darle una mano de pintura con un aire de modernidad camuflada… Es la idea que yo he cogido de este hombre.

Y se fueron todos *más liados* que cuando empezó la reunión.

Diseñadoras

Miércoles, abril de 2006
11:00 h

Día soleado a pesar de que estuvo toda la noche lloviendo a intervalos. Un coche descapotable precioso, se para en la puerta de la tienda La Fábrica Artesana. El techo del coche, con esos inventos que han conseguido los fabricantes de automóviles, se cierra con una demostración de ingenio y estudio; en pocos segundos, se convierte en un *coupé* precioso de color blanco/marfil. Se nota que no es un coche cualquiera, pues además de la estrella que lleva en las llantas y debajo del capó, ofrece partes del mismo *de carbono negro,* indicando sus altas prestaciones y motor *racing*. ¡No es de los *carros* que pasan desapercibidos!

Del mismo bajan dos mujeres elegantes, pero con ropa cómoda. Las dos llevan vaqueros; una lleva rotos por varios lugares, respetando la idea del diseñador que los creó. Una es rubia, de unos cuarenta años, y la otra un poco más mayor y morena. Sus gafas de sol y sus zapatos, cómodos, pero se detectan que son de marca exclusiva.

Una lleva un bolso grande y la más joven, introduce sus manos en una chaquetita tipo torera llena de cristales y adornos de Swarovski o similares. Pasaron a la tienda, donde Angustias las recibió con una amplia sonrisa.

—Buenos días, venimos a estudiar y comprobar los muebles que ustedes fabrican. Ya le advertimos que no vamos a comprar, pero ello no quiere decir que, más adelante, podamos hacerles pedidos si nos parecieran interesantes. Nos ha dado su dirección Mark —le explicó la más mayor de las dos.

—Pasen y les mostraré los muebles que aquí fabricamos, sus precios y lo que necesiten. Les digo que, tratándose de que vienen aconsejadas por Mark, yo me atrevería a llamar al gerente, el sr. Antonio, para que nos acompañe y de paso les muestre la fábrica —Y acto seguido hizo una llamada rápida y siguió atendiéndolas—. ¿Les apetece un café, infusión o cualquier otra cosa? Yo tengo aquí una pequeña cafetera, pero con una llamada al bar, que está aquí al lado, nos traen lo que quieran. ¿Han almorzado?

—¡Pues la verdad es que no!

Y Angustias, *curtida y lagarta,* llamó a Rosa, del bar Julián, y le pidió un poco de lomo, jamón y chorizo. Un buen vino, que le recalcó que fuese crianza. Una cola, agua y unas almendras. Y un poquito de *pan de pueblo* tostadito.

Llegaron al tiempo el gerente Antonio y Rosa, la chica del bar, con las viandas. Las pusieron en una mesa de despacho con varias servilletas.

Realmente les agradó *el brunch a* las dos mujeres, que se aplicaron en su degustación. Rosa les dijo que si querían café u otra cosa se lo traería en un momento, mientras hacían acopio de lo presentado, y con esto quedaron realmente muy satisfechas. Antonio se fue con una de ellas y la más joven se quedó con Angustias, pues no le apetecía ver ninguna fábrica llena de polvo.

Hablaron un poco de varias cosas y detectó Angustias, que en estas cosas no se le escapaba nada, que Mikaela, que así se llamaba, era pareja de la mayor y, por tanto, una especie de mantenida.

Sea por el buen vino que bebió en demasía o por el whisky que se tomó después, lo cierto es que, a la madrileña, se la veía y notaba *un poco cocida*.

—Me gustaría averiguar cómo saben tus besos provincianos —dijo Mikaela; y acorraló a Angustias contra una columna. Pero esta, que de artimañas sabía más que ella, se zafó agachando la cabeza por debajo de sus brazos y se fue hacia la puerta.

Viendo que no venía nadie de inmediato, la cogió de la mano y se la llevó a un rincón del fondo de la tienda. Chupó con la lengua el cuello de la madrileña y mordió sus labios y lóbulos de las orejas. Las dos jugaron un rato. Después, le dio un cachete en el culo y la envió hacia la puerta, por el pasillo.

La visitante quedó un poco aturdida y contenta, y cuando volvieron Antonio y su compañera estaba muy sonriente.

—Me ha gustado todo muchísimo —dijo la decoradora— y vamos a ofrecer vuestros trabajos a nuestra clientela para futuros inmediatos. Por cierto,

Antonio —dijo Camila, que así se llamaba—, ¿podrías hacer concesiones y cambios en algunos de vuestros muebles? ¿Lo ves muy difícil? Te lo comento porque, ahora mismo, tengo un hotel de cuatro estrellas y podría estudiar vuestros dormitorios. Aunque quizás algunos deberían ser de dos camas y no tan anchas... ¿Se puede?

—Por supuesto, Camila. Somos artesanos del mueble. Dame más datos y todo tendrá soluciones. Te pasaré los precios según pedidos. Como puedes comprender, para nosotros no es lo mismo tres camas que ochenta.

—Adiós, cariño. Volveremos pronto —le dijo Mikaela a Angustias, mientras le guiñaba un ojo con disimulo.

Cuando se fue el coche, Antonio y Angustias se dieron una palmada en el aire, a modo de jugadores de baloncesto,

—¡Ojalá nos salga esta operación! —comentó Antonio.

—Ahora, pásate por Casa Julián y paga el refrigerio, antes de irte —dijo Angustias.

Unos días después Camila llamó a Antonio. Le mandó unos bocetos de los muebles que les gustaría que fabricaran para ella. Se trataba de unos cincuenta cabezales, sin camas. Con dos mesitas adjuntas y acoplado un mueble escritorio en todas las habitaciones, característico de todos los hoteles, pero con un cierto estilo. Estos los pintarían y decorarían con florería en varios colores y temas paisajistas para conjuntar habitaciones diferentes. También diez dormitorios completos modelo Imperial tal y como los fabricaban para habitaciones tipo *suite*. Pendiente quedó el tema de precios y resultados. Le solicitó que, al menos, hiciera un escritorio «tipo buró», para verlo de ejemplo.

Y Antonio se puso a calcular el tema pues significaba el trabajo de tres meses para la fábrica.

Llamó Mark a Gimena preguntando por varios detalles de La Fábrica y otras cosas que quería concretar:

—Oye, que tengo muchas ganas de verte. Que me tienes que invitar a un café y *la nube* de leche me la pondrás tú de tu propio cuerpo. ¡Qué me acuerdo mucho de ello y no se me quita de la cabeza!

—Pues no tardes mucho que *la fábrica* de productos lácteos no estará dispuesta para siempre —contestó ella.

—¿Busco un hotel en el pueblo o quizás debiera reservar en Cuenca? —preguntó él.

—La verdad es que estoy hecha un lío, pues en cualquiera de los dos hoteles del pueblo sería como si fuéramos al periódico a anunciarlo… Y en Cuenca…, bueno, se lo tendré que explicar a mi sobrina.

¡Y, desde luego, en casa de ninguna manera! Cuando decidas venir, lo comentamos y veré cómo estoy de ánimos, porque aún es muy pronto para salir como si fuera una mujer libre.

Soy una viuda, por dos veces, en un pueblecito y, además, ¡estoy muy guapa! —dijo ella un poco en broma—. ¡Pero también te extraño, mi querido Mark!

Luego, la mujer tuvo una reflexión para sí misma. Realmente desde que ocurrió lo de Fausto tenía largas charlas en su interior que le servían como terapia. Era el símil a una meditación para ordenar sus ideas y serenar su espíritu. Y pensaba ella:

«Hace solo tres o cuatro meses que ha muerto mi marido y ya estoy buscando actos carnales con otro hombre. ¡Y Fausto es ya el segundo!

¿Quizás yo sea una mujer sin escrúpulos, carente de normas y de honor? Estoy segura de que, si viviera en Madrid, y no en un pequeño pueblo de la Serranía de Cuenca, estas reflexiones no las tendría.

»Y por otro lado, me gustaría saber qué mujer rechazaría a un hombretón como Mark. ¡Máxime si está libre y no hay problemas de infidelidades!

Aunque, tengo la certeza de que esta vida es corta y *se pasa en un verbo,* pues precisamente yo, con mi experiencia, observo lo rápido que pasan los años. ¡Y cómo se escapa la juventud, y se llega a la madurez!».

Visita del publicista

Gimena buscó el momento oportuno y habló con Silvia, su sobrina, de su nueva y posible relación:

—Querida sobrina, te voy a pedir un favor y espero que no me juzgues muy severamente. Vendrá Mark de Madrid y quisiera verlo en privado, lo más discretamente posible.

Sé que mi marido murió hace muy poco y para algunas mentes calenturientas esto sería como un sacrilegio, pero la verdad es que después de tantos disgustos, lloros y desgracias, me da *un pellizco de vida* para continuar afrontando todos los sinsabores. Este encuentro es como una terapia para mí y no pretendo tener una relación seria y formal. ¡Es simplemente sexo y algo de cariño por unas horas!

—Tía, por favor, te comprendo, ya que tú te has tragado todo el infortunio completamente sola y, por mucho que te quiera ayudar, seguirás con tu niña, sin compañía. Estás viviendo con tantas responsabilidades y disgustos que a mí me abrumarían. No me digas nada más, que no quiero que te sientas culpable de nada. ¿Qué quieres que haga?

—Muy simple: el jueves me iré a Cuenca al anochecer y no volveré hasta la mañana siguiente. Necesito que te quedes con la niña y, si te pregunta Goyi por la mañana, le dices que he ido a Cuenca a *cosas de papeles*. Aunque también estoy segura, conociéndola, de que esta mujer no le daría importancia a nada.

—Una pregunta, más como curiosidad que otra cosa: ¿El hombre va en serio contigo? ¿Habla contigo y te cuenta sus proyectos? ¿Piensas que esta relación irá a más? —acabó la joven sobrina con la batería de preguntas.

—¿Y qué quiere si no? —le miró Gimena.

—¡Pues follar! Y tú, ¿qué quieres?

Se rieron las dos. Gimena respondió con timidez y algo insegura.

—Yo quiero hacer el amor. Quiero unos brazos fuertes, brazos de hombre; que me protejan. ¡Hace ya mucho tiempo que no tengo ese sentimiento!

—¡Pues no hablemos más del tema, tía! —y le dio un fuerte abrazo—. Disfruta lo que puedas, que te lo mereces.

Llamó Antonio desde La Fábrica comentándole que estaba allí Mark, recién llegado de Madrid, por si quería acercarse. Gimena le dijo que lo esperaba en su casa, pues tenían que comentar cosas de herencias y otros menesteres. Y, efectivamente, una hora después sonaban los escapes de su precioso Porsche en la puerta de La Casona.

Se acercó a la tienda y estuvo un rato hablando con Angustias, la vendedora, mientras esta se la enseñaba. Él, como experto en estos temas, le aconsejaba alguna cosa y le indicaba pequeños detalles que deberían cambiar:

—Ten en cuenta que esta no es ya una pequeña tienda de provincias, y que se verá por internet en todo el país e incluso en otros lugares que pueden ser hasta muy lejanos.

Yo os aconsejaría que en la entrada hubiera una zona de recepción o atención al cliente, más amplia. Pensad que aquí vienen gentes profesionales y desde muy lejos. Un café y unas pastas o refrescos agradarían a los visitantes. Quizás una mesa y una banca de tres plazas, rústicas y artesanas, quedarían bien. ¡Claro, fabricadas por vosotros!

Además, he traído unas propuestas de nuevos modelos para fabricar, que he dejado a Antonio, para que, si salieran en un precio competitivo y con vuestra calidad de siempre, diera un salto esta empresa y subiera un par de escalones más… ¡Palabra de Mark!

—Hemos tenido últimamente algunas visitas que habrán sido gracias a ti. Supongo que te contaron que fueron bien atendidas —le dijo Angustias.

—Cierto, así me lo han comentado y esa es vuestra misión; en concreto, la tuya: vender vuestros productos a quien venga y siempre poniendo buena cara. Y como te veo avispada y profesional, le voy a proponer a Antonio que te mande una semana a Madrid y allí aprenderás muchas cosas que te ayudarán —En la misma puerta Mark notó suciedad en la pared de suelas de zapatos puestos inadecuadamente. Se detectaba los tiznes en una franja de unos tres metros.

—Y tenéis que coger un bote de pintura y una brocha y quitar esas manchas en el frente que dan mala imagen incluso hasta en las fotografías. La puerta tiene que estar impoluta. ¡Es la imagen de vuestra fábrica!

Obviamente la vendedora se dio cuenta de quién era el culpable y le aseguró a Mark que eso estaría limpio de inmediato.

«Eso es del jodido Mario —pensó Angustias— y sus cigarrillos en la puerta *pelando la pava* con la sobrina. Mañana lo tendré con la brocha media mañana».

Y, mientras se iba Mark, se quedó prendada de aquél hombre. Por cierto…, ¿sería gay? ¡Tenía una especie de ramalazo…!

Tiró Mark de la cadena de la campanilla, a modo de timbre, de la casa de Gimena y esta bajó a saludarlo. Un par de besos en las mejillas, con la mirada vigilante de Angustias, y subieron al primer piso donde le enseñó el principal tesoro: su hija Valentina.

Después, le orientó hacia el comedor de la casa y le presentó a Goyi, que estaba planchando en una habitación. Luego ella cogió una cartera con documentos y bajaron al despacho. Allí, a puerta cerrada, hablarían de varios temas a tratar. Nada más cerrar la puerta, les faltó tiempo para abrazarse y besarse ardorosamente. Después, más sosegados, cruzaron sus manos y sus dedos, acariciándose poco a poco.

—Te has cortado el pelo mucho, ¿verdad?

—Y tú, ¿estás más delgada?

—Claro, estoy volviendo a mi talla normal, que ya estoy a más de cuatro meses del alumbramiento. Me he comprado una bicicleta estática y *me machaco* todos los días. Ahora seguiré con unos ejercicios y me quedaré con una tripita como de colegiala.

—¡Estás para comerte! —le decía él mientras la cogía de la cintura y la levantaba un poco para morderle los labios y el cuello.

—¿Y qué me dices de La Fábrica? ¿Te ha gustado?

—Sinceramente, sí; se nota el cambio de cuando vine hace ya casi dos años a verla y estudiarla con Fausto. No obstante, hay unos detalles que te querría comentar sobre vuestros trabajos: si me implicara *a tope* con vosotros, cabe la posibilidad de que crecierais muy deprisa y, lógicamente, se os irían las ratios *al garete*. Entonces empezarían los problemas de cumplir plazos con vuestros clientes.

Vuestro siguiente paso sería ampliar, contratar más personal, y crecer desmesuradamente. Eso, algunas empresas no lo saben digerir y no aciertan muchas de ellas. Por ello, es preferible crecer poco a poco y así los problemas se irán solucionando pasito a pasito. ¿Has cogido el simple concepto de mi explicación? —acabó Mark.

—¡Claro como el agua! Este comentario, si vamos a comer a la carretera, me gustaría que se lo dijeras a Antonio, igualito que me lo has dicho a mí. Ahora le llamo y le digo que vaya allí, a tomar café.

Y salieron del despacho cara al restaurante. Quiso él subir en el precioso Porsche, pero ella se negó y dijo que irían con su Golf. Comieron y hablaron de todo, e incluso Mark le estuvo mostrando documentos y eslóganes posibles para una campaña publicitaria bien enfocada y tratando de gastar lo justo. Habría que buscar los mejores medios y más rentables. La comida transcurrió con agrado y, de vez en cuando, con insinuaciones lujuriosas y picardías muy discretas. Llegados a los postres, tomaron una degustación de chocolates.

—Toma más que menos, que falta te harán esta noche —dijo ella.

—Lo mismo te digo. ¡Vas a dormir muy poco, te lo aseguro!

Y con sus secretos compartidos, sonreían las dos partes.

Al poco rato llegó Antonio, disciplinado y cordial. Se juntó con ellos mientras pedían un café.

—Me sabe mal interrumpiros la comida —dijo como excusa.

—Mira, Antonio, me ha explicado Mark unas cosas que quisiera que tú también las escucharas.

Entonces volvió Mark a comentar los errores que cometen algunos fabricantes con el crecimiento puntual de sus empresas y piensan que seguirán subiendo siempre hasta el infinito…

—Y eso no es así —anotó Mark—. Luego llega un momento en que la competencia *espabila* y se adapta, copia y mejora y vuelve a recuperar a sus clientes de siempre. Hay que pensar en consolidar La Fábrica sin inversiones que pudieran hacer peligrar su continuidad. Por cierto, pienso que se debería cambiar el nombre por algún otro que yo os mostraré, pero aceptando también vuestras ideas.

Un rato después, despidieron a Antonio, al tiempo que Mark comentaba que era muy tarde para volver a Madrid y que se iría a Cuenca a dormir en algún hotel. Eran las seis de la tarde.

—Cariño, te espero con impaciencia —dijo él en la oreja de ella.

—Espero que te guste la lencería que me he comprado solo para ti.

A las nueve en punto estaba Gimena en la puerta del parador; Mark ya la estaba esperando. Pasaron directamente al comedor con la buena idea de cenar. Colocados en un rincón de la sala con escasa iluminación que les protegía de miradas curiosas.

En diferentes platos se daban cucharadas de uno a otro con el fin de probar varios gustos. En los postres ya solo les faltó probarlos de unos labios a otros directamente.

Pidió la cuenta el hombre y solicitó una botella de champán con unas almendras para que se la subieran a la habitación.

—Yo es que nunca he sido partidario de las fresas con nata. ¡Lo veo una tontería!

Sigilosamente se fueron en el ascensor. Nada más cerrar la puerta, se dieron un repaso general de abrazos y besos. Unos por aquí y otros por allá, pero conteniéndose un poco, pues esperaban el champán de un momento a otro. Efectivamente, al poco rato unos golpes tímidos en la puerta anunciaron el servicio. Cuando entró la camarera, Gimena estaba en el servicio medio desnuda. Por la puerta entreabierta sacó la cabeza y observó a la asistenta, que era —mira que es casualidad—, una joven del pueblo, empleada del hotel. Se miraron las dos una ráfaga, un instante, conociéndose. La chica que les sirvió recibió una propina por parte del hombre y se marchó. Toda la noche era para ellos…

«Jolines, qué mala suerte que nos encontremos dos mujeres de Sierra en un lugar tan concreto y sin poder dar ninguna explicación. A partir de ahora se ha terminado mi secreto y ya seré el comentario de todos mis vecinos», pensó irritada Gimena.

Trató de olvidarse del encuentro y se dispuso a disfrutar de su ardiente noche. Lució su *body* blanco de pierna alta, comprado para tal fin, y mal estaría si al hombre no le hubiera gustado. Pero acertó en especial por sus decoraciones florales y transparentes.

—¡Anda, Mark, si te has depilado todo! —dijo la mujer, asombrada.

—¿No te gusta la idea?

—No sé, está bien. ¡Solo que así parece más larga! Pero bueno… bien.

Y siguieron jugando con sus cuerpos. El hombre tenía la fijación y el deseo de chuparle los pechos para degustar su leche materna, que su hija le había dejado en las entrañas. Era un lujo al que él no estaba acostumbrado. Esta salía de los pezones a través de los conductos galactóforos mientras succionaba y ello le volvía loco como experiencia.

—Disfruta lo que puedas, cariño, que esto cualquier día se acaba… ¡Y solo dispondrás de una mujer, no de una *ama de cría*!

Se recostaron en las almohadas y se taparon un poco.

—No te muevas, por favor, y sigue abrazán-dome, que es lo que yo quiero… ¡Cariño y amor, mucho amor! —comentó ella, mientras se durmieron un rato, sin medida ni tiempo, lo que a sus cuerpos les apetecía.

Cuando se despertó ella, jugó con las zonas afeitadas del hombre. Poco a poco se despertaron los dos y cambiaron las posturas, hasta que el amanecer les indicó que la diversión y el gozo estaban llegando a su fin. Se dieron una ducha y bajaron a desayunar. Con un beso cariñoso, se despidieron, no se sabe por cuánto tiempo.

Ella se fue a su casa y a las diez ya estaba abrazando a su niña. Aún no había llegado Goyi.

—¿Qué tal, tía, todo bien? —le preguntó Silvia.

Y esta levantó el pulgar hacia arriba, como si fuera el César en el pulvinar del circo romano, certificando su escapada, satisfactoria. Luego, Gimena se acordó del encuentro fortuito con la camarera en el hotel.

«¡Qué casualidad! En unos días lo sabrá todo el pueblo».

**

Silvia, desde la ventana, observó a Mario con un bote de pintura agachado, tratando de tapar la suciedad de las suelas de los zapatos puestas en la pared. ¡Bien sabía él de quién eran!

A la jovencita le entró la risa, aunque se contuvo y no quiso decirle nada desde el ventanal. Estaba segura de que no pondría más los pies en la pared.

Eduardo

Diez de la mañana. Llega un hombre a la puerta de la tienda subido en una moto BMW. Se trata del modelo k1200gt con dos maletas a los lados. Moto para hacer carretera con altas prestaciones.

Se quita los guantes, la braga del cuello, las gafas, el casco, el *barbour* y toda la parafernalia que lleva todo motero que viaja mucho por carretera. Abre una maleta y saca una bandolera que se cuelga al hombro. El hombre tiene unos sesenta años y una coleta que le cuelga por detrás, casi toda blanca. Unas enormes patillas y un pantalón de cuero que se soportaba en unos tirantes con la bandera de España. En una oreja un pendiente nada discreto.

Mira su móvil y acto seguido entra en la tienda, donde le recibe Angustias.

—¡Hola! Soy Eduardo Utanda, *Edu* para los amigos, y quisiera ver lo que fabrican ustedes ¿Tiene usted tiempo para mostrarme algunos muebles?

—Faltaría más. Es mi trabajo y mi gusto enseñarle toda la tienda —contesta Angustias.

—Verá, yo soy decorador, diseñador de edificios, pisos singulares y restaurador de casonas antiguas, en su mayoría completas. Por ello he venido para conocer sus trabajos, pues quiero estar muy al día, en todo lo que sale y surge, en lo referente a diseño. Vengo de parte de Mark, de P&G.

—Le mostraré la tienda y si quiere más detalles, iremos a La Fábrica para ver otras cosas que tenemos y que aquí no están expuestas.

—En especial, ahora estoy buscando un par de puertas antiguas o portones para una casa valenciana de mucho linaje. Pero cualquier columna torneada de madera noble, escalera o quizás unas bonitas barandillas, balaustres o pasamanos, me vendrían muy bien.

—Yo le enseñaré los muebles expuestos aquí y verá todo lo que quiera en fábrica, que allí tenemos unos portones espectaculares. Por cierto, ¿ha almorzado ya usted? —pregunta Angustias, que le había cogido el gusto a los *brunch* de casa Julián.

—¡Pues la verdad es que aún no he tenido tiempo!

—¿Prefiere usted un poco de vino o cerveza?

—Si puedo escoger, por favor, agua solamente.

En diez minutos, mientras le enseñaba parte del local, llega Rosa, del bar Julián, con una bandeja variada de embutidos, jamón y quesos. Mientras comen los dos, hablan de Cuenca y de su casco antiguo que hace muchos años que el hombre no ha visitado; se acuerda vagamente de las Casas Colgantes.

—*Casas Colgadas*, por favor. A los de aquí no nos gusta que las llamen de otra manera.

Luego pasan a temas particulares como su estado civil y descendencia. El hombre cuenta que es un separado con un hijo de treinta y una hija de veinticinco, y que están en el extranjero. Más o menos le comenta que se ha volcado en su trabajo y en las motos, que es su pasión. ¡Le comenta que tiene unas veinte!

En un momento aparece Rosa con un café *tocadito* a petición de Edu, pues ya se tutean con confianza.

Angustias coloca el cartelito de "vuelvo en cinco minutos" y se van con su coche a La Fábrica donde los espera Antonio, que ha sido avisado.

Cuando observa varios de los portones y puertas que allí se encuentran, les dice entusiasmado:

—¡Esto es lo que estoy buscando!

Pero en especial ve uno enorme con bisagras y herrajes originales, perfectamente restaurado, que le encanta. Pide permiso para hacerle fotos y lo mide varias veces.

—¿Le podrían cortar siete centímetros por arriba y por abajo? ¡Es que, si no, no me cabe! —comenta el decorador.

—No tiene por qué ser un problema. Es trabajo, pero nada más. Luego, una vez cortado, hay que volverlo a tratar por los dos extremos con aceites naturales y productos antiparasitarios —le contesta Antonio.

—¿Y cuándo lo podría tener en Valencia capital?

—En diez días más o menos con los recortes hechos.

—Como comprenderán, me lo tiene que aprobar el propietario de la casa. ¿El coste exacto?

—Si tenemos que recortar, tratar después y llevárselo a Valencia, ese es el precio que le hemos dicho. No le podemos quitar nada.

—En un par de días le digo algo, pero casi le aseguro que le confirmaré el pedido, pues el comprador suele aceptar mis consejos plenamente.

En la vuelta hacia su moto le dice a Angustias que le gustaría invitarla a comer. Ella asiente y se van juntos al restaurante. Y, conociendo a Angustias, que sabe usar sus dotes zalameras y flirtear es su pasión, pronto pasan a frases y actos picarescos.

—Llámame Angus (diminutivo de Angustias), si te parece bien… Edu. Por cierto, ¿quieres que te lleve a ver el *Ventano del Diablo?* Está aquí muy cerca y tiene unas vistas preciosas. Yo aún tengo una hora disponible antes de abrir la tienda.

Y así lo hicieron. En diez minutos, estaban en el mirador viendo el río Júcar abajo y las casas de la central hidroeléctrica de El Salto al otro lado. Lejos, se apreciaban unos buitres que volaban majestuosos aprovechando las altas corrientes durante las horas de más calor del día.

Ella daba detalles de un lado y de otro y se cogía a la cintura del hombre a quien le agradaba la confianza, poniéndole también su brazo por encima de los hombros de ella.

—Mira, el agua viene por un canal que hicieron hace unos cien años desde el pueblo de Uña y más lejos. Estas aguas se recogen allí arriba en una balsa para luego soltarla por esos tubos enormes y con mucha fuerza. Después baja hasta esos edificios tan bonitos de ahí abajo, donde unas turbinas producen la energía. Uña y Tragacete son lugares para verlos y, con tu preciosa moto, disfrutarás de la carretera.

Es de las más bonitas que puedas recorrer, pero hoy no tenemos tiempo —le aclaró ella.

Y acto seguido y sin pensarlo dos veces, estiró un poco el cuello y le dio un beso largo y cariñoso. Él se sorprendió, pero le siguió el juego y la abrazó fuerte contra el pecho, notando su pelvis y sus pechos generosos; y le dijo:

—Hoy me tengo que marchar, pero no tardaré mucho en venir de nuevo a verte. Pondré un casco más en la moto y una chupa para ti.

Volvieron a la puerta de la tienda donde Edu cogió *su caballo* y se fue a Madrid.

Un par de días después, por la tarde, Angustias entró en la tienda y observó que su hijo Ismael estaba en la acera de enfrente esperándola.

—¡Hola, Ismael, cariño! Ven, tómate un cafetito conmigo. Y se dieron un abrazo.

Ismael tenía veinticuatro años y era un muchacho guapo. Su pelo, muy negro y bien cuidado; vestido como se visten los jóvenes: vaqueros y una camisa, también de color azul, que no habían conocido la plancha en su vida. Unas deportivas y un cinturón ancho sujetando el pantalón.

Este hijo de madre soltera, Ismael, era el único que tenía la mujer y lo había sacado para delante ella sola con mucho trabajo y tesón. Hacía ya un año que se había independizado y vivía con una chica en un piso alquilado allí mismo, en el pueblo.

—¡Hola, mamá! ¿Cómo llevas tu vida? —preguntó a su madre—. ¿Te acuerdas del bar Tonino que hay en la carretera? ¡Sí, ese pequeño que está cerrado hace ya más de un año!

—Sí, sé el que me dices, pero no llego a entender el motivo de tu comentario.

—Pues, verás: me he quedado sin trabajo y habíamos pensado, Loli y yo, cogerlo y montarlo como una especie de pub para ver cómo nos iría.

—¿Dices que Loli está de acuerdo con el tema? ¿Y su trabajo?

—Su trabajo cada vez va peor y cobra menos. Al final se gasta el dinero ganado en ir y venir a Cuenca todos los días.

—¿Os piden mucho por el traspaso? ¿Está bien o quizás tienes que gastar mucho para arreglarlo?

—En ello estamos y por eso estoy aquí. Si pago el traspaso, nos quedamos sin un duro y no puedo ni reformar ni comprar una cafetera nueva y unos cuantos muebles. En resumen, que vengo por si me pudieras ayudar en algo o quizás avalarme si pido un préstamo pequeño al banco. ¡A mí no me lo dan!

—¡Pobrecito mío, si yo no tengo un duro! Ahora mismo no te puedo dar ni quinientos euros. Yo lo único que puedo hacer es ir a poner cervezas algunos ratos, los fines de semana, por ayudarte —contestó su madre, con lágrimas incipientes en sus ojos.

—Bueno, mamá, ya sé lo que tengo y no te reprocho que no me ayudes. ¡Sí, pobrecita mía, no tienes nunca ni un duro! Yo es que soy un iluso y no me doy cuenta. Perdona, mamá, ya buscaremos otras cosas para seguir viviendo.

Y se dieron un fuerte y cariñoso abrazo. Él cruzó la calle hasta que desapareció de su vista.

Lógicamente, su madre se quedó llorosa y turbada, pues para ella le daba igual, pero para su hijo…

«¡Joder, mierda de vida!».

En ese momento llegó Mario, el nuevo vendedor de muebles —con su coche de empresa—, a la puerta de la tienda y la saludó efusivamente. Acababa de llegar de Castellón.

—¿Y cómo te va en tu nuevo trabajo de vendedor ambulante? —preguntó Angustias.

—Bueno, estoy aprendiendo el oficio, que tiene sus triquiñuelas y sus misterios, pero verás cómo poco a poco, con lo que tú me has enseñado, saldrán frutos. Estoy seguro —contestó Mario.

—Anda, vete a ver a la chiquilla… bobito. ¡Seguro que está pendiente y te espera!

Y llamó rápido a la puerta mientras se oían unos tacones bajar ya por las escaleras.

*

Bajó Gimena a la tienda y le llamó la atención esta visita a Angustias, pues no era frecuente por parte de *La Jefa*. Realmente nunca la visitaba si no era por reuniones especiales

—¡Hola, Angustias! Ya has visto que acaba de llegar Mario de viaje. Le hemos recomendado que se quede una semana aquí, en la tienda, para que tú te marches a Madrid, tal y como nos dijo Mark. ¡Bueno, eso si puedes hacerlo y no tienes algún impedimento!

—Ahora, cuando baje Mario, lo hablamos y me

diréis qué es lo que tengo que hacer yo, allí en Madrid —respondió Angustias.

—Si te digo la verdad, no sé lo que harás, pero Mark dijo que sería interesante que vieras algunas técnicas y métodos empleados por ellos. Yo creo que mal no te irá. ¡No sufras en ese aspecto!

Agachó la cabeza la vendedora y se metió para dentro de la tienda como triste y dolida.

—¿Te pasa algo, Angustias?

—Nada, cosas de los hijos, pero son privadas y que no tienen nada que ver con nuestro trabajo.

—Me lo puedes contar. Si quieres, claro. ¡Por si te puedo ayudar!

—Pues problemas de dinero…, que mi hijo quiere coger un bar, aquí en el pueblo, y no tiene un duro, el pobre. ¡Y yo tampoco, claro!

—¿Cuántos años tiene?

—Veinticuatro. ¡Es todo un hombre! —dijo su madre.

En ese momento entró Mario y se dispusieron a intercambiar informaciones varias entre ellos, de manera que se zanjó el asunto anterior.

—Llama a fábrica y que te saquen billetes, hotel y esas cosas. Hablaré yo con Mark para que te reciban bien —le aclaró Gimena.

Angustias pidió trescientos euros de dinero adelantado en la oficina para soportar los gastos que pudieran surgir en Madrid, pues la mujer carecía de fondos.

Angustias en Madrid

Y esta mujer cogió el tren y con su maletita pequeña, que le había dejado su nuera, se marchó a Madrid sin saber *qué coño pintaba ella* en la capital. Miraba los altos edificios y las calles tumultuosas con un poco de miedo y respeto. Fue directamente en un taxi hasta el hotel que le habían reservado y desde allí, andando debido a la cercanía, se presentó en las oficinas.

La recibió Mark durante un momento y le presentó a Yolanda, una mujer guapa y resuelta que, al parecer, le enseñaría cosas a ella, *que ya estaba al otro lado de la calle*. ¡Pero, bueno, la mujer asumía y aceptaba todos los retos que le vinieran!

Por la tarde llamó a la tienda del pueblo y estuvieron hablando un rato Mario y ella de trabajo. Al final de la conversación le dijo este que había llamado un amigo suyo —un tal Eduardo— sabiendo que ella estaba en Madrid. Le dio su móvil para que le llamara, insistiendo y pidiéndolo por favor.

¡Oye, esto le alegró un poco el viaje y llamó a Edu inmediatamente! Antes de una hora el hombre estaba en el hotel, esperándola en recepción. Ella bajó de la habitación con alegría y se acicaló todo lo mejor que pudo para estar guapa y explosiva. También se soltó un par de botones del escote. Se había puesto sus medias negras y sus zapatos con mucho tacón, que la pobre no tenía otros, para parecer más alta.

Eduardo en la cafetería del hotel, bien trajeado y no siendo la misma imagen, ni por asomo, que cuando lo conoció en el pueblo. ¡Estaba *el jodido* elegante!

Ella se contoneaba contenta mientras andaba por las calles de Madrid apoyada en el brazo de su amigo. Cenaron en un restaurante de comidas rápidas y luego se fueron al cine. La película El *Laberinto del Fauno* (2) era la más vista en esos días. Le gustó mucho, reconociendo que era *un poco rara.*

Para una chica como Angustias que vivía en un pueblo pequeño, que no tenía cine, le resultaba una fiesta simplemente el ver una película. Esto, a cualquier madrileño, le puede parecer un acto cotidiano sin importancia.

Luego se fueron a casa de Edu. Tenía un precioso piso muy bien decorado en el centro de Madrid. No era muy grande, pero sí que tenía unas terrazas desde donde se podía *vivir la ciudad y sentir su pálpito.*

—En Madrid, importa más el sitio y lugar que los metros que puedas tener. Yo tengo también un chalet en El Escorial que, si nos da tiempo, te enseñaré algún día. Allí es donde escondo mis motos y algún coche. Es donde trabajo realmente en mis proyectos futuros, diseños y decoraciones.

Nota 2: Estamos hablando de películas del año 2006.

También dispongo de un local aquí en Madrid con un cuarteto de empleados que es oficina, taller y representación de mi empresa.

Abrió una botella de cava y brindaron por su encuentro. Y como era de esperar y los dos así lo querían, se acostaron y disfrutaron de sus muchas experiencias, de ambos, hasta que el cansancio los agotó.

Ni qué decir tiene que las técnicas, sapiencia y virtudes de Angustias en la cama volvieron loco al hombre, que no conocía a *una máquina* como ella, ni esperaba tanto placer en cosas que él creía que no se podían hacer ni siquiera en pensamientos.

Luego charlaron y charlaron durante mucho rato y abrieron sus corazones.

—Tengo un hijo de veinticuatro años, que el pobre está en el paro y ayer, precisamente ayer mismo, vino a pedirme dinero para coger un bar en el pueblo.

Y no le puedo ayudar. ¡Joder, qué mierda!

¡Toda la vida trabajando y no puedo darle ni seis mil euros! —Y las emociones salieron atropelladas por los lagrimales de Angustias.

—Ahora yo te contaré mi historia —habló Edu—, que no es tampoco nada alegre: te dije que tenía dos hijos en el extranjero. Pues no es cierto. ¡Los dos están aquí, en Madrid!

El mayor, Esteban, quiere hacerse con la dirección de mi empresa porque es el primogénito y piensa que le corresponde por derecho. Pero *el puñetero* solo hace que pasearse con buenos coches deportivos y pavonearse con chicas por todo Madrid pensando que el dinero viene solo. Es un inútil como empresario y decorador y si cogiera la empresa, en un par de años la hundía, a pesar de que esta funciona muy bien.

Luego está mi hija, Rosalinda, que es bonita e ingeniosa. Es intuitiva y porta los genes, quiero suponer de su madre, y sería capaz de llevar esta empresa… ¡Mejor que yo! Es muy buena para la dirección, organización y con ideas brillantes.

¡Pero siempre estuvo en el mundo de las drogas! De vez en cuando se pierde y desaparece juntándose con lo peor de cada casa, y no sé nada de ella hasta que cae al fondo de esos pozos donde su mundo existe. Luego me toca a mí recoger a *mi niña* de donde sea y recomponerla un poco durante un tiempo, y entonces vivimos en un período de sosiego y tranquilidad.

¡Hasta que algún "hijo de puta" la busca, la encuentra y volvemos otra vez a empezar!

Cuando ella está bien es dulce y encantadora, y viene por el taller dándome ideas y me ayuda. Estudió Bellas Artes y está más que formada y capacitada para llevar esta empresa… ¡Si no fuera por las jodidas drogas!

Entonces, si se juntan los dos hermanos, discuten, pues el mayor solo quiere mandar en todo y ser "*el gerente*" por decreto.

Y aquí estoy yo, con sesenta años, que no me puedo jubilar porque no puedo dejar el reinado para que mis infantes no se maten entre ellos. Mis motos, algo de restauración y poco más es todo lo que necesito para vivir, pero veo que nunca podré hacerlo. Solo hago que viajar, dar ideas a nuevos ricos y adularles para que se gasten sus dineros —suspiró Eduardo.

Cuando la miró, se dio cuenta de que esta se había dormido. Apagó la luz y dormitó también, bien apretaditos los dos.

**

A la mañana siguiente la llevó a la puerta del hotel y Angustias se reincorporó un poco después a su trabajo de formación con Yolanda. Su monitora le explicó algunas cosas delante del ordenador con una enorme pantalla. Llegado un momento de su charla, y viendo algún desinterés, paró y, mirándola fijamente a sus ojos, le dijo:

—Mira, Angustias, yo sé que llevas toda la vida en esto y difícilmente podré enseñarte las técnicas de venta, pues básicamente para ser un buen vendedor hay que tener intuición y estoy segura de que tú tienes mucha. Pienso que, en caso contrario, hace mucho tiempo que no serías vendedora. Yo te quiero enseñar algunas técnicas modernas, pero me enseñarás más tú a mí, que viceversa. No me mires como una enemiga y confía en mí como yo lo estoy haciendo contigo.

—¡Por supuesto, Yolanda, que estoy aquí para aprender, aunque supongo que tú me verás ya muy mayor!

—Para nada, ¡por favor! El oficio de vendedor es de los pocos que no tienen fecha de caducidad. Lo importante es que nosotras tengamos empatía y así intuyamos nuestros afectos sin necesidad de razonar, nuestras motivaciones y nuestros comportamientos.

Y después de varias charlas animadas y explicaciones, bajaron a la primera planta, donde la empresa tiene una cafetería con restaurante, y allí comieron en un rincón. Había un trasiego de gente enorme y se veían modelos de mujeres y hombres espectaculares.

—Sí, *todas esas prefabricadas y chulitos* vienen de la cuarta y la sexta planta, que es donde hacen los anuncios, publicidad y también *books* de fotos privados. Son para mostrarlos y presentarlos luego en otros lugares. Otro día subiremos y te enseñaré esa parte.

Al final a Angustias le estaba gustando aquello y pensó que mal, desde luego, no le haría. Luego hablaron de cosas personales.

Yolanda estaba separada y juntada de nuevo con otro hombre. Tenían dos niños —uno de cada parte—, y vivían en un chalecito en Algete.

—Nos pasamos el día trabajando como mulos y en los coches a todas horas para ir y venir a casa.

Los fines de semana nos subimos a la Sierra de Guadarrama, donde afortunadamente mis padres tienen un chalet. Esa es toda nuestra historia… ¡Trabajar y trabajar para pagar coches, casas, colegios y poco más! —aclaraba Yolanda un poco resignada—. Algunos días al año, salimos disparados a las playas del levante, cuando cogemos algún puente, y pocas cosas más tenemos que nos hagan ilusión… ¡Siempre currar y bregar! Si miras bien nuestra vida, es *una mierdecita*.

»¡Nos lo hemos montado muy mal! Yo sé que mi pobre marido no tiene la culpa, pero algunas veces me pasa la idea de *salir a por tabaco...*, y no volver.

Y también pienso que el puñetero me tiene que estar engañando con otra. No estoy segura y no quiero averiguarlo, pues esto rompería en mil pedazos nuestras vidas.

—¿Y por qué piensas que te engaña? —preguntó Angustias.

—Hay un par de días a la semana —precisaba Yolanda—, que viene muy tarde y no es lógico que su trabajo lo retenga tanto tiempo. ¡Joder, que es un vendedor de coches! Además, sus camisas huelen a perfume *de fuera* y su apetencia sexual ha descendido a niveles muy escasos.

¡Lo jodido es que aún creo que le quiero! Pero los deseos carnales con él también se me han muerto. ¡Debe ser la crisis después de los diez años!

—Pues, Yolanda, si se compra calzoncillos nuevos y bonitos, desodorantes y colonias un poco especiales; si viene a casa bien afeitado... Blanco y en botella.

—Ahora, *el puñetero* no se afeita. Actualmente se ha dejado barba. Eso sí, siempre bien recortada. Pero ¿sabes?, me da hasta pereza saber más detalles. Vivo cómoda así, y aguanto y tolero..., resisto disimulando. Cuando los niños sean un poco más mayores, ya veremos.

Mira: yo aquí veo todos los días cuerpos perfectos y exuberantes que me gustan, cierto, pero casi no pienso en ellos con deseos. Sin embargo, tan pronto como nos vamos de vacaciones, en verano a

Benicássim, y cuándo mis hijos y mi marido se van a la piscina del hotel... Yo me quedo en la playa relajada en mi cómoda hamaca... Y entonces, miro a los hombres en bañador y me excito, se me eriza el vello y en mi cabeza voltean las ideas escabrosas y calenturientas. En esos ratos, soy infiel de pensamiento y lo sería de hecho, si la ocasión surgiera. ¡Debe de ser por las aguas del Mediterráneo!

Lo tengo claro, ya no soy feliz con la vida que llevo ni con este hombre que me ha tocado. Además, Angustias, ¡yo no estoy tampoco tan mal! ¿Verdad?

—Estas para comerte, Yolanda. Y tu marido es un tonto que busca carnes frescas y se deja el solomillo.

**

Y Angustias pensaba:

«Con lo bien que estoy yo en mi pueblo y me quejo. Si tengo mi casita pagada, mi trabajo y he criado a mi hijo yo sola.

Y cuando me compre la bicicleta, iré a trabajar con ella y no cogeré el coche, ni siquiera un día. Y esa bici la voy a comprar con las dietas que cobraré de este viaje».

Parentesco

Gimena llamó por teléfono a Antonio:

—Escucha, que he pensado que podíamos emplear al hijo de Angustias en la tienda. Así le enseñaría ella con agrado y les sacamos un poco del apuro, que el chico está en el paro.

—Mira, mejor me acerco por tu casa y te explico algunas cosas —contestó el gerente.

Al poco rato estaba el hombre en la puerta. Ella bajó al despacho, que allí estaban muy tranquilos y sin indiscreciones.

—Atiende, Gimena, que te voy a contar *un chismorreo* típico de pueblos y luego, tú, tomas la decisión que creas oportuna: se dice, vamos, es seguro, que el padre de Fausto, tu suegro, metió a Angustias en la fábrica porque tenían una relación. En aquellos años, ella era una jovencita preciosa y revoltosa y daba gusto verla por allí. ¡Eso sí, se ganaba su sueldo trabajando como la que más!

Bien, pues dicen, pero no lo puedo asegurar, que el hijo que tiene, Ismael, es hijo del abuelo Ramón.

¡Y, por tanto, hermano de Fausto!

—¿...?

—También se comenta —siguió Antonio— que la casa donde ella vive, y que es de su propiedad, se la fue pagando, a escondidas, el abuelo Ramón, pues en caso contrario… ¿De dónde iba ella a sacar ese dinero?

Y con todos estos datos que te he pasado, ahora tú decides si quieres que entre en la empresa el chico o lo desestimas, pero no quiero que estés mal informada e ignorante. Con esto no quiero decir que sea mal chaval, todo lo contrario. Ahora él vive con una chica del pueblo muy agradable —acabó Antonio con la explicación.

—Pero… ¡El padre de Fausto era *un hijo de p…!*

—¡Ya lo creo! Su principal prioridad siempre fueron las mujeres. Todo lo demás era secundario para él. Conforme van pasando los años, se van olvidando sus hazañas…, ¡pero era un verdadero señorito andaluz!

—¡Pues me quedo que no sé qué hacer!

—Bueno, pues te voy a dar una buena noticia para que te olvides de estos posibles disgustos: Camila nos ha llamado y vendrá por aquí a firmar y cerrar un contrato de unas setenta camas y escritorios. Además de doce dormitorios del modelo Imperial y otros muebles accesorios.

¡Todo un hotel de lujo que vamos a fabricar! Esto se lo debemos a Mark, lógicamente.

Y otra cosa: cuando cobremos el pedido, pienso que le deberíamos pasar una pequeña comisión a Angustias, pues tiene mucho que ver en el logro. Ella ha mantenido largas conversaciones con los proyectos de estos muebles con Camila. ¿El uno por ciento estará bien? —preguntó Antonio.

—El problema es que, si empezamos a dar comisiones —comentó en alto Gimena—, creamos un precedente que luego ¡es muy difícil de quitar!

Edu la esperaba en el bar del hotel. Ella bajó guapa y contenta a su encuentro.

—Ahora te voy a llevar a una tienda motera y te voy a regalar un conjunto de prendas para que puedas venir conmigo en mi BMW —le dijo el hombre.

—No hace falta, por favor. Que yo tengo cositas por casa que me pueden valer si algún día vamos un rato por Cuenca, subidos en la moto.

No le hizo caso y se presentaron en una tienda enorme donde había prendas de todo tipo para los moteros. Allí le conocían y enseguida salió el jefe a atenderles en lo que quisieran.

—Mira, compremos prendas que, si no estás encima de la moto, te valgan perfectamente para tu vida diaria. No tienes que comprar las más seguras y con todas las protecciones, pues solo quiero pasearte un poco. Por eso te las regalo con un casco incluido —le dijo Edu.

Y empezaron con unas bonitas botas moteras con el cierre de cremallera en la parte posterior. Luego unos pantalones de cuero fino que, entallados en Angustias, la hacían una mujer... cañón. Después, un *suéter* interior *para* el frío y una chaqueta de piel fina con unos pocos flecos cortos colgando, que le quedaba monísima para cualquier hora del día. Esta llevaba unas coderas y hombreras muy discretas como protección. Acabaron con un bonito casco seguro y eficiente. El hombre notó que le faltaban complementos y le sumó unos bonitos guantes de piel, una braga para el cuello y un cinturón muy bonito para sus pantalones. El hombre se dejó allí una pequeña fortuna. Salió el dueño de la tienda detrás de la pareja con todas las bolsas y se despidió con cortesía.

—Muy majo el dueño y muy atento, ¿verdad?

—Te voy a contar un secreto: realmente la tienda es mía; yo soy el propietario —dijo riéndose un poco.

—¡Acabáramos…, por eso estaban todos los empleados haciéndonos la pelota! ¡Si estaba yo como en la de la película de *Pretty Woman*! —resopló Angustias.

—La próxima vez que vaya a Cuenca ya estarás equipada para venir conmigo —Y ella le dio un besote con gratitud en la mejilla al tiempo que *lo achuchó* un poco.

—¿Quieres que cenemos un poco y luego nos vayamos a mi casa?

—Mejor aún, vamos a mi hotel, que tengo una cama preciosa —dijo ella insinuante.

—Ahora que me acuerdo, he comprado el precioso portón que tenéis en La Fábrica Artesana. Mañana culminamos la transacción, pues el dueño del palacete lo aceptó con ilusión —le comentó Edu.

**

Yolanda, estaba delante del ordenador. Le estuvo enseñando a Angustias, un programa para mostrar a los clientes los muebles y ubicarlos virtualmente en cualquier habitación ajustando las medidas.

—Este programa te lo instalaremos en tu ordenador y podrás vender los muebles casi de encargo, sin tener que ni siquiera medirlos. Ello le dará una idea al cliente, viéndolos y suponiendo su instalación final.

¡Bueno, que es una ayuda en ventas!

¡Eso sí, es posible que tu ordenador lo tengas que cambiar por otro más potente! Ahora, para descansar los ojos y la mente, te voy a enseñar la cuarta y sexta planta —dijo Yolanda.

Y allí que subieron. Había un montón de fotógrafos, cámaras, focos y los típicos paraguas para enfocar o amortizar las luces con decorados simulados. Varios rincones donde las modelos posaban, daban saltitos y hacían muecas a gusto del fotógrafo de dirección, que así lo requería. En unos tiraban flores desde una escalera detrás del decorado y en otros, como si lloviera una tenue y fina agua que mojaba a la figura principal.

Luego, más arriba, en la sexta planta había una piscina donde nadie se bañaba, seguro que por las fechas frías que eran. Sí que estaban tiradas las personas en hamacas por los rincones como lagartos calentando su piel. Las chicas prácticamente desnudas para que no se notaran rayas de bañador de ningún tipo, y los chicos con taparrabos reducidos a la mínima expresión. Una barra de bar con un camarero atendía a toda esa plebe privilegiada, llevándoles zumos y refrescos.

—Aquí descansan todas las modelos y también los chicos, pues de una sesión a otra pueden pasar dos horas y aprovechan para coger un buen bronceado madrileño —se reía Yolanda.

Y las dos se sentaron en una mesa y se tomaron una limonada como si de dos *supermodelos* se tratara, disfrutando de los mismos placeres que aquellas jovencitas. Miró Yolanda a todas las chicas guapas que por allí había y dijo:

—¡Estas ya se darán cuenta de que la vida no es toda de color de rosa! ¡Y será más pronto que tarde!

Al rato, bajaron otra vez al despacho y siguieron peleando con el ordenador y el programa de diseño que, a la pobre Angustias, se le atragantaba.

El patio trasero

Gimena apreció un olor agradable que venía del patio interior. Salió al mismo como buenamente pudo, pues la maleza que había acumulada de muchos años casi no dejaba asomarse. Una vez en el centro, en un solar de unos doscientos metros, vio un *lilo* que había florecido en un rincón y su intensa fragancia y hermosas flores la recibieron. Estos arbustos grandes con la aparición de sus flores violetas anuncian y dan la bienvenida a la primavera.

El corral estaba muy dejado *de la mano de Dios;* hacía años que nadie lo había cuidado. Y, sin embargo, estimaba ella que, trabajándolo un poco, sería una zona relajante para pasar ratos de lectura y sosiego, en especial en verano. Ella pensó en su niña y en esta zona para mitigar el calor.

Llamó a Serafín, el alguacil, para que organizara la limpieza del mismo. Este solía hacer cosas de estas, chapuzas de poca entidad, en sus ratos libres. Por la tarde, allí estaba en la puerta esperando órdenes.

—Escucha, Serafín. Dame tu opinión para adecentar este patio, quitarle las malas hierbas y dejarlo habitable y bonito —comentó ella ilusionada.

—Pues verás —se explicaba Serafín con su charloteo pueblerino habitual—, yo le quitaría *tóa* la maleza primero y plantaría unos rosales de esos de flor de terciopelo, que huelen muy bien y son muy *bonicos.* Tiraría además un poco de abono y algo de grava *pa* pisar y hacer unos pasillos *majetes*. Luego pondría un par de bancos de madera, aquí a la sombra o quizá al sol, *tó* depende del gusto…, y pondría una fuentecilla con un grifo que trabaje desde dentro *pa* que dé alegría. Y digo esto del grifo por si no se cierra el agua, que entonces se helarán las cañerías en invierno con el frío.

—¿Lo puedes hacer tú o quizás sabes de alguien que lo haga?

—Déjame un par de días y me lo organizo. Tengo un compañero que esto lo trabaja muy bien —contestó Serafín—. Es peguero y ahora tiene mucho tiempo libre.

—¿Peguero? ¿Y eso qué es?

—Los que se dedican a sacar resina de los tocones y las teas. Vamos, que hacen *la pez* que ponen en el interior de las botas. Es un arte ya casi *perdío*.

—Bueno, pues límpialo todo y planta rosales, hierbabuena y alguna otra cosa. El tema de la fuente, lo dejaremos para más adelante. —Antes de marcharse cortó unas ramas de flores de lilas para colocar en algún jarrón, dentro de casa. Ese olor la transportaba a otros lugares… a su tierra.

En un par de días Serafín y otro amigo suyo, el peguero, habían limpiado la parte trasera del jardín de todo tipo de hierbas y, aunque no estaba todo acabado, ya se disfrutaba del espacio conseguido.

En un rincón se encontraron un cerezo rosa que no se veía con tanta maleza y que subsistía a duras penas por falta de agua y cuidados de todo tipo. Este árbol, bien cuidado y debidamente podado, podría resurgir y ofrecer sus bonitas flores, que siempre salen a principios de primavera.

—Es un poco tarde para podarlo y si lo hacemos, este año no tendrá floración bonita, pero con lo mal que está el pobrecito supondremos que con el agua y abono repuntará —decía el ayudante del alguacil, que, al parecer, era el entendido en ornamentación floral.

Ahora haremos unos pasillos por el jardín —seguía explicando—, para no mancharse de barro en días lluviosos y de alguna manera andar cómodos por el entorno. Pondremos un poco de arena y grava y lo marcaremos con unas piedrecitas y verá usted qué bien le queda. Mañana le plantaremos unos rosales y algunas clavelinas y seguro que este verano dará gusto esta parte trasera de su casa. ¡Se lo aseguro, señora!

Gimena y Silvia, con la niña en brazos, daban su aprobación a los trabajos y realmente empezaban a disfrutar de este rincón que no habían valorado hasta entonces.

—Cuando vayamos a Cuenca, podríamos mirar algún banco de madera para sentarnos y una mesita. Quizás, mejor se lo digo a Antonio y que los fabriquen cuando tengan un rato en la empresa —pensó.

Al volver a casa, ya dentro de ella y cerca del ascensor, su sobrina Silvia observó una trampilla en el suelo que le llamó la atención. No se había dado cuenta hasta entonces.

—Tía, y esa trampilla de ahí, ¿dónde lleva?

—Huy, esa es una historia muy larga. Lleva, por unas escaleras, a un sótano subterráneo en el que, en tiempos de la guerra, vivió un hombre encerrado y que encontraron muerto. El fiambre lo hallaron cuando se hicieron las obras de la casa.

—¡No me digas! ¿Y está ahí abajo?

—¡Cómo va a estar ahí abajo! Vino la Guardia Civil y el Juzgado y se lo llevaron. ¡Yo no he querido nunca saber nada de eso!

Y Silvia se santiguó al pasar por encima de las maderas de la trampilla procurando no pisarla siquiera. Luego, por la tarde, le dijo a su tía:

—¿Me dejas que baje a ese sótano a investigar? ¡Es que no se me olvida y me corroe la curiosidad!

—Si te atreves, allá tú. ¡Pero te puedes encontrar cualquier cosa!

—Yo sola no, pero se lo diré a Mario y entraremos los dos. ¿De verdad puedo?

—Pero lo que veáis y encontréis, no se lo digáis a nadie del pueblo, que podría ser alguno de aquí y tener familiares —apostilló Gimena.

La sobrina se quedó un rato pensativa y ensimismada en sus cosas. Fruncía el ceño indicando su preocupación.

—Silvia… ¿En qué piensas? ¡Que estás lela! —su tía le preguntó.

—¡Ah!, no, en nada —dijo ella como si despertara de un sueño—. Es decir, en nada, no. Pensaba en lo que nos podemos encontrar ahí.

El pub

Llegó la motocicleta BMW conducida por Eduardo a la puerta de la tienda. Al momento entró y Angustias le recibió con una amplia sonrisa y un fuerte abrazo.

—¿El viaje ha sido bueno?

—Fresquito esta mañana, pero voy muy bien equipado.

—¿Has almorzado?

—No, pensaba hacerlo contigo —respondió Edu con una mirada suplicante.

Enseguida encargó ella unos aperitivos al bar donde ya tenía costumbre y se sentaron a charlar mientras llegaba el pedido.

—Aquí estoy con el programa que me pusieron en 3D para montar muebles virtuales y, chico, que no me aclaro.

Entonces el hombre le explicó cuatro cositas y empezó a comprender los pasos que no hacía bien. Dio un fuerte suspiro de satisfacción y le obsequió con un beso muy cálido en la boca.

—¡Vaya, voy a tener que venir más por aquí si me van dando estos premios!

Los embutidos serranos y el jamón aparecieron por la puerta con unas rebanadas de pan tostado y mermelada casera. Un par de cafés con leche y una botella de vino crianza de la Manchuela junto a unas servilletas. Los dos degustaron con ahínco las viandas mientras hablaban de diferentes cosas.

Luego llamaron a Antonio para que preparara la factura del portón, pues el señor Eduardo estaba allí en la tienda y subiría en un rato por la fábrica a pagarlo.

—¿Cómo llevas lo de tu chico? —se interesó.

—¿Cómo lo voy a llevar? Pues quieto, porque no hay dinero para ello. Pero este es el signo de toda mi vida y no te preocupes, que estoy acostumbrada.

—¿Me permitirás que hable yo con tu hijo y eche un vistazo al local?

—¡Claro!, pero no quiero que te metas en esto, Edu. Nos puedes aconsejar todo lo que quieras, pero yo no quiero tu dinero. Le llamo ahora mismo, que el pobre está en el paro y estará en casa.

El hombre se subió a la fábrica y ultimó y pagó el pedido del enorme portón para una casa señorial de Valencia que estaba restaurando.

Quedaron en la puerta del local al mediodía. Se juntaron los tres en la puerta del bar. Este local llevaba un par de años cerrado y las llaves las tenía Ismael. Abrió y exploraron el local. El chico fue dando sus ideas de lo que pensaba montar allí. Sería tipo *pub* o zona de copas.

—Ismael, tú no lo sabes, pero yo te lo digo: soy diseñador y decorador, tengo una empresa y vivo de ello. Te comento esto porque si ahora te doy ideas y consejos, que sepas que son de un profesional y no de uno que pasaba por aquí por casualidad —le explicó Eduardo—. En principio, aquí se puede uno gastar mucho dinero o simplemente darle *un lavadito de cara,* con picardía y apariencia para empezar. Con el tiempo, se verá si uno estaba equivocado o acertó de pleno con su idea.

—Agradezco mucho tus consejos, pues, como sabes, soy un neófito en este tema y no tengo experiencia alguna —contestó Ismael.

—Bien, quizás lo primero que me tienes que decir es si quieres un bar de copas para gente joven de tu pueblo y de los alrededores, o tu idea es trasnochar y cerrar muy tarde y juntar aquí *a lo más golfo del contorno.* Si es así, ganarás más dinero, pero te comerá la salud y hasta las relaciones con tu familia. ¡Esa vida es muy difícil de soportar!

—No, mi idea es tener un bar en el pueblo con horarios un poco más largos, pero sin madrugar. Buenas cervezas con algún pincho especial y llevarlo entre mi compañera y yo. Cerrar un día o dos a la semana en invierno y menos descanso en verano.

—Yo te aconsejaría que hicieras un estudio de mercado de viabilidad antes de comenzar con ninguna firma de contrato ni compromiso. Ello te costará dinero e incluso se pueden equivocar, pues, dependiendo de quién regente el bar, podrás tener éxito o ser un fracaso total. Hay gentes —seguía hablando Eduardo— que no tienen ese *carácter de servidumbre para sus clientes* y piensan que les van a venir a su casa simplemente por su cara bonita. Este es un negocio del sector servicios y su nombre lo dice todo, hay que servir a los clientes.

Una vez que te den los resultados del estudio, que los sacan de explorar y estudiar tu pueblo, la gente de paso de la carretera, los pueblos colindantes, y la competencia que pudieras tener, entonces decides con más acierto. Te calcularán con datos, hasta los posibles clientes que pudieran venir de Cuenca. De esto sacarás una idea del mercado que tienes.

»¡Si te digo la verdad, yo esto lo veo como un bar más del pueblo! Aquí había antes otro que probó y a la vista está que cerró. El pensar que eres más listo y guapo que el anterior dueño... Puede que te estés equivocando.

Y si miras a la competencia, Casa Julián, por ejemplo. ¿Tú los ves que ganen mucho dinero? ¡Simplemente subsisten... y contentos!

—¡Joder, vaya jarro de agua fría que me has echado, Eduardo! —dijo el joven Ismael un poco decepcionado.

—No, es una realidad que tenías que oír para saber dónde te estás metiendo. Otra cosa es que el local fuera tuyo. En ese caso ya habría una ventaja en reducción de gastos. Sinceramente, te gastarás todo el dinero, que ni siquiera tienes, te dejarás tres o cuatro años de tu vida, con tu pareja, en el empeño de consolidarlo y, al final, te darás cuenta de que no es una vida grata. Odiarás a tu casero cada vez que el hombre venga a cobrar, te quejarás del gestor, de Hacienda, del Ayuntamiento y de todos los que te estén sacando el dinero que tú, con tanto sudor, consigues. En fin, piénsalo, pero no entres engañado en el tema.

Yo, ahora, te puedo invitar a comer, junto con tu madre, para que se te pase el posible cabreo y frustración —terminó Eduardo la larga alocución.

El chico agradeció la invitación, pero tenía que hacer la comida de su pareja, que venía a casa dentro de un rato.

—Y también por tus consejos, que no caerán en saco roto. Gracias por todo, Eduardo —se despidió Ismael.

Angustias y Edu se fueron al restaurante y a ella se le escapaban unas lágrimas que le hubiera gustado reprimir.

—¡Es que me da una lástima, el pobrecito mío! Pero, oye, que muchas gracias por abrirle los ojos, que esto era necesario y le ha venido muy bien. Si lo mejor es que busque un trabajo y poco más.

—Mira, cariño, si se metiera, tú acabarías avalando un préstamo y estoy seguro de que pondrías tu casa como garantía y eso aún le haría sufrir más, sólo en pensar en el lío en que te metió.

Yo podría prestaros algunos miles de euros, a modo de ayuda, pues el sueño afortunadamente no me lo quitaría. Pero, ciertamente el negocio no lo veo por ningún lado.

Venga, pide lo que te guste, que vamos a tomar un buen vino y la vida nos irá colocando donde fuera menester —acabó Eduardo tratando de animarla.

¿Tendrás libre mañana sábado para hacernos una ruta con la moto? —preguntó el hombre.

—Quizás, pero antes tendría que preguntarle a Mario si me quiere sustituir.

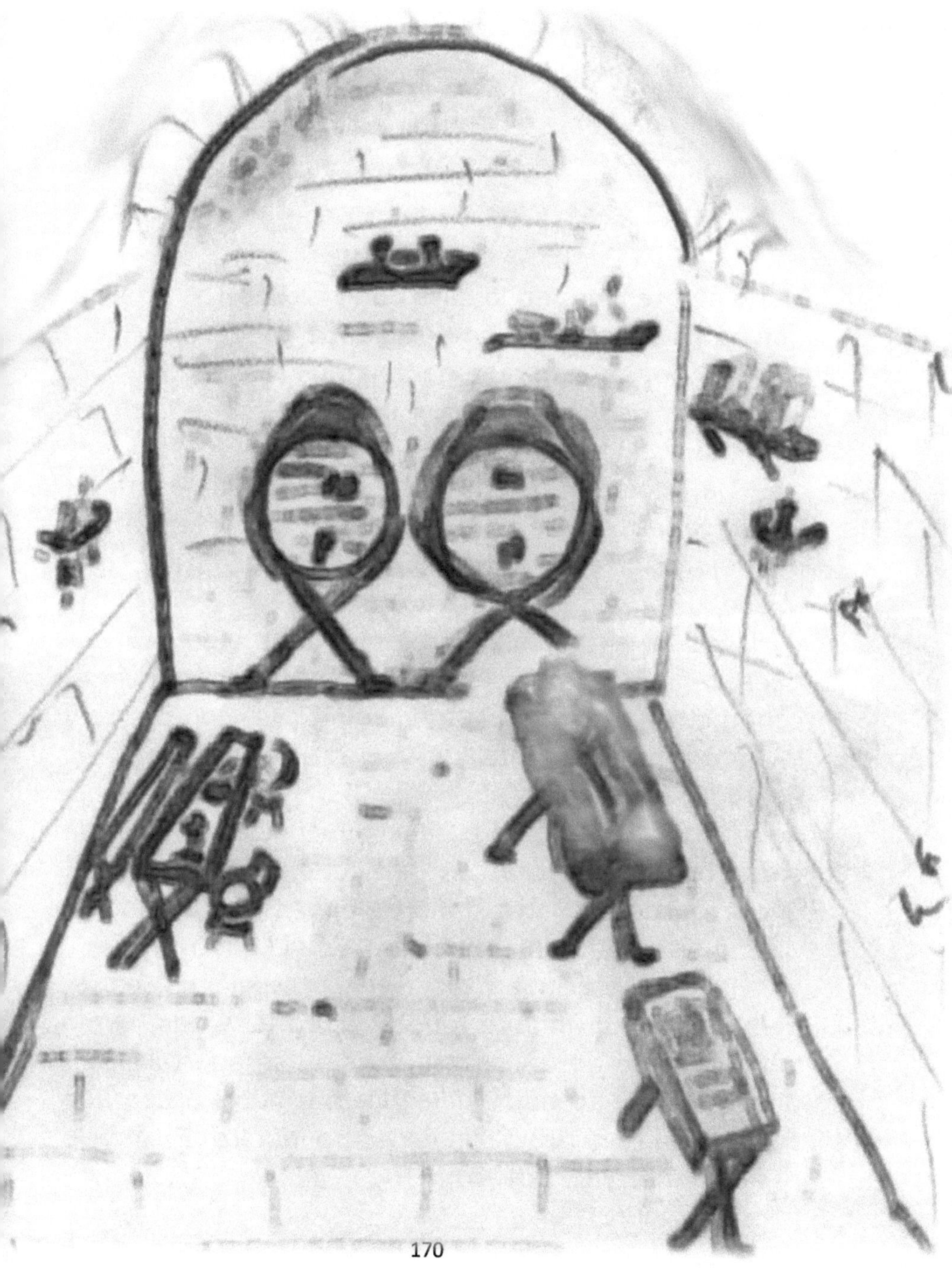

El sótano

Mario se presentó en la casa con una linterna enorme que había conseguido en no se sabe dónde.

—Cariño, cuando quieras bajamos al sótano.

Llegado este momento, Silvia empezó a ponerse nerviosa y sin saber que decir o hacer.

—Tía, estamos ahí abajo, en el sótano, *investigando…* Si tardamos mucho, ven a buscarnos o, mejor, sal a la calle y busca ayuda… ¡Huy, qué miedo!

Llegaron al portón o trampilla más bien grande, pues tenía un metro de larga por unos noventa centímetros de ancha. Mario cogió el asa con fuerza y levantó completamente la madera. Esta se sostenía en dos buenas bisagras al otro lado de la tapa. Una ola de aire turbio salió con potencia y su olor les dio en la cara con la sensación de humedad, bodega, polvo, encierro, moho y otro sinfín de olores que no podían distinguir. Metieron el haz de luz de la linterna.

Allí se apreciaban unos diez escalones en la penumbra y un infinito fondo oscuro. Los dos, como animales que aguzan sus defensas, se apartaron un poco y Mario encendió una cerilla que había preparado para tal fin, y la tiró hacia el oscuro infinito. Esta cayó rápidamente y se apagó.

Entonces cogió una vela colocada en una palmatoria y la encendió. En algún lugar Mario había leído que, si hubiera gas, este explotaría.

¡Afortunadamente no había gas!, pues en caso contrario, ya con la cerilla solamente, habrían volado los dos por los aires. ¡Pero bueno, eso es lo máximo que sabían ellos de espeleología y prevención laboral!

Se miraron y, sin decirse nada, se atrevieron a ir bajando por los escalones, poco a poco. El hombre, un poco más adelantado con la vela y ella detrás, pero mirando por encima del hombro de él, sosteniendo la linterna. Y llegaron al fin de los escalones observando un sótano abovedado con ladrillos en estilo mudéjar. Tendría unos diez metros de largo por unos tres de ancho. El suelo parecía de tierra compactada.

Hacía fresco allí dentro. Alguna tela de araña se les cogía a los brazos y cabeza. A su izquierda había una cantarera de dos cuerpos para alojar aguaderas y un botijo de barro. También había dos cubos, posiblemente de zinc. En las paredes había unas tejas colocadas donde alguna vez se pusieron velas para darse luz, pues se apreciaban chorreones de cera derretida. Una mesa rectangular, pequeña, a la izquierda, con dos sillas y un banco del mismo largo que la mesa. Encima, una palmatoria y restos de cera de vela completamente agotada. En algunos huecos de las paredes, hechos a propósito, había algún vaso o vasijas diferentes; en otros, algún libro o novela, más que nada por su tamaño, o quizás algún cuaderno, ya que encima tenía un lápiz y una goma de borrar. Un cartel con propaganda republicana estaba clavado en una pared.

—¡Silvia, no me empujes y suéltame el brazo, que me estás clavando las uñas! —dijo Mario.

—¡Vámonos ya de aquí, que ya está todo visto!

—Sí, mujer, ahora que ya hemos entrado hay que verlo todo bien y estudiarlo —contestó Mario.

En la parte derecha había dos camastros estrechos, como literas del ejército, puestos uno detrás del otro, seguidos. En un rincón, unos frascos como de medicinas, jarabes y ungüentos que lógicamente estaban secos después de tantos años.

Alojados en un pequeño estante, se apreciaban una jeringa y algunas agujas hipodérmicas en un pequeño estuche, aunque no estaba abierto del todo.

Más hojas y cuadernos y, al fondo, dos toneles de buen tamaño. Mario calculó que tenían un diámetro aproximado de ochenta centímetros. Les dio unos golpes de arriba hacia abajo y le pareció que estaban más o menos a una cuarta de su capacidad. Un librillo de papel de fumar y algo de tabaco.

—¡Joder! ¿Quién podía fumar aquí, si no hay quien respire?

El humo de la vela enrarecía la habitación; las volutas se interponían entre los ojos y daba la sensación de faltar aire. Mario pensó que como primera visita ya estaba bien y se dispusieron a salir.

Silvia no quería ser la primera, pero tampoco la última, y allí estaba como clavada en el suelo, sin moverse. El hombre la pellizcó en el culo, pero muy abajo del mismo, y ella dio un resoplido y casi le araña, mirándole colérica.

—¿Eres estúpido? —le dijo irritada.

—¡Pero si no te mueves! ¡Estás agarrotada!

Entonces oyeron una voz y unos pasos y los dos casi se suben encima de los barriles, asustados. La vela la tiraron y solo les quedó la linterna mirando al suelo

—¿Pero estáis bien, pareja? —preguntó Gimena, que viendo que tardaban mucho se empezó a preocupar por ellos y bajó unos escalones a buscarlos.

—¡Joder, tía, vaya susto! —dijo su sobrina.

—¡Cojones, casi me da algo! —resopló él.

Al salir, más deprisa que despacio, Silvia cogió una libreta que había en un hueco de la pared con un lapicero encima. Era un cuaderno con pastas de hule, de pocas páginas. Una goma de borrar se cayó por el suelo.

—¡Qué alivio, cuánto aire y qué fresco!

Y empezaron a contarle lo que habían visto allí abajo y sus sensaciones de curiosidad y miedo. Luego, Silvia se acordó de la libreta y, quitándole un poco el polvo y la suciedad, la abrió con cuidado.

Empezó a descubrir los escritos del cuaderno, nada ortodoxos, por cierto, con muchas faltas de ortografía. Observó que aquellos apuntes eran, quizás, un intento cronológico de diario. Al menos, es lo que pretendía quien los anotó con lápiz.

Segunda parte

Nota del autor:
Lectura de la libreta que Silvia se encontró en el sótano. Se apreciaba que quien la escribió no sabía mucho de letras, y había algunas correcciones que se supone las hizo después otra persona.

Hay dos versiones: una es de quien escribió el cuaderno encontrado en el sótano y su particular visión y otra es la novelada, pensando cómo pudieron ser realmente los distintos sucesos acaecidos. Van al unísono.

El cuaderno comunista

Los renglones escritos del cuaderno no cumplían con las normas básicas de horizontalidad. Pero era curioso, pues en todos empezaba con la fecha y el día, y esto sí que era una referencia o documento histórico.

Empezaba la libreta con una cartulina de propaganda, tipo octavilla alegórica a la República, insertada en la primera página. En ella había un par de soldados sujetando sendas banderas. Una de estas con la hoz y el martillo. Con esta cartulina o símil de postal, el autor o autora quería marcar el comienzo de los relatos anotados más adelante.

Toda la escritura, con muchas faltas de ortografía y carente de normas. Los distintos signos ortográficos y el uso de signos de puntuación brillaban por su ausencia.

Eso sí, en la libreta constaban sus impresiones diarias…, a su manera.

Sin embargo, había algunas correcciones escritas con una caligrafía suave y ordenada. Ello daba la idea de que otra persona supervisaba los escritos al relator o la relatora.

9 *de abril del 38, sábado.*

*La capital se esta poniendo muy chunga. To el mundo corre de un lao pa otro como a escondias con miedo y con la cabeza cacha. Se oyen las explosiones y cañones por las afueras y cada vez más gente se va con cuatro **h**arapos y dos sartenes encima de pequeños carros y bicis. De vez en cuando se escuchan los aviones fascistas que pasan por el cielo a soltar sus bombas en algún lugar. **¡M**alditos fascistas!** Me ~~an~~ **han** dicho que al Eulogio, se lo han lleváo esta noche en un camión no se sabe dónde.*

*Mi amigo Valentín **ha** venido a despedirse. Dice que se va de Madrid. Yo le **h**e dicho que me quedo.*

—¿Qué tal, *Churro*? ¿Tú no te vas? —le preguntaba Valentín, que vino a despedirse—. Esto ya no tiene solución y ya están aquí. Yo me voy esta noche con mi hermano y mis padres. Un amigo nos lleva en un camión hasta, por lo menos, pasada Arganda. ¡Luego ya veremos!

—Yo me quedo *pa* defender a la República o morir en el intento. ¡Si nos vamos todos, quién defenderá a nuestros hijos y mujeres! —contestó el muchacho muy convencido.

—No te quepa duda de que esto lo vas a defender tú solo, puesto que todos están huyendo en estampida. Si ya no tenemos ni balas, ¡qué vamos a defender!

Y otra cosa, *Churro...*, tú y yo hemos sido muy *tiraos palante y* nos conoce todo el mundo. En cuanto nos cojan, estamos en una pared con los brazos sujetos y los ojos tapados, eso seguro —le aclaraba Valentín.

—Haz lo que tú creas, Valentín. Yo me quedo, que por eso he luchado estos años: por la República y para quitar a los fascistas del poder —y se dieron un abrazo muy fuerte deseándose lo mejor en la vida.

A María, la novia y compañera del *Churro*, se le cayeron unas lágrimas que trataba de esconder, pues, fiel a su chico, se quedaba con este esperando lo peor. Sabía que esta no era la mejor opción y el final lo barruntaba muy trágico…, pero quería a Javier y por ello se quedaba junto a él. Lo amaba y, aunque pasaba malos ratos y calamidades, estos dos últimos años le habían parecido bonitos, pues disfrutaba de un amor sin cortapisas.

Esta María era una chica delgaducha, quizás demasiado, pero seguro que si estuviera bien vestida sería una mujer bella y con mucho estilo y gracia. Bastante más alta que su amante, cuando se abrazaban, le caían sus pequeños pechos a la altura de los ojos de Javier. A él, esto nunca le importó e incluso le gustaban estos abrazos tan dispares. Notaba la respiración de María y sus senos con agrado.

Eran unos nómadas que estaban de cuartel en cuartel y de jergón en jergón, nunca cómodos y sin ganas de quedarse más tiempo. Siempre en precario y con un odio visceral, en especial del chico, a todo lo llamado nacional y monárquico.

Ella no se quedaba embarazada y no sabía el porqué. ¡Y lo deseaba fervientemente! Es posible que la causa fuera debida a la mala nutrición que llevaban. Realmente siempre tenían hambre y mucha miseria. En cuanto a su periodo, era imposible llevar ningún control siendo este muy irregular.

María Retuerta era una chica de buena casa, con estudios y bastante independiente. Era tanto, que se escapó de la vivienda familiar a luchar con las milicias y allí conoció a "El Churro", que en realidad se llamaba Javier Cifuentes. Tenía veinte años, uno más que Javier, y en muchos momentos hacía de madre, compañera y amante, según fuera la ocasión pertinente.

De su casa salió un día casi a escondidas huyendo de su propia familia y perdiendo todo el confort que esta le podía dar. Conoció a Javier y rápidamente congeniaron e intimaron, siendo los dos unos principiantes en el sexo y en el amor y, por supuesto, ignorantes totales en las relaciones humanas. Consiguieron, casi por afinidad y simpatía, una interacción entre ellos mismos, aun siendo muy dispar su nivel cultural.

Y Silvia seguía leyendo el diario viejo y medio roto:
Diario de un comunista.   Página 2

12 de abril del 38, martes.

*Hoy **h**emos comio el último bote de judías que nos quedaba. María la veo cada vez más delgá y yo, tengo un costipao que no me lo quito desde **h**ace un mes. Me paso las noches tosiendo pero como aquí **h**ace frio y solo tenemos una manta cada uno, no acabo de curarlo. Esta noche, María se ~~a venío~~ **ha venido** a mi cama y así, juntos nos **h**emos quitao un poco los tiritones que teníamos. Me sabe mal por ella pues seguro que en su casa tendrán una buena estufa y agua corriente pero no se quiere volver y dejarme solo. Pero es que los jodíos padres son fascistas...*

*Se **h**an ido tres más y cada vez somos menos para defender una buena trinchera. No tenemos manduca. Dicen que los fascistas van repartiendo pan y comida.*

*Hoy, los valientes que quedamos, **h**emos quemado un colegio, uno de frailes, el Maravillas. Para que vean que somos fuertes.*

Javier tenía una tos casi crónica y fiebres, en especial por las noches, y, claro, no le dejaban dormir.

María le cogió las manos, mirándole a los ojos, le quiso hacer comprender que, si no se marchaban de allí, morirían de una manera o de otra. Si tenía algún aprecio por su vida... tendrían que escaparse de Madrid.

—Vámonos de Madrid. Hazlo por mí, te lo ruego.

«En abril de 1938 el gobierno de la República se trasladó a Barcelona. En la zona central, en el Madrid asediado y hambriento, esta mudanza se interpreta como una huida en busca de la proximidad de la frontera.

Las tropas nacionales regalan *pan blanco* por las calles a los hambrientos ciudadanos. El suministro de material bélico se ha roto prácticamente. La moral desciende muchos grados en un ejército férreamente dominado por los *comisarios políticos comunistas*».

Datos de 70 años de España a través de **ABC** (1905-1975).

Javier estuvo dando vueltas por la zona y sobre las doce de la mañana apareció por allí con una bicicleta, un bote de garbanzos y algo de pan.

—Mira, hoy comeremos algo. Me han prestado esta bicicleta para marcharnos de aquí. Mañana me han *prometío* otra —le explicó Javier.

—¡Y dónde quieres que vayamos con dos bicicletas viejas!

—Pues yo había pensado llegar hasta Cuenca, a Sierra, que allí está mi madre y nos recogerá, seguro. La distancia —seguía explicando Javier— es de unos ciento ochenta kilómetros y supongo que los podríamos hacer en dos días o quizás tres.

María pensó que era una barbaridad, pero cualquier cosa mejor que seguir allí. Luego le daba miedo la tos que no se le quitaba en todo el día a Javier. Miró alrededor pensando qué es lo que se podían llevar. Realmente no tenían nada, salvo dos mantas y unas bragas para cambiarse. El fusil se quedaba allí y la ropa de miliciano también.

¿Y comida...? ¡No tenían nada!

> ### *14 de abril del 38, jueves.*
>
> Hoy me estoy pensando de verdá el irnos de Madrid. Somos tan pocos y estamos tan mal que no creo que se pueda defender esta posición. Ya no se oyen las músicas de las camionetas republicanas ni comunistas que siempre estaban cantando por las calles. Además, mi resfriado me está dejando en las últimas y no puedo sujetar ni un fusil que encima, no tiene balas pá disparar. No duermo bien y tengo ~~gazuza, mucha gazuza~~ **hambre, mucha hambre**.
>
> En cuanto a buscar un coche o camioneta, creo que ya ~~emos echo~~ **hemos hecho** tarde y estarán todas las carreteras vigilas. Lo siento más por María que por mí mismo.

Madrid de noche y cerca del alba descansaba en un silencio melancólico, alterado solo por los estallidos apagados de los obuses que caían sobre la ciudad.

Silvia se fue enganchando a los relatos escritos por el miliciano y comprendiéndolo, aunque escribía muy mal. Algunas palabras las habían tachado y al lado de ellas estaba la palabra correctamente anotada.

16 de abril del 38, sábado.
Hoy, me dieron otra bicicleta más vieja y con poblemas con el piño del plato. Estoy un poco asustao pues tengo que reconocer que yo ~~e trabajao,~~ **me he implicado mucho** *en Las Checas y soy conocio como un buen revolucionario. Si me conocen los fascistas, lo pasaré mal. Es posible que me den dos tiros.*
No me puedo llevar el fusil ni la pistola y los documentos no sé donde esconderlos por si me los encuentran los azules. Tampoco llevamos nuestra ropa militar y me **h***an dejao unos andrajos pá vestirnos como civiles. Los pantalones no* **h***e conseguio otros y me llevo los míos.*
Pienso que lo mejor será viajar por la noche o por lo menos **h***asta salir lejos de Madrid y dormimos en el campo con una sola manta que tenemos pá cada uno.*
Pero además estamos muy flojos porque no comemos casi na y yo además, tengo este jodío costipao.
Al final me **h***an dao un poco de pan y unos trozos de queso.*

Salieron de Madrid a oscuras. La noche no era muy cerrada y se podía ver algo la carretera. Afortunadamente en aquellos años, y más en época de guerra, pocos coches circulaban. Los caminos estaban casi desiertos.

Entonces los automóviles, a falta de gasolina, estaban preparados para gasógeno y llevaban sus chimeneas funcionando en la parte trasera; subiendo las cuestas, disminuían a velocidades ridículas.

De día, por las carreteras siempre circulaban camiones del ejército que trasladaban soldados, víveres, armas y todo lo necesario para mantener la zona conquistada. Ocasionalmente, pasaba algún vehículo civil, pero nadie podía asegurar que no hubiera sido confiscado y podían ser enemigos.

La pareja, con sus bicis, cada cierto tiempo se encontraba algunas cuestas y tenía que echar pies al suelo y seguir andando, pues la tracción de la de María no funcionaba bien. El frío empezaba a menguar sus facultades. Ella se retrasaba y él tosía y tosía. Algunos ratos la inclinación de la carretera les era favorable y descansaban un poco conforme transitaban hacia abajo. A lo lejos vieron las luces de un pueblo y se acordó Javier que era Perales de Tajuña.

Javier recordó el puente del río Tajuña y lo buscó para dormir debajo. Allí se recogieron con sus mantas y los dos juntos trataron de dormir. Él, con la dichosa tos, estuvo toda la noche con movimientos sonoros y convulsivos. Difícilmente pudo reposar un poco. María estaba tan cansada que se durmió a pesar del frío y de la tos de Javier.

> **18 de abril del 38, lunes.**
> *Salimos casi de noche y en media hora estamos en las afueras y desde allí, carretera y manta. Voy a coger los caminos secundarios aunque nunca se sabe donde habrá un piquete fascista. La pobre María le viene un poco grande la bici y eso que ella es larga. Cada uno llevamos una chaqueteja y una manta cogía detrás. Vamos a ver cuanto aguantamos de noche pues nos ~~gusta~~ **gustaría** estar lo más lejos posible de Madrid. La jodía tos no me deja en paz y cuanto más me esfuerzo, más me da.*

Como quiera que las correcciones se hacían con letra pequeñita, un poco redondeada y con la sensación de haber apretado poco el lapicero, quiso pensar Silvia que estas anotaciones se las hacía María en sus ratos libres.

Le causaba terror que esta pareja, mal alimentada, asustada y viajando por la noche, se desplazara tan lejos.

Silvia leía y leía cada vez con más interés y entusiasmo el cuaderno viejo con pastas de hule. Empezaba a comprender a esta pareja singular conforme pasaba páginas.

---

19 de abril del 38, martes.

*Vamos andando pá Tarancón. Un camión se paro y nos dijo que si queríamos nos llevaba un trozo que iba a Belinchón. Montamos las bicis detras y nos subimos a la cabina. A̶s̶t̶a̶ **Hasta** que nos paro un piquete militar de unos fascistas. Unos con fusil nos apuntaban enfadaos mientras el cabo nos pidió la documentación y nos bajaron del camión.*

*El chofer les dijo que l̶l̶e̶v̶a̶v̶a̶ **llevaba** ladrillos a Belinchón pá obrar. De nosotros les dijo que nos recogió un poco antes y que no nos conocía. Le dejaron marchar y nos quedamos allí solos con nuestras bicis. Nos preguntaban cosas que no sabiamos que responder y supusieron que eramos rojos pues no contestamos bien. Además mi pantalon de las milicias no les gusto. Me pegaron fuerte en la cabeza y tomaba aquello muy mala pinta.*

Luego por la noche llovia mucho y me dejaron en el patio. Mas tarde me pasaron dentro pues al parecer, se apiadaron de mi y les di lastima. A la mañana, vino un teniente joven y nos dieron algo de comer y nos dejaron marchar. Tanbien nos dieron dos pantalones y dos camisas azules pues teníamos los nuestros to rotos.

Y efectivamente, Javier, echando sangre por la cabeza y la oreja del culatazo del soldado, quedó aturdido y tirado en el suelo. A ella la encerraron en una habitación.

Luego volvieron con el hombre y le dieron unas patadas mientras preguntaban de dónde venía y hacia dónde iba. Empezó a llover y, cansados y mojados los militares, lo ataron al chasis de una camioneta vieja que estaba rota y posiblemente quemada de mucho tiempo antes. Allí se quedó, en el centro del patio.

Se pasaron dentro y se olvidaron de él. Seguía lloviendo mucho y Javier, continuó soportando los litros de agua que caían en ese horrible cercado.

Llegó la tarde y vino un camión con el relevo de otros cuatro soldados y un cabo. Les dieron el parte y se quedaron los nuevos. Se hizo de noche y seguía cayendo agua como si fuera *el diluvio universal*.

Javier, atado y sentado con los brazos en alto sujetos a los hierros de la camioneta. Y seguía lloviendo y él tosía y tosía constantemente.

María, superando sus miedos, empezó a gritar a los soldados desde su habitación:

—¡Qué lo estáis matando! ¡Qué está enfermo y si no lo pasáis dentro se muere esta noche! Por favor, ¿no escucháis cómo tose? Por vuestros hijos y padres, que me lo estáis matando de tanta agua y humedad… ¡Que está enfermo!

Y hartos ya de escucharla, se acercó uno de ellos y abrió la puerta del recinto sucio y mugriento. Allí había un jergón en un catre viejo y ella estaba sentada llorando, con las piernas cogidas con sus brazos y tratando de guardar el calor de su propio cuerpo. María miró al hombre como pidiendo clemencia. Él la observó un rato pensando si le valía la pena acercarse más o volver a cerrar la puerta.

—Veamos, ¿qué es lo que te pasa, muchacha? ¿Qué quieres? —preguntó el soldado con indiferencia y desdén.

—Que mi pobrecito está enfermo y si lo dejáis ahí toda la noche y lloviendo, se muere. ¡Que solo tiene diecinueve años!

Y acto seguido el soldado, casi con desprecio se soltó el cinturón, se bajó los pantalones y le dijo: «Si te lo ganas, lo meteremos dentro».

Y no tuvo que dar más explicaciones. La mujer sucia, con hambre y cansada, pero teniendo un ápice de cordura, comprendió lo que aquel maldito soldado le pedía. Y se agarró a sus piernas y buscó su miembro y succionó y masajeó todo lo mejor que pudo para que esta felación fuera lo más rápida posible. Al poco rato dio unos pequeños escalofríos el hombre, se subió sus pantalones y se marchó.

Ella prestó atención a unos portazos y enseguida se escucharon las toses de Javier. ¡Ya lo habían pasado dentro! Trató de dormirse un rato.

A la mañana se empezaron a oír voces, risas y ruidos de los soldados. Un olor a café y fritanga de cocina le llegaba a la habitación.

—Por favor… ¡Dadnos un poco de comida, que llevamos dos días sin comer! ¡Y agua, por favor! —pedía ella suplicando.

Media hora después se acercó un hombre, más bien gordito, con una jarra de agua y un plato con un trozo de pan y dos salchichas. Le dejó el plato en una esquina y ella se abalanzó al bocadillo con ansia.

El soldado la cogió de una pierna y la volvió boca abajo. De un tirón le quitó los pantalones hasta media pierna. Estos, se llevaron al tiempo sus bragas viejas y raídas. Y, mientras la penetraba, ella siguió comiendo sus salchichas, con avaricia, ignorando lo que sucedía por detrás. El soldado le acercaba su cara a María y esta retiraba su cuello, evitando el aliento de aquel repugnante que hocicaba en su oreja.

Al rato notó que él había acabado. Ella aún tenía comida en sus manos. El hombre le dio un azote en el culo y se marchó.

—Por favor, llévale algo de comer a mi chico…

Escuchó en el patio la parodia de un cambio de guardia. Poco después llegó un teniente joven. Habló con los soldados y pensó que poco mal podían hacer estos pobres muchachos y con lástima optó por soltarlos, devolviéndoles las bicicletas. También les dio ropa, porque la puesta estaba llena de jirones y sangre. ¡Y un poco de pan y chorizo!

Los dejaron marchar. A diez kilómetros estaba Tarancón. Las pequeñas cuestas que hay antes del pueblo se les hacían eternas e interminables y, al final, pusieron los pies en el suelo y siguieron a pie con la bicicleta de la mano.

En Tarancón Javier tenía unos primos segundos y preguntó por ellos, siendo relativamente fácil encontrar la casa. Allí salió una mujer, al llamar a la puerta, y se presentaron lo mejor que pudieron.

—¡Buenos días!, usted no me conoce, pero yo soy hijo de Josefa Cifuentes, de Sierra, de Cuenca. Queremos llegar al pueblo, que mi madre nos está esperando —le decía Javier.

—¡Ah, sí! ¡La tía Josefa! ¿Así que tú eres hijo suyo? ¿Y cómo dices que te llamas? —le preguntaba con cariño la mujer.

—Me llamo Javier y esta chica es mi novia, María. En Madrid se han puesto las cosas tan difíciles que hemos pensado llegar hasta el pueblo, al menos de momento.

—Pasad, pobrecitos, que tenéis muy mala cara. ¿Y viajáis en estas bicicletas? ¿Queréis que os prepare algo de comer?

—Sí, señora, la verdad, tenemos mucha hambre.

La mujer se puso con una sartén en el fuego y ellos escucharon el chisporroteo de unos huevos en la freidera. Mientras, sus glándulas gustativas empezaban a segregar jugos de placer…

Y puestos los dos platos con dos huevos cada uno y pan, se comieron una barra entera mojando, ya que no se atrevían a preguntar si esta mujer les iba a ofrecer algo más. Poco después les sacó unos chorizos y unas tajadas de lomo de orza. Para ellos fue la apoteosis del buen comer, pues hacía muchos meses que no habían disfrutado de algo tan bueno y con tanta abundancia.

—Sí que es verdad que teníais mucha hambre…, pobrecitos —le cogió un poco el pelo a la chica y apreció su suciedad—. ¿Quieres darte una buena ducha caliente? —preguntó la mujer.

Aquello ya fue *el cielo* para ellos, y María olía el champú mientras se lo ponía en la cabeza como el mejor aroma que nunca hubiera imaginado. Después vio en un estante una crema para hidratarse.

—Señora, ¿puedo darme de esta crema en el cuerpo? —preguntó María solicitando el permiso, pues no sabía la escasez que pudieran tener en esa casa. ¡Como ella carecía de todo en tanto tiempo…!

—Pues claro, cariño. Ponte la que quieras.

Después de reconfortados, la mujer les preparó un café de puchero con unas pastas y dieron por terminada la visita. Aún tenían mucho camino que andar.

—Le damos infinitas gracias por su ayuda y esperamos devolverle el favor algún día —comentó Javier.

Y esta *buena samaritana* les dio un paquetito con unos caramelos de miel, entre otras cosas, ya que observó que Javier tenía una tos muy agarrada y fea.

20 de abril del 38, miércoles.

Por la mañana y gracias a los pantalones y camisas que nos dio un teniente fascista nos pudimos vestir y nos fuimos a Tarancón con nuestras bicicletas. A una de ellas le fallan los pedales y se queda como loca y no ~~tracionan~~ las ~~vielas~~. **traccionan las bielas.** *Al final, menos en las cuestas pa bajo, vamos a pie.*

Hemos buscao y encontrao a un familiar de mi madre y allí nos dio comida. Nos regalo una cantimplora con agua con miel y unos caramelos pa mi tos.

~~Emos preferio~~ **Hemos preferido** *ir por la carretera de Uclés que parece más segura y con menos vigilancia que la de Alcazar del Rey. Son unos treinta kilómetros y esperamos llegar antes de la noche.*

Y se acercó a Uclés la pareja asustada. Pasaron este y siguieron andando, un poco escondiéndose, hasta el pueblo de Carrascosa del Campo. Durmieron en las puertas del pueblo, en una casa vieja y medio derruida, a refugio de la misma.

Por la mañana, los dos jóvenes salieron a la carretera y trataron de cruzar el pueblo lo más discretamente posible. Vieron un par de coches con unos altavoces que venían por el cruce de Saelices. Estos milicianos también los avistaron y pararon delante, esperándolos.

Javier se alegró y se fue cara a ellos porque llevaban banderas republicanas y comunistas. ¡Estaba con los suyos!

—¡Buenos días, camaradas! —les saludó Javier jovial y contento.

María comprendió el momento y le sujetó del brazo para que no fuera cara a ellos. Ella se dio cuenta de que, con ropas nacionales, eran una provocación para estos soldados que ya estaban cada vez más en retirada. Sus fusiles les apuntaron con cara de odio. Un sargento gordo y bigotudo, con una mano en el puño de su pistola, alojada en el cinto, les hizo un ademán de alto con la otra mano.

—¿Dónde vais, fascistas de mierda?

—¡Camarada, compañero…, somos de los vuestros! ¡Que yo soy *El Churro* de Leganés! ¡Que venimos de Madrid! —explicaba Javier.

—¿Y cómo es que llevas camisa azul de fascista? —preguntaba otro soldadito bajito allí, al lado.

—¡Que me la han pasado, que ya nuestras ropas eran unos harapos y casi íbamos desnudos! ¡Joder, compañeros…! ¿De dónde sois?

—Estos deben ser desertores, seguro.

Un culatazo en la cabeza y cayó al suelo. ¡Aturdido, no comprendía que sus camaradas le trataran así!

—¡Hijo puta, que soy comunista!

María quiso correr, pero ya la tenían cogida de los brazos y, zarandeándola, la metieron en un coche.

Las bicicletas las tiraron a la cuneta, fuera de la vista de cualquiera, y a Javier, en el otro coche. Algunos soldados se subieron en los estribos y otros, dentro de los autos. Lentos y muy cargados, se desplazaron hasta Saelices. Fueron unos quince kilómetros eternos para la pareja y muy divertidos para aquellos milicianos, a quienes solo les quedaba de esta guerra *el joder* a todo pobre ser humano que encontraban.

En las ruinas romanas de Segóbriga, que está en las afueras del pueblo, tenían montado un campamento que se componía de unos treinta o cuarenta soldados y parte de intendencia. Unas tiendas de campaña ruinosas estaban colocadas a modo de cuartel y, en un rincón, había unas mujeres que en unas ollas grandes calentaban algún tipo de sopa con patatas.

Realmente este pueblo romano, aprovechando sus muchas ruinas, podía ser una ciudad habitable con poco trabajo. Las diferentes habitaciones y corrales les ayudaban a crear compartimentos estancos para subsistir. Esta ciudad los amparaba de los vientos haciendo un poco de pared de protección para algunas tiendas.

El paraje o ciudad de Segóbriga fue una población primero celta y después romana. Tiene dentro viviendas y un anfiteatro derruido de la época de los romanos. Y allí, por los alrededores, había antiguas termas, salones y otras necesidades de la población de aquella época. También tuvo mucha importancia mora y cristiana.

Este pueblo se formó en torno a unas minas para sacar una especie de láminas y piedras de yeso transparente, que servían para hacer lo más parecido antiguamente a los cristales. Cuando evolucionó el vidrio y consiguió mejorar los translúcidos, estas minas dejaron de tener interés y se abandonó poco a poco todo el pueblo.

Sacaron a los dos de los coches, en el centro del teatro romano y, como si fuera una fiesta, los expusieron a las bromas y risas de este ejército en decadencia. A María, le quitaron la camisa a tirones y le dejaron los pechos al aire. A Javier le dieron palos de todos los colores y también le rompieron la camisa azul. ¡Esto de la camisa era un tema que no soportaban!

Luego, llegó la hora de una especie de *fagina* y se fueron todos a comer y allí los dejaron, en el centro y a la vista de todos. Javier lloraba de rabia y coraje porque eran precisamente los suyos los que les estaban infringiendo estas maldades.

—¡Hijos de puta, con lo que yo he luchado por la República! —decía en voz baja, dolorido.

Le salía sangre por la nariz y un labio partido y la tos le empezaba a molestar cada vez más. También le dolían dos dedos de una mano. Pensó que los tenía rotos.

—Esta noche vas a enterarte de lo que es una buena verga, jodida fascista —le dijo un soldado desdentado muy cerca de la oreja a María.

Y así fue. Pasada la media noche, tres hombres la cogieron y se la llevaron a la oscuridad, un poco apartados del lugar. Iban bebiendo vino de unas botellas y Javier empezó a gritar para que alguien salvara a su chica del infierno que le venía. Una patada en la boca le dejó aturdido y sin sentido. De este golpe perdió dos muelas.

María pensó que la matarían después de cansarse de ella. Y la forzaron y violaron y le hicieron las perrerías que se les ocurría, a las cuales ella ayudó en parte sin rechistar, viendo que era mejor colaborar que resistirse.

Sangraba por el ano y los labios se los rompieron y le arrancaron parte de su cabello dándole tirones. Los pechos pequeños y bonitos le dolían de tantos pellizcos y golpes y se sentía sucia y estaba… sucia.

¡Percibía muy cerca la hora de morir y se acordó de sus padres, hermanos y también de Javier!

Entonces, observaron la entrada de un coche con las luces encendidas y con algunas personas dentro. No era de gasóleo y su motor rugía potente a combustión de gasolina. Circulaba deprisa, levantando polvo en la penumbra. Paró y apagó las luces. Un par de militares con buenas botas y uniforme se bajaron del mismo.

Se presentaron enseguida delante de ellos el teniente del puesto y algún sargento más, cuadrándose en señal de respeto. Hablaron un rato dando órdenes a unos y otros. En un momento dado, el comandante se dio cuenta del pobre fascista que estaba tirado en el suelo y lleno de sangre.

—¿Y ese?

—Unos fascistas que hemos cogido esta mañana.

Se acercó con curiosidad al herido y, cuando este alzó su cabeza, le pareció conocido.

—¿Quién eres?

—Soy Javier Cifuentes, mi comandante. Apodado *El Churro* por todo Madrid. Estos *hijos de puta* no me han creído y llevo todo el día recibiendo palos.

—¡Churro, soy Sebastián! ¡Mi amigo Churro! Pero… ¿Esto qué es? Que se presenten aquí todos los oficiales… ¡Inmediatamente!

¡Y todo el mundo corría para un lado y para otro! Los hombres que estaban con María ya llevaban un rato pendientes de los oficiales que habían llegado y se acercaron a hurtadillas al campamento, dejándola allí tirada. Frente al comandante, se pusieron firmes un teniente, un brigada, dos sargentos y varios cabos.

—¿Quién ha hecho prisionero a ese hombre? —Y se paseaba furioso de un lado para otro—. Ese hombre que tenéis ahí apaleado es un camarada que se ha dejado la vida por vosotros en Madrid. Es "El Churro", personaje que todo el mundo conoce. ¿Quién ha sido el que lo ha detenido? —Echaba fuego el militar mirándolos.

El sargento gordo y con bigote se adelantó y se quedó firme un paso delante.

—Mi comandante, no se han identificado y estaban vestidos con ropa fascista.

—Y el otro acompañante, ¿dónde está?

—Es una mujer, mi comandante.

—¡Su chica, coño! ¿Y dónde cojones la tenéis?

Acto seguido le dio tan enorme hostia al sargento que lo tiró de espaldas. Al rato, dos hombres vinieron con ella, cogiéndola de los brazos y arrastrando sus pies, pues no se tenía derecha la pobre y no podía andar. ¡Desgreñada, sucia, desvalida!

—Busquen un médico inmediatamente y póngalos en la mejor cama y con los mejores cuidados. Y usted, sargento, queda arrestado, en principio pendiente de cargos, que pienso que serán mayores.

¡Hijos de puta..., escoria maldita! ¿Cómo vamos a ganar la guerra con estos violadores? ¡Quiero aquí, ahora mismo, a los hombres que han estado con ella!

Sacó su pistola el oficial y estuvo paseándola delante de todos, sin pensar ni saber qué hacer. El capitán adjunto que iba con él quitó la trabilla de la funda de la suya y puso la mano en la empuñadura, pendiente de sacarla. El conductor del coche oficial sacó del Fiat rápidamente un *subfusil naranjero,* de cara a todo lo que se pudiera mover. La situación era muy tensa.

Vino el único enfermero que tenían allí y empezó con los primeros cuidados de la pareja, llevándolos a una buena cama para limpiarlos y vendarlos. Al momento, tres soldados estaban frente al oficial; al parecer, habían sido los violadores de María.

—Quedáis arrestados de momento, los tres, hasta nueva orden. Cuando la chica pueda hablar daremos las instrucciones oportunas para el castigo que os merecéis —dijo el comandante y, al más bajito que estaba primero, le dio con la culata de su pistola, tirándolo al suelo, colérico.

A la mañana siguiente les dieron de comer todo lo mejor que tenían. Un médico traído del pueblo les auscultó y les dio medicinas calmantes. El comandante se quedó allí a dormir, pues no quería dejar el tema sin acabar y deseaba hacer justicia.

—María, ¿tú puedes decirnos qué pasó y qué soldados fueron los que te violaron? ¿Estás fuerte o te dejamos más tiempo para reponerte?

«Si estamos ya casi rendidos —pensaba para sus adentros el comandante Sebastián— y cualquier día nos veremos todos detenidos y prisioneros. Solo falta que hijos de puta como estos vayan haciendo todo tipo de vejaciones y barbaridades».

La idea de un ejército derrotado convirtió a estos fracasados en un inventario de horrores, ultrajes y atropellos.

---

21 de abril del 38, jueves.

Hemos llegao a la entrada de Carrascosa del Campo y nos **h**emos encontrao allí con un grupo de milicianos. Los hijo putas no **h**an querío conocernos aunque les he dicho toa clase de datos y nos **h**an tratao mal, muy mal. A mí me han pegao por toas partes y a María la ~~an violáo asta artarse.~~ **han violado hasta hartarse.**
Gracias a un amigo mío, el Coronel Sebastian de Navarra, nos a protegio y estamos vivos de milagro y podemos seguir de viaje. Joder y no **h**e podio ayudarla. Mi María ya no es la misma desde entonces y está triste y delica. Yo sigo tosiendo.

El soldado desdentado fue fusilado un poco más lejos, al día siguiente. Los otros dos quedaron arrestados pendientes de sentencia. Antes, ellos mismos cavaron la tumba de su compañero. El sargento quedó también pendiente de juicio.

A Javier y María les devolvieron las bicicletas que dejaron tiradas en la cuneta y un par de días después, ya un poco repuestos, los llevaron con un coche cerca del puerto de Cabrejas, camino de Cuenca.

—Camaradas, no podemos pasar de aquí. Es muy posible que tengan un puesto montado y estén ahí arriba los fascistas —bajaron las bicicletas del techo del coche y se despidieron con el brazo en alto dando un taconazo.

Para Javier, *El Churro*, ya no serían iguales *la causa* y las milicias. Perdió la fe en sus camaradas y en los comunistas y en la madre que los parió.

---

24 de abril del 38, domingo.

*Unos camaradas nos dejaron con el coche muy cerca del alto de Cabrejas. Nos da miedo pasar por Cuenca de dia pero pensamos que como estamos aseaos y con las camisas limpias, podremos sin pegas. De toas maneras ya sabemos que da igual que sean comunistas que fascistas al final son tos unos hijos de puta. Maria está callá y no habla no sé si esta mala o disgusta. Mi tos me preocupa pues no se cura y los dos dedos de la mano están rotos aunque me los ~~an atao~~ **han vendado** juntos y se puede aguantar. Pero los tengo muy inchaos.*
En cuarenta kilómetros estamos en Sierra y creo que mi madre estará allí, sino se ha muerto.

Se dio cuenta Javier de que no hay ninguna guerra buena ni santa y de que todos los bandos son iguales. Ahora les quedaba llegar a Cuenca, a Sierra, y ver cómo los recibía su madre.

Ese día no había nadie en el puerto, posiblemente porque era domingo, y enseguida estaban en lo alto de la cuesta. Desde allí, sólo había que dejar caer las bicicletas hasta el Pinar de Jábaga.

Faltaban seis kilómetros para Cuenca. Con la bicicleta de María rota y sin pedales, marchando cuesta abajo y a favor, era casi perfecto. Algunos ratos Javier ataba una cuerda entre los dos velocípedos y ayudaba a la chica, tirando de ella. Cuando se ponía muy empinada la carretera, echaban pie a tierra. Aun así, los kilómetros iban pasando y parecía que todo iba bien.

Bueno, todo no, porque los genitales y orificio rectal de María aún estaban terriblemente dolidos. También los muchos y profundos arañazos y moratones de la espalda y sus muslos.

Padeciendo en los repechos siguientes e incluso andando algunos tramos, se acercaron y pasaron por el barrio de San Antón, en la entrada de Cuenca. Algunos los miraban, pero eran gente de bien y no tuvieron ninguna pega. Cuando cogieron la bajada del puente, siguiendo el río Júcar, dieron un respiro de satisfacción. Los dos pensaron que ya habían pasado lo peor. María no conocía nada del lugar y el joven solo había estado una vez hacía años. Se notaba el frescor del río en esa zona. Unos kilómetros más adelante escucharon el ruido de un pequeño tractor y le echaron el alto por si los quería llevar.

—Yo os puedo acercar hasta el desvío a Mariana que os deja junto al Tranche —les comentó el campesino del tractor—. Desde allí os quedarán unos diez kilómetros.

Esto fue casi lo mejor que les pudo ocurrir, pues al mediodía podían estar allí. Desde el desvío de Mariana aún tenían un repecho que tuvieron que hacer andando. Pasaron unas largas rectas y, a cien metros del pueblo, se escondieron y comieron lo poco que tenían.

—Si observamos que no hay mucha gente sobre las tres o las cuatro de la tarde, entraremos, y si hay jaleo, esperaremos a que sea de noche —explicó Javier.

Les daba miedo entrar en el pueblo a la vista de todos sus vecinos. Su idea era esconderse hasta que vinieran horas mejores y, de esta manera, no comprometían a la familia.

María se quedó dormida en un ribazo entre las verdes hierbas. Javier la tapó un poco con la manta raída. Por fin estaban a la entrada del pueblo.

Así fue como a las tres y media de la tarde estaban tocando la campanilla del portón de La Casona. Era un caserón enorme, en una bonita plaza con una fuente en el centro. Al momento, se oyeron unos pasos y abrió una señora con cara bondadosa y con un mandil atado a su cintura.

—Perdone, venía preguntando por la señora Josefa Cifuentes.

—¿De parte de quién? —indagó con curiosidad la sirvienta, que seguía obstruyendo la puerta y mirándolos con recelo. Se trataba de Inés, la cocinera de toda la vida de la casa y criada también, cuando no tenía faenas culinarias.

—Soy su hijo, Javier, y esta chica es mi novia, María. Venimos de Madrid.

Inés reaccionó sorprendida, sacó la cabeza, miró en toda la plaza para comprobar que no había nadie en ella y les abrió la puerta; al tiempo hizo un ademán con la mano para que entraran. Nada más hacerlo, con bicicletas incluidas, cerró.

—Esperad un momento aquí que voy a avisar a las señoras.

Se oyeron pasos precipitados y conversaciones bajas y apareció una mujer de unos cuarenta años, de aspecto agradable, con el moño cogido y bien vestida. Llevaba un bastón en una mano y parecía que cojeaba. Tenía principios de canas por algunas partes de su pelo, pero era hasta cierto punto guapa y elegante.

Le dio un abrazo al muchacho y así estuvieron cogidos un buen rato. A la mujer se le notaba que gemía y a Javier también se le cayeron unas lágrimas.

Detrás de ella vino Aurelia, hermana de esta y más joven. Había tenido más suerte en el reparto de los genes y era muy guapa y más alta.

¡Realmente era una belleza!

En esa casa, les dieron de comer, tiraron los andrajosos ropajes que llevaban y les pasaron a darse una buena ducha caliente. De momento, les cambiaron las ropas por otras que rápidamente encontraron a mano.

Y empezaron los primeros cuidados de esta pareja abandonada por la fortuna.

María se desnudó y desde lejos observaron muchos arañazos, por todo el cuerpo. Algunos muy profundos y aún sin cerrar, y con enormes moratones. Se les hizo un nudo en la garganta solo de pensar cómo pudieron ser producidos. La secaron entre Inés y Aurelia con mucho cariño, y después le dieron cremas para regenerar e hidratar su piel y oler bien. Ella les respondía con una pequeña sonrisa agradecida. Mientras tanto, Josefa hablaba con su hijo tan despacio que parecía una monjita de clausura.

Llegó a la casa el abuelo Simeón, que era el padre de las dos mujeres. Venía de tomar el café en el bar y de jugar su partida de tute de todos los días. Le extrañó ver aquellas dos bicicletas viejas y decrépitas en el zaguán de la entrada y, lógicamente, quiso indagar más.

—¿Hay alguna visita que yo debiera de saber? —preguntó el hombre.

Simeón tenía ochenta años y su vida laboral hacía tiempo que había acabado. Además de tener muchas tierras y bienes heredados de la familia, se dedicó en sus años al transporte, primero en carros y luego en camiones. Llegó a tener una pequeña flota de estos en Cuenca, con sus correspondientes chóferes e incluso algunos mecánicos o mantenedores de los mismos.

Atendía la zona de Cuenca y de la Serranía, que cubría con sus vehículos, y se extendía a Madrid en viajes ocasionales; y, principalmente a diario, con rutas regulares hasta Tarancón.

Esta empresa era la que abastecía de todo lo necesario a los pueblos cercanos, llegando a adquirir el compromiso del servicio del pan e incluso el postal. También compró un par de pequeños autobuses que subían a Tragacete y pueblos colindantes y bajaban todos los días a Cuenca. Eran la vitalidad de la comarca y sin ellos no se hubiera entendido la vida en aquellos años. Bajaban los enfermos a visitar a los médicos y los estudiantes a sus clases. Los vecinos compraban en Cuenca y subían y bajaban paquetes de todo tipo. Más tarde también compró unos coches para sacarles rendimiento como taxis. Estos servicios daban y tenían una cierta fluidez. La vida toda pasaba por sus transportes y esto le daba unos pingües beneficios.

Eran sus vehículos como arterias que irrigaban la vida en la comarca.

Ya siendo octogenario y habiendo muerto su mujer, Demetria, solo disfrutaba de sus hijas, también mayores, y de sus charlas en el bar. Bueno, hijas no tan mayores, pues Aurelia era una hermosura y soltera deseada por todos los hombres de la región.

Más tarde, la guapa Aurelia conoció a Ramón y se casaron, teniendo a sus hijos Fausto y Laura. Pero esto fue unos cuantos años después. ¡Es otra historia!

Le presentaron a los dos jóvenes ya aseados y con alguna ropa que incluso era de él, en desuso. Josefa estaba cogida del brazo de Javier y puesta enfrente *en orden de revista* y con cara de satisfacción. Este semblante hacía muchos años que no lo tenía así. ¡Su gesto huraño y hosco siempre lo mostraba en su primera visita! Pero esta vez no.

María, colocada al lado, con un vestido prestado que le quedaba un poco grande; pero, gracias a su altura y su elegancia natural, estaba guapa. ¡Incluso le habían pintado un poco la cara!

A Simeón, como su vida ya era un poco aburrida, estos dos jovencitos puestos enfrente le causaron buena impresión, y quiso saber todo lo que pudo de ellos.

—Mire usted, venimos huyendo de Madrid —explicó Javier al anciano—, de los disturbios generales *y paseos* que están haciendo los nacionales. Nosotros, en especial un servidor, siempre hemos sido comunistas y hemos presumido de ello, y ahora *vienen mal dadas* y hemos venido aquí, porque no sabemos dónde ir. Venimos a escondernos.

—¿Pero tú sabes que nos pones en un compromiso a toda la casa y a toda la familia? ¿Entiendes que aquí, en el pueblo, también hay extremistas de derechas a quienes les gustaría saber que tenemos escondidos a unos comunistas? —advirtió Simeón.

—Le entiendo perfectamente y si piensan que no podemos quedarnos, en cuanto nos recuperemos un poco, nos marchamos por la noche.

—Yo no he dicho eso, pero comprenderás que tienes que estar escondido y que no puedes salir por el pueblo a beber vino y a dictar alocuciones políticas de lo bueno que es el socialismo. ¡Vamos, que estaréis como en una cárcel dentro de la casa!

¡Que esta vivienda no debe tener síntomas de crecimiento y anormalidad, cara a sus vecinos! —aclaró Simeón.

—¡Por supuesto que lo comprendemos, señor!

—¿Y tú, niña, tienes los mismos pensamientos que tu compañero?

—Si le soy sincera, nunca he sido una extremista en cuanto a mi forma de pensar y quiero suponer que hay otras vidas distintas que pudieran ser tan buenas, como el socialismo. ¡Lo que pasa es que le quiero… y le sigo! —contestó María.

—Bien, afortunadamente tenemos fama en este pueblo de ser *de derechas*, y esto nos quitará muchas suspicacias respecto a cosas extrañas con los rojos. Pero tenemos que ser precavidos, pues quedan tiempos muy malos de revanchas y afrentas. Por mi parte, os podéis esconder aquí hasta que vengan tiempos mejores.

En cuanto a ti, jovencita, diremos que eres la hija de una prima venida para servir desde Madrid —siguió Simeón—. Supongo que nadie pensará nada raro.

Podrás salir algún rato a la calle, acompañada y sin llamar mucho la atención.

Sin embargo, Javier, estarás encerrado. Procura leer y ocupar tu tiempo libre, pues tendrás mucho, y esa cabeza es necesario tenerla con la mente limpia. Bueno será que leas libros con ideas diferentes y pensamientos distintos para que no tengas una vida llena de rencores y desprecios.

Y tú, Aurelia, hija mía, que eres muy ducha en estos menesteres, ayúdale en lo que puedas —acabó Simeón.

—Sí, padre, no te preocupes, que me ocuparé del intelecto del chaval. ¡Y también el patio interior que, siendo el muchacho joven, nos lo dejará como un vergel! Ahí no lo verá nadie trabajar —contestó Aurelia.

—De momento dormirás —dijo Simeón al joven— en el sótano y esa trampilla, siempre estará preparada para cerrarse en caso de alguna visita no esperada. Por la casa no puede ni debe haber nada que te relacione; ni ropas, ni peines, ni navajas, ni pantalones, ni nada parecido… ¿Entiendes?

A Javier le enseñaron su dormitorio en el sótano y le pareció…, lo que era: un sótano cerrado y siniestro. Pero llevaba muchos días durmiendo en sitios peores y había subsistido.

Pasaron un par de días y el muchacho se puso con un lápiz y su diario a escribir sus últimas impresiones y vivencias. ¡Se sentía bien teniendo una madre!

A María le habían comprado unos zapatos bonitos y unas sandalias. Su pelo estaba cogiendo el brillo de una jovencita de veinte años. Llevaba puestas unas medias finas y sus bragas estaban nuevas y con las gomas amoldadas a su cuerpo. Le compraron también un par de sujetadores con encajes. Empezaba a disfrutar de la vida.

Para entender mejor a esta familia, deberíamos estudiar su árbol genealógico.

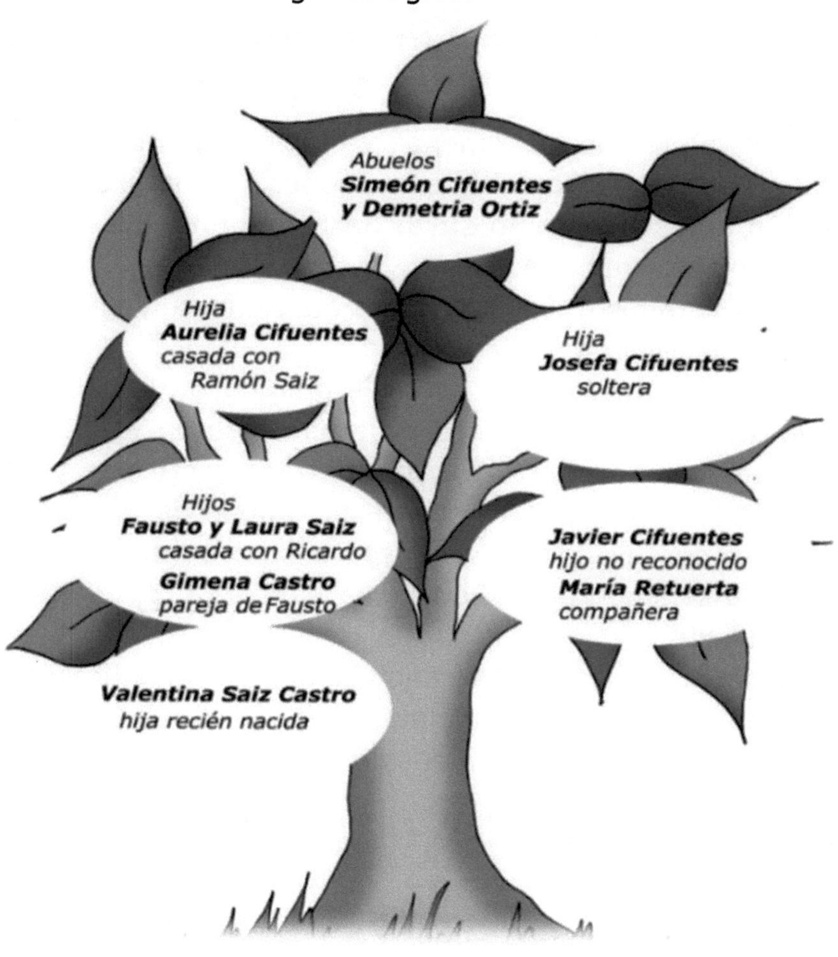

Lectura del diario

Silvia —la sobrina de Gimena— cada vez entendía mejor esta narración. Tomaba anotaciones, se implicaba y sentía la historia como suya, hasta el punto de que le acongojaban sus escritos.

—Tía, esta historia del librito es apasionante y preciosa —le decía Silvia a su tía Gimena.

También pensaba, y no se le quitaba de la cabeza, que debió de ser el mancebo un poco cabroncete, pues su reputación como belicoso e intransigente por todo Madrid le precedía. Eso de tener el apodo de *El Churro* entre todos los milicianos, pese a su juventud, no se ganaba solamente por llevar una banderita republicana por la calle.

Y continuaba haciendo anotaciones en unas hojas, a su lado, mientras se imaginaba a la joven y pobre pareja padeciendo por esos caminos de Dios.

*

A María le preocupaba que Javier siguiera tosiendo, y cada vez estaba peor. Rumiaba ella que aquello terminaría mal. Siempre tenía tos crónica con esputos sanguinolentos y había perdido peso estando muy débil. Sufría de fiebre y sudores nocturnos.

En el huerto observaba a Javier, que cada dos golpes de azada que daba en la tierra tenía que descansar. Nunca fue un hombre muy fuerte, pero ahora... Además, ella también tosía cada vez más.

Diario de un comunista. *Página 10*

28 de abril del 38, jueves.
Nos han recibío a María y a mí en su casa de Sierra mi madre y toa su familia Estoy muy contento de ~~a ver~~ haber encontrado a mi madre que la quiero mucho y cada día más. Yo estoy encerrado y casi no se como es la calle. Me dicen que hay una fuente en la puerta pero aun no la he visto. María se está reponiendo poco a poco y ya vuelve a sonreír aunque poco. Yo sigo malo.
Estoy leyendo varios libros que me trae la hermana de mi madre, Aurelia. Mi María charla conmigo tos los días un poco y me corrige la escritura algunas veces y dice que así me cultivo, como si yo fuera un ~~uerto~~ huerto.
El abuelo Simeón comento el otro dia que se esta acabando la guerra y que ahora viene el ajustarnos y vivir unos con otros... Tantos esfuerzos pa que to siga igual y al final el pueblo siempre estará debajo y los ricos siempre serán ricos. Pa que tantos sufrimientos y tantos muertos...

A petición de Simeón, un médico amigo se desplazó desde Cuenca para visitar a Javier. No es que no mejorara; es que cada vez lo veían peor.

Después de auscultarlo y mirarle la tensión, le tomó la temperatura, se llevó muestra de esputos que había tirado en un cubo la noche anterior y le sacó sangre para analizarla. Luego, hizo casi lo mismo con María, que últimamente tosía también mucho.

—Bien, Simeón: te digo que en principio creo que es *una tuberculosis como un caballo*. Esto a falta de los análisis de sangre y de las flemas —le explicaba el doctor—. Mucho me temo que será lo que te he comentado. Debido al tiempo que lleva con ello y las muchas calamidades que ha debido de pasar, más una mala alimentación, el frío y el poco sueño reparador…, sospecho que es grave el dictamen. Le pondremos una inyección diaria de una caja que le he dejado a tu hija y unas pastillas calmantes, y solo nos queda esperar su mejoría. Pero si los análisis son como te digo, es mala la situación.

¡Además, esto es contagioso y presiento que la chica está con lo mismo! Tenéis que aislarlos con sábanas y toallas solo para ellos, y procurad no juntaros mucho. Las comidas con el mismo cuidado y sus platos, bien fregados y mucha agua muy caliente. Sus ropas, lavadlas aparte, y casi mejor, aislad también a la joven.

¡Casi os aconsejaría el ingreso en un hospital! —acabó con su exposición el médico.

—Tú sabes que a este chico lo tenemos escondido aquí por socialista o comunista. ¡Me da igual! También te diré que es el hijo ilegítimo de mi Josefa y, por ello, no podemos tirarlo a la calle. Por eso te he mandado llamar, te he comprometido y te agradezco el favor que nos estás haciendo —aclaró Simeón.

Y disimuladamente le metió unos billetes en el bolsillo de la chaqueta al galeno. Este hizo ademán de no aceptarlos, pero, al gesto negativo de Simeón, optó por callar. Se marchó a Cuenca.

Simeón hizo una reunión familiar y expuso las malas noticias, con las precauciones debidas de algún posible error. Las normas de aislamiento y limpieza se pusieron inmediatamente en marcha.

Las nuevas pautas aún le sentarían peor al pobre Javier y el aislamiento sería terrible para él. Además, es que ya no se tenía en pie…

En cuanto a María, debía tomar la determinación de quedarse lejos del enfermo o permanecer juntos, de noche y de día. ¡Y María se quedó con su amor asumiendo todos los riesgos! A partir de este momento, dormirían juntos en el sótano y saldrían cada día al jardín a escondidas.

La comida y los cubos de agua se los dejaban junto a la trampilla, al comienzo de las escaleras, donde ellos mismos bajaban y subían sus excrementos y orines, que María tiraba en el servicio pequeño, cerca de la cocina. Este quedó solo para ellos.

Su madre Josefa solo estaría con él, con la cara tapada, en el momento de ponerle la inyección diaria.

Aurelia dejó de visitarlo, aunque le dejó un libro de Emilia Pardo Bazán y una carpeta con hojas, lapiceros y goma de borrar, por si quería hacer algún dibujo de carboncillo.

Empezaba otro suplicio para esta pareja que sus allegados no sabían cómo mitigar. El mucho cariño no era suficiente, pues estaban enfermos y asustados. Se daban cuenta de la realidad, de su dolencia y de su deterioro.

Silvia leía el diario y anotaba. Pensó que sería un tema ideal para presentarlo como trabajo de fin de curso. Pero, básicamente, le encantaba la historia que se había encontrado en ese viejo cuaderno.

*

—María, chiquilla, ven aquí —la llamó Simeón, reunido junto con Josefa y manteniendo una distancia prudencial—: ¿Te gustaría que mandáramos razón a Madrid para informar a tus padres de tu situación?

Ella pensó un rato y después, bajando la cabeza, la movió de un lado para otro, negando la pregunta y sollozando un poco.

—¿De verdad piensas que tu pobre madre no tiene el derecho a saber de tu situación? ¿Acaso piensas que ella no se acuerda de ti todos los días y a todas horas?

—Es demasiado tarde para tener un encuentro, Simeón. ¡Han pasado demasiadas cosas! —dijo María con lágrimas en los ojos.

—Piénsalo bien, que estoy seguro que ellos vendrían aquí enseguida a verte y recogerte, si tú quisieras.

—Yo quiero quedarme con Javier, pues ha sido mi apuesta de amor y futuro, y ahora no le voy a dejar solo…, ¡ni un momento! —afirmó de nuevo.

—Bien, pues; tranquila no hablemos más del tema. Pero si algún día cambias de idea, yo mando un chófer a Madrid y en el mismo día están aquí tus padres; y si quieres, te llevo a ti —dijo resolutivo Simeón.

María se fue llorando y Josefa también lloró un rato. Simeón se escapó al bar, que era el único sitio donde se encontraba feliz. Su capricho era la partida *al tute* con sus amigos.

Javier estaba aburrido y cuando tenía ratos de lucidez pintaba un poco en las hojas que le pasó Aurelia, y como la luz del sótano era paupérrima, aprovechaba el rato en el jardín, pues ya no quería ni pasear. Las manos se ensuciaban del carboncillo de los lapiceros y de la goma de borrar. María, con cariño, se las limpiaba con un paño húmedo y le recogía las hojas en una carpeta.

—María, mi cielo. ¡Qué tontos fuimos al luchar por cosas imposibles! Más nos hubiera valido irnos a un país lejano y disfrutar de sus playas y sus flores —le decía Javier.

—Mi amor, yo soy muy feliz estando contigo y ya no podemos cambiar nada… No te martirices. Disfruta de cada momento —Y le dio un beso.

Le llamó el médico a Simeón y, efectivamente, sus sospechas no estaban equivocadas: tenían la tuberculosis. Ya solo quedaba *apechugar* con lo que había y pasar el trance lo mejor que pudieran.

—Os envío otras inyecciones —les indicaba el doctor— más fuertes para mitigar el malestar de los enfermos de la mejor manera posible. También otras pastillas. Esta enfermedad tratamos de combatirla con la mezcla de fármacos. En la caja, hay una nota con instrucciones de cuándo y cómo ponerlas. Me puedo equivocar, pero el desenlace de esta enfermedad terminará pronto.

29 de abril del 38, viernes.

~~A venio~~ **Ha venido** *el medico a petición del abuelo, el señor Simeón y me a mirao con el aparato los pulmones y me a sacao sangre que se la llevao para analizarla. También mis mocos que tiro por la boca.*

*Yo me encuentro muy mal y no duermo y ni tengo fuerzas ni como. Me da miedo los resultaos que puedan salir. Me **ha** recetao unas inyeciones que mi madre Josefa me las sabe poner. Con estas espero estar un poco mejor.*

A Maria también la a mirao sus partes y le a sacao sangre y parece que esta mejor que yo pero últimamente también tose mucho por las noches.

Aquí abajo, es una cueva sin luz ni aire y menos mal que estoy por arriba pero las noches son jodias. María me lee algo pa entretenerme algunos ratos.

Javier se agotaba, dispersando su compostura en cada escalofrío, en cada vómito, en cada retortijón de estómago. Ya no tenía un día sano: cuando no tenía tos, era fiebre; cuando no era fiebre, sangraba por la garganta.

Pintando un poco en el jardín, se durmió en su silla tapado con una mantita y una gorra para protegerse un poco. María le quitó la carpeta de sus manos y con caricias, lo llevó a su cama para que descansara un poco. Ya no pudo comer ni tomar ningún caldo que le había preparado Inés, la cocinera, con mucho cariño y sustancia. Lo tapó un poco en aquella triste y húmeda cueva y mientras, el enfermo tiritaba con escalofríos y toses. María comprendió que de esa noche no pasaría.

Fue a llamar a Simeón y a Josefa y los juntó en el patio con la separación de un par de metros, les comentó sus impresiones.

—Está tan débil que creo que mañana no lo tengamos con nosotros. No sé si debiéramos preparar alguna cosa o llamar a alguien. Presiento y os aviso que es inminente su fin —les notificó María.

—Sabes que no arreglaremos nada con avisar a nadie y que la suerte está echada. Vino tan enfermo aquí que poco se podía hacer. Si fallece, cerraremos la trampilla y ahí se quedará para siempre, como si fuera su panteón —acabó Simeón.

Josefa, su madre, lloraba desconsoladamente detrás y María, se sumó a los llantos.

—María —insistió el abuelo—, te vuelvo a proponer que, si tú quieres, llamo y busco a tu familia para que te recojan. Más aún, si lo deseas, te subo en un coche y en tres horas estás en tu casa, bien tapadita y cuidada.

—Déjalo, Simeón, yo quiero quedarme aquí y estar con él para siempre. También te digo que me queda poco de soportar este mal.

Ya no lloraba María, tenía sus ojos secos de tanto plañir. El ser humano, poco a poco, se va haciendo fuerte y acostumbrándose a todo tipo de desdichas.

*

Percibía la joven Silvia, mientras iba leyendo, el cariz y los derroteros que iban tomando los hechos. Quería que no fuera cierto, pero vaticinaba, por los escritos, un infeliz final. Sin darse cuenta, mojaba un poco los documentos con sus lágrimas furtivas.

Diario de un comunista. *Página 12*

30 de abril del 38, sábado.
A punto del uno de mayo, debía de ser un día de celebración y alegría pa cualquier socialista.
*Por desgracia después de pasar una guerra y ~~aberla perdio~~ **haberla perdido** me angustio y si fuera valiente, me pegaria un tiro en los sesos y acabaria con to. Ademas me encuentro tan malo y me siento tan desgraciao que solo quiero que llorar y terminar con lo que estoy pasando. Me duele todo, el pecho, las piernas, y en especial el corazón. Y lo que más me duele es que a mi María le ~~e pegao~~ **he pegado** el mal y la veo tan jodia como yo y sin una pizca de ganas de vivir.*
No sé lo que va a durar esto y deseo acabar pronto. Por estar algún día más con mi compañera me resisto a morirme. Pienso que si no fuera por las sopitas de Inés me iba sin más.
Feliz día a todos los trabajadores. Si hay un Dios arriba, espero que me recoja.

«Hoy no debiera corregirte, mi amor, porque, con tristeza, te entiendo perfectamente y da igual lo que anotes… ¡Yo te quiero!».

Al alba, Javier resopló su última vocal, la "a" de la ayuda que ella no pudo prestarle. Por la mañana Javier ya no existía y su alma voló... ¿Dónde voló? ¡Qué sabe nadie! Y María, que estuvo toda la noche en su cabecera, le cruzó los brazos en el pecho y le cerró los ojos. Lo peinó lo mejor que pudo y lo tapó con una especie de saco que habían preparado para tal fin.

Murió el día del trabajador, 1 de mayo de 1938.

Ella se despedía de él, hablándole bajito, como si aún la estuviera oyendo:

«Hace días que noto rondar a la muerte. Deambula por este sótano, hasta los pies de mi cama. Hoy ha venido a por ti, pero noto que se ríe cuando pasa cerca de mí. Sabe que pronto será el día. Me observa, se burla, pero ya no le tengo miedo».

María cogió la libreta del diario y escribió el último capítulo de Javier. Se alejaba de su amor relatando en el viejo cuaderno, en su nombre o quizás en el nombre de los dos, su despedida y su cariño. La joven esparcía sus lloros cada vez más lejos del catre de su amado. Sabía que esta historia se había acabado. Maldijo al comunismo, bolchevismo, marxismo, estalinismo, leninismo, maoísmo y todos los nombres que se le fueron ocurriendo. Volvió a maldecir al nacionalismo, fascismo, autoritarismo, nazismo y cualquier dictador que pudiera existir. Odió todas las miserias que llevan estos nombres.

Pensó que, si hubieran coincidido en otro lugar y en otro tiempo, ahora serían una familia feliz y posiblemente con un hijo. Pero no había marcha atrás y ella se iría detrás de Javier.

Y cerraron la trampilla del sótano para siempre. Allí quedó una vela encendida que duraría medio día o quizás uno entero. Luego se apagaría, pero a Javier ya le daba igual. Claramente a partir de aquí ya escribió la mujer.

2 de mayo del 38, lunes.

Hoy, Javier ya no puede escribir más, sus fuerzas le han abandonado. Esta maldita enfermedad, mal cuidada desde el primer día, le ha llevado a su muerte cuando aún le quedaba toda una vida por delante. Además, me arrastra detrás, ¡pobre de mí!

AQUÍ YACE JAVIER CIFUENTES – COMUNISTA

Javier, cariño mío, pronto estaré contigo. ¡Te quiero! Repetiría esta experiencia, juntos, mil veces más.

Mi amado Javier: tú no tenías familia y pensaste que los comunistas y los camaradas serían la tuya; y te equivocaste, pues eso no es una familia real.

Yo renegué de la mía quizás por envidias de mis hermanos y no he sabido perdonar ciertas actitudes. Al final, solos tú y yo en esta corta experiencia. En los últimos días, nos hemos dado cuenta de que, aquí estamos en una familia "de verdad" con su amor y cariño para con los suyos.

¡No tenemos edad para tantos sufrimientos! Cuando estemos juntos ahí arriba o donde fuere, nuestro primer empeño será el crearla.

Quizás yo sea la culpable de no haber evitado que ocurriera esto. No aprendí a sortear la pena y a la maldita muerte. Esta me ha amputado a mi Javier con guadaña. ¡Oh Dios!

Simeón trajo un albañil de confianza y un carro de ladrillos rústicos, artesanales, similares a los de la bóveda del sótano y le mandó hacer una pared más con un hueco de noventa centímetros de ancha, para que escondiera el sótano y su trampilla… para siempre. Así quedaba una pared disimulada como maestra para que nadie pudiera pensar en el secreto y el motivo de la misma.

Lloraron todos, por todos los rincones de la casa, pues parecía que un fallecimiento sin misa, ni cura, ni amigos que te pudieran arropar, no era una despedida de un ser querido. En especial lo echaron en falta los mayores.

A María le dieron una habitación pequeña con todas las precauciones posibles y el baño siguió siendo el mismo que hasta entonces había tenido. Pero María ya no estaba bien. Tosía como su chico y sus pulmones no eran tan fuertes como los de Javier. ¡Ni siquiera tumbada en la cama descansaba!

—Mira, chiquilla —decía Simeón a María—, si no quieres que avise a tus padres, dame la dirección, por lo menos para que les escriba, cuando esto acabe. Tú y yo, más por mi edad que por otra cosa, sabemos que no será largo. También tengo una curiosidad. Si no quieres, no me la cuentes, pero… ¿Tanto odias a tu familia para no querer verlos ni siquiera en las puertas de la muerte? ¿Tanto daño te han hecho?

—Te lo explicaré un poco, pues soy agradecida a tus desvelos y cariño para con nosotros: se trata del abuso sexual por parte de uno de mis hermanos. Me forzó varias veces. Pero lo que más me dolió…, fue el perdón de mis padres para con mi hermano y la aceptación del hecho como una cosa lógica. Me tuve que escapar de aquel entorno.

¡Me sentí como un despojo!, y mi familia prefirió callar y perdonar a mi hermano antes que proteger a su hija, muy joven y completamente desvalida —sollozó.

La muchacha, asustada, pues no dejaba de ser una joven de veinte años, le dio un papel con la dirección de sus padres en Madrid. El anciano lo guardó en su cartera. No se pudo reprimir el abuelo Simeón y le dio un fuerte abrazo. Gimieron los dos un rato. ¡Era una despedida!

Por la mañana no salió de su habitación y la dejaron dormir, aunque los ruidos del albañil haciendo pared molestaban ciertamente. Más tarde, Josefa se asomó y no le gustó su aspecto. Llamó a Simeón.

¡Efectivamente, María había fallecido!

La arreglaron un poco entre las mujeres y le pusieron una sábana a modo de sudario. Estaba rígida, pues debió de morir sobre las dos de la madrugada del día tres de mayo de 1938.

*

Simeón era un hombre que había tomado muchas determinaciones en su vida y no se escondía para decidir, siempre con acierto, los avatares que le surgieron en sus muchos años. Y en este caso volvió a tomar otra resolución sin contar con la familia.

¡Su criterio y basta! Se juntó con el albañil que estaba terminando la pared y le dijo:

—Tienes que hacer un hueco, que tenemos que meter a la chica ahí dentro.

—¡No me jodas, Simeón, que eso tiene cárcel si alguien se va de la lengua! ¿Tú sabes en qué compromiso me pones? —dijo el albañil.

—Ayúdame, por favor, que yo no tengo edad para hacer esas cosas. Rompe un poco de pared y vuélvela a tapar de nuevo. Lo justo para que pueda entrar la muchacha, que tampoco es tan grande ¡Te compensaré con creces, te lo prometo!

El obrero, fiel a su jefe, que toda la vida le proporcionó trabajo, aceptó el reto y rompió unos ladrillos desde medio metro del suelo, subiendo el hueco lo suficiente para la entrada de un cuerpo puesto de pie. La bajaron, rígida y derecha, completamente tapada. La introdujeron en el hueco, vertical, y el albañil volvió a taparlo rápidamente, terminando todo el tabique hasta el techo. Eso en el mismo día.

Cuando acabó su faena, ya había anochecido y estaba realmente cansado. El anciano le metió un sobre en el bolsillo; conociéndole, seguro que *le arregló* el año.

—Mañana vente, recoge todos los restos de obra y disimula todo lo mejor que puedas; y no dejes ladrillos sobrantes a la vista.

Habían acabado con una etapa triste, como la mayoría de las familias en tiempos de guerra. Raro era el clan que no tuvo disgustos y lloros por un lado u otro.

Muchas privaciones de la posguerra, con falta de alimentos, escasez de combustibles y tantas carencias, que sufrían hasta los más acomodados, que parecía que nunca terminaríamos los españoles de sobrellevar este peso. También se sumaba *la guerra europea* y el castigo que impuso a España el resto del mundo, aislándonos de cualquier ayuda que pudiera hacer la vida más liviana.

«Ahora me queda escribir la triste misiva que debo enviar a la familia de María» —pensó Simeón. Y se puso a ello:

5 de mayo del 38

Estimada familia de María Retuerta:

Me duelen en el alma las noticias que les llegarán con este escrito que, para mí, es más que doloroso, créanme. Les anuncio el fallecimiento de su hija María para que ustedes, en especial la madre, puedan descansar y cerrar esta etapa de su vida sin estar siempre pensando dónde podría hallarse. Les relato los acontecimientos con pena, pero creyendo que es necesario que ustedes los sepan:

A mediados de abril llegaron a nuestra casa dos jóvenes exhaustos y agotados que venían huyendo de los nacionales desde Madrid. Su estado era más que lamentable. Se trataba de mi nieto Javier y su compañera María, su hija. Aquí los escondimos y cuidamos. Venían los dos con la enfermedad de tuberculosis en un grado máximo y tenían fiebres y toses constantes, entre otras muchas cosas.

Bien sabrán ustedes que eran activistas muy señalados del comunismo imperante, en especial Javier. Los cuidamos lo mejor que sabíamos, llamamos a galenos, todo ello de incógnito, y les dimos las mejores comidas y medicinas que se pueden conseguir en estos tiempos difíciles.

Javier, mi nieto, falleció el día uno de mayo y su hija María, dos días después.

Nunca quiso que yo les avisara o dijera dónde estaba y créanme que se lo pedí varias veces. Yo le ofrecí, incluso, llevarla con un coche urgente al domicilio de ustedes y no aceptó tampoco mi oferta. Unas horas antes de su muerte, me dio su dirección en un pequeño papel. Murió junto a su amor, Javier, y juntos los hemos enterrado tal y como ellos querían.

María se negó a separarse de él, aunque yo quise ingresarla en un hospital.

En lo poco que conocí a su hija, observé que era una chica perspicaz e intuitiva con conocimientos de libros, escritos y cultura general; y siempre detrás de su amor, que era mi nieto Javier. Estoy seguro de que este la arrastró en sus quimeras y sueños, y ella se dejó llevar.

Ha muerto de alguna manera feliz, junto con quien ella quiso siempre. Descansan escondidos en el jardín interior de mi casa, el mismo que ellos cuidaron. Desde mi humilde morada les ofrezco la misma, si quisieran algún día venir a visitarla. Aquí,

Simeón no quiso decirles realmente dónde alojaron los cuerpos pues, con esa mentira piadosa, todo era más reconfortante.

Algunos datos recordatorios y aclaratorios:

La familia de María Retuerta nunca vino a La Casona y no tuvieron noticias de ella. Nadie se interesó y sus destinos nunca se cruzaron. Alguien le dijo a Simeón, un par de años más tarde, que la madre de María y un hermano suyo habían muerto a causa de una bomba que les cayó en la casa. No quiso averiguar nada más Simeón. Se encontraba cansado y había perdido su agilidad mental y "la chispa" que siempre tuvo.

Cuatro años más tarde murió el abuelo Simeón y fue enterrado en el pueblo colindante, en el cementerio de su villa natal. Aurelia, una de sus hijas, empezó a conocer a Ramón y fueron preparando su futura boda.

Ella tuvo siempre sus reservas, pues su fama de mujeriego la asustaba, pero su amor pudo con las posibles dudas y cerró los ojos. Unos años más tarde nació Fausto y, tres años después, Laura.

Josefa se puso enferma y cada vez le costaba más andar, hasta el punto de que prácticamente estaba siempre postrada en un sillón. Se movía *lo justo y necesario* y siempre con ayuda.

Inés, la cocinera amiga y fiel servidora, murió unos años después de la boda de Aurelia y, sin ella, la casa se quedó sin el cariño, la comprensión y la sapiencia de esta mujer.

¡Ya no fue La Casona igual desde entonces! Faltaban estos puntales, Simeón e Inés.

Ramón —el marido de Aurelia—, montó La Fabrica Artesana, con la oposición por parte de su mujer y con el atrevimiento caprichoso y aventurero de este. El coste de la misma los dejó en precaria situación económica. La familia pasó unos años muy inciertos y apurados, hasta resarcirse de la enorme inversión.

La bella Aurelia cedió... cómo siempre.

El nuevo carnet

—Silvia, ¿cómo llevas el carnet de conducir? —le preguntaba su tía, viendo que se estaba centrando en exceso con el diario encontrado en el sótano.

—¡Huy!, muy bien. La semana que viene me examino y espero aprobar. Yo creo que estoy preparada si no me traicionan los nervios.

Días después, Silvia entró en la casa alegre y resplandeciente:

—¡Ya soy una nueva conductora! ¡Tía, dame un abrazo que me lo he ganado!

Y cogió a la niña Valentina en sus brazos y se dio unos bailes por el salón. Y la pequeña reía y reía.

—¡Felicidades, cariño! Me alegro mucho por ti. Ahora tienes que practicar y, este verano, nos iremos las tres a Astorga —aclaró Gimena—. Bajemos al patio que tengo allí a Serafín con otro hombre arreglándolo. Veremos cómo lo están dejando.

—Mire, señora —le dijo Serafín, con su forma de hablar rudimentaria—, hemos *encontrao* una piedra con unos nombres y fechas que no nos hemos *atrevío* a tirar. ¿La *quié pá* algo?

Ponía en la placa de mármol, de un tamaño aproximado de medio metro cuadrado, unas letras y unas fechas:

Javier Cifuentes 1-mayo- 1938
María Retuerta   3-mayo- 1938

—¡Déjela tal y como está, Serafín! Simplemente límpiela. ¡Esto certifica el diario! —¡Silvia abrió unos ojos como platos al verla!

—Señora, ¿y este *bicicleto* viejo que hemos *encontrao* en el rincón, lo tiramos? —preguntó el alguacil.

—¿Cómo, hay una bicicleta ahí?

—Sí, pero está muy vieja y *oxidá*. Yo he *querío* probarla y no le funcionan los pedales. ¡Están como locos!

—¡Madre mía, si es la bici de María! —le dijo Silvia emocionada a su tía, un poco por lo bajo para que no lo oyeran los hombres.

LA CUADRATURA DEL CÍRCULO

Al encontrar en el jardín una piedra de mármol con la inscripción de la pareja y el día de su fallecimiento más la bici vieja, Silvia completó el puzle. Volvió a comentar el tema del velocípedo.

—¡Si todas las piezas del enigma van encajando y estas son dos más! Con ella, la pobre María vino de Madrid a Sierra empujándola, más que pedaleando. Y Javier, su compañero, tiraba de ella a ratos con una cuerda, pues no tenía tracción. ¡Guárdala, por favor, tía! ¡Guárdala!

—¿Y qué haremos con ella? —preguntó.

—La colgaremos en una pared del sótano, tía. ¡Que es la historia de la casa! ¡Por favor, por favor!

—Vale, vale, lo que tú digas —asintió Gimena.

—Y tengo una idea que te quería pedir: ¿y si instalas luz en el sótano y le abres una ventana para que tenga ventilación? Sería una bodega preciosa para merendar o cenar algún día y se podrían guardar buenos vinos. Es más, voy a bajar un día con Mario y unos vasos, y probaremos lo que tienen dentro esos dos toneles.

—Cuando venga Félix se lo comentaremos y que lo estudie, que es el entendido en esas cosas.

—¡Mario! —Se abrazó Silvia al muchacho nada más verlo—. ¡Ya tengo el carnet de conducir! Ahora me tienes que ayudar a soltarme, pues en las carreteras y con la velocidad tengo un poco de miedo. Además, el coche que tenemos es automático y yo he aprendido con el cambio manual. ¡No sé, no sé si me aclararé!

—¡Mi preciosa princesa puede con todo lo que le pongan por delante! Cuando quieras empezamos las prácticas, aunque estas me las tienes que pagar... con besos —le insinuó en la oreja, despacito.

—Escucha, Mario, tenemos que entrar otra vez en el sótano, que quiero coger unos libros y algunos dibujos que vi por allí. Y ahora te cuento lo que he averiguado de la historia de La Casona: ¡Con documentos escritos, oye! —y no terminaba Silvia de hablar—. Y bajaremos un par de vasos y probaremos el vino de los toneles..., ¿te atreves?

Como ya sabían lo que había abajo, no tenían el mismo miedo que la primera vez. Abrieron la trampilla abatible y no salió una bocanada de aire viciado como la vez anterior. Sí que se notaba humedad, olor a velas y quizás un poco a bodega y vino. Silvia cogió unos libros pequeños y una carpeta con dibujos para estudiarlos.

Después comenzaron con la cata de vinos.

En el primer tonel Mario no podía abrir la espita del grifo y temió que se rompiera y se derramara lo que hubiera dentro. Por fin, empezó a salir, un hilito del néctar de color amarillo oscuro. Al probarlo, paladearon un vinagre puro y bueno, pero vinagre, a fin de cuentas.

—¡Coño, esto es vinagre!

El segundo tonel se abrió un poco mejor y salió un chorrito de vino más oscuro que el anterior, también con tonalidades ocre. Tenía un gusto de amontillado añejo y rancio como los que se toman los jerezanos en sus especiales bodegas. También tenía un gusto lejano a brandy, pero ellos no eran expertos en el tema. En resumen, era una delicia su cata, en dosis pequeñas.

Y estando allí…

—¡Hey, pareja! —resonó la voz oscura de Félix, que se asomó por las escaleras.

«Coño, ¡aquí todo el mundo viene a darnos sustos!» pensaron los dos al unísono, un poco cansados de las bromitas.

Y Félix, a quién había llamado Gimena para que estudiara el tema de la iluminación y de la posible ventilación, se acercó a ellos. Siendo este un buen bebedor de vinos, les estuvo dando una disertación sobre los mismos, una vez que hizo la cata:

—Al de vinagre hay que ponerle más vinagre y dejarlo, pues ese ya ha cogido su marcha y no se le puede variar… siempre será vinagre. Por cierto, ¡muy bueno! Y el que le pongáis añadido, que sea de vino.

Al otro, hay que ponerle más caldo encima y esperar. ¡Y no es poco lo que hay que poner! Quizás, más adelante, alguna botella de brandy. Es una lástima que no se cuiden estos dos toneles y se aprovechen —certificó Félix.

Prueba un nuevo sorbo recreándose en detalles y sensaciones y reteniéndolo en la boca antes de tragar. Primeras notas poderosas de varios gustos y sensaciones. Luego traga y recibe una oleada de moscatel y melaza. Y, al bajar, un retrogusto en el paladar de trufas y azúcar mascabada…

—¡Joder, esto está muy bueno! ¡Chap, chap! —casi masticaba el néctar.

Luego pasó al estudio de la obra, que era el motivo de su presencia:

—En cuanto a la iluminación de este sótano en concreto —seguía explicando Félix— yo pondría tres lámparas imitación a los años cuarenta que colgarían del techo con luces modernas, pero cálidas. Los cables también trenzados e interruptores imitación a antiguos, pero modernos. También un enchufe allí dentro por si hace falta alguna vez.

Para la respiración del recinto, tendremos que romper una pared de casi un metro de ancha de ladrillos, aunque nada es imposible; y yo pondría una ventana de cincuenta por cincuenta aproximadamente, para abrir desde abajo. En la parte de fuera, una rejilla. También pondría un extractor para sacar el aire viciado o meter aire nuevo a criterio del que lo acciona.

No entrará mucha luz, pero ¡así son las bodegas!

Eso sí, con una buena mesa al centro se podrían hacer buenas meriendas.

También le aconsejaré a tu tía unos botelleros en algunos rincones para almacenar más vino —hablaba Félix como si estuviera dando una clase magistral.

*

Bajaron al sótano Félix, como jefe *de obras*, Gimena y Silvia. Las pequeñas modificaciones que le pidieron ya estaban ejecutadas según sus órdenes.

—Mirad, nada más entrar, tenéis a mano dos interruptores: uno es simplemente el que conecta las tres lámparas que os he puesto en el techo. ¿Verdad que se ve muy bien? Y, sin embargo, sigue dando la sensación de bodega. El otro hace funcionar un extractor que he puesto con un tubo en una especie de chimenea. Si lo giráis a la izquierda, saca el aire viciado al exterior y si lo hacéis a la derecha, mete el aire nuevo de la calle hacia dentro. Simplemente al ventilador le cambiamos el sentido.

Allí, al final, también os he puesto un enchufe por si hiciera falta. Y además hemos construido un ventanal que se puede abrir desde dentro con una rejilla fuera, para que no entren bichos ni aguas.

¡No creáis, que hemos quitado casi un metro de anchura de ladrillos! ¡Era y es una señora pared! También he puesto algunos alojamientos más para botellas, pues supongo que el fin de este rincón es ese, una bodega —terminó Félix con sus explicaciones.

—Muy bien, Félix, eso es lo que queríamos. ¡Perfecto! —sonrió Gimena.

—Yo te quería pedir otra cosa —saltó Silvia—. ¿Me podrías colgar en esta pared una bicicleta vieja que hay en el patio? Primero déjame que la limpie un poco, pues sabes —y bajó la voz, como en secreto— esta es la bicicleta de una chica que vino a esta casa y murió aquí, pobrecita.

Y abría Silvia unos ojos grandes y bonitos como contando una historia que solo sabía ella.

—¡No me digas! —Félix ponía cara de asombro. Precisamente si alguien sabía algo de aquellos cuerpos era él, que se encargó de las reformas. Aún se acordaba de los jaleos que tuvieron Fausto y él cuando los encontraron.

—Cuando tengas preparada la bici, me avisas y la pondremos en la pared.

Y, en cuanto a los toneles, yo le metería unas cuantas botellas de vinagre al de la derecha —seguía con el tema vinatero Félix—, y otras muchas botellas de un buen vino al de la izquierda, pues tenéis *la madre,* que es lo importante.

—¡Pues habrá que hacer aquí alguna cena o merienda cualquier día de estos! —comentó Gimena.

Silvia se puso a limpiar la supuesta bicicleta de María. Observó que tenía el sillín un poco suelto. Su primera idea fue apretar un poco la tija de este, pero cuando lo aflojó para bajarlo un poco, se salió la barra del sillín y aparecieron unos papeles escondidos en el tubo, enrollados y tapados con un plástico. Este material sintético se deshizo nada más tocarlo debido a sus muchos años. Pero sí que quedó, a la vista, la documentación de María Retuerta con su domicilio en Madrid y su fecha de nacimiento, así como su ascendencia paterna y materna.

¡Eso era un dato más para confirmar todos los anteriores! La pobre chica lo escondió allí para no ser identificada por milicias de un bando o de otro… y en aquel lugar se quedaron.

«Esta documentación la enmarcaré y la colocaremos junto a la bicicleta» pensó Silvia.

Y hasta aquí prácticamente queda cerrado el tema del "Cuaderno del Comunista" y su historia.

Algún comentario más o pincelada final, pero esta historia se da por terminada.

No se ha querido tomar partido ni tendencia a ninguna de las partes confrontadas; solo se ha tratado de mostrar lo duras que pueden ser, en especial si estas son guerras fratricidas.

Tercera parte

La esencia y existencia de los vecinos de Sierra está un poco olvidada y bueno es recordar que allí se encuentran y superan sus insatisfacciones, sus problemas diarios y también sus alegrías.

¡Mas no vayamos tan deprisa!

¡Eso de saltar de una historia a otra con demasiada velocidad puede confundir!

Se acabó «El Cuaderno del Comunista» y continúa la vida de Gimena en su pueblo...

Excursión en moto

La pareja había programado un viaje con la moto por la Serranía de Cuenca y allí estaba Eduardo esperando a su acompañante Angustias. Esta llegó a las nueve de la mañana, tal y como quedaron, a la puerta de la tienda vestida completamente de motera, con su casco en la mano y sus bonitas botas compradas en Madrid. Un pantalón de cuero ajustado y una chaqueta con flecos. ¡Estaba guapa!

Eduardo, antes de que subiera a la moto, le regaló una *faja de motorista* que sacó de una de las maletas.

—Con esta ya estás completamente equipada. Esta faja te protegerá los riñones y te dará confort de marcha —dijo Eduardo.

Se la colocó debajo de su chaqueta de cuero y, una vez que ella subió a la moto, le explicó dónde poner los pies en los estribos y dónde agarrarse, aunque él prefería que se cogiera a su cuerpo y se pegara, bien abrazadita.

—Tú eres *un paquete* como vulgarmente se dice y no tienes que hacer nada más que disfrutar de los paisajes. Tienes que inclinarte en las curvas, de la misma manera que lo hace la moto. ¡Lo mejor es que yo sienta tus pechos en mi espalda! —aleccionaba el hombre a la nueva motera.

Salieron del pueblo hacia la Serranía con la idea de pasar por Uña, el embalse de La Toba y llegar hasta Tragacete para visitar el Nacimiento (3) del Río Cuervo.

A ella le gustó su posición, bien agarradita a su hombre, escuchando el ronroneo del motor y el aire que producía la velocidad. Sin darse cuenta llegaron a Uña. Pararon en una especie de plaza donde hay varios bares y tomaron un desayuno con tostadas. Desde allí se apreciaba una bonita vista de la laguna.

Luego, siguiendo por esa preciosa carretera, bordearon el embalse de La Toba, Huélamo y, después, Tragacete. Allí, se detuvieron otra vez.

—Como no estoy acostumbrada, se me duermen las piernas y aquí, en la región inguinal, me quieren dar calambres. Por lo demás, ¡muy bien, oye! —comentaba Angustias.

Eduardo se reía un poco, mientras ella le explicaba con las manos por donde se notaba los calambres.

Veinte kilómetros más y ya estaban en el nacimiento del Río Cuervo. Este es un paraje idílico donde las aguas corren por todas las grietas y fisuras en buen tiempo. En invierno, los hielos y las nieves hacen que el mismo lugar cambie totalmente su fisonomía.

____

Nota 3: El Río Cuervo nace muy cerca de la Vega del Codorno, en plena Serranía de Cuenca. Es un afluente del río Guadiela, que a su vez desemboca en el Tajo. Declarado monumento natural en 1999 por su belleza.

Está en el municipio de la Vega del Codorno (4), que ya de por sí tiene el nombre hasta bonito.

—He disfrutado mucho de estas carreteras y de los paisajes, cariño. ¡Tenías razón que vale la pena venir! —le dijo Edu, cogiéndole la mano con dulzura.

—¿Verdad que es muy bonito? Pues también tienes que ver la *Ciudad Encantada*. Y otro día subiremos por *Las Majadas,* que es un pueblo muy bonito donde hay una zona rocosa que se forma de manera similar.

¡Oye!, que mañana voy a tener agujetas en las piernas…, por la puñetera moto.

—¡Si es que *te aprietas* mucho contra ella con las piernas! Si me duele a mí la tripa de lo fuerte que te coges con los brazos. Y hasta es posible que me salgan dos morados en la espalda, de lo que me empujas con tus pechos —se reía el hombre mientras se lo comentaba.

—¡Tonto! —le dijo ella cariñosa—. Yo soy una novata en esto de la moto y es la primera vez que he subido a una.

Nota 4: Esta zona (la Vega del Codorno) se compone de ocho o diez barrios. Estos son pequeños grupos de casas de gentes del lugar, donde trabajan los campos y viven con los animales. Zona dura para vivir, pero preciosa para visitar.

Volviendo a la vida cotidiana de Sierra...

—Tía, ¿nos dejas que nos vayamos a Belmonte Mario
y yo? Es que así estudio un poco la historia de esa zona.
Aquellas tierras eran dominio de la familia Pacheco y el
marquesado de Villena —aseguraba Silvia.

—Cariño, y si se enteran tus padres de que estoy
autorizando ese tipo de salidas... ¿Qué pensarán de mí?

—Tía, por favor, que voy a tener veintiún años. ¡Y la
mayoría de edad es a los dieciocho!

—Sí, pero estás bajo mi tutela, y así te dejaron tus
padres. De alguna manera tengo una responsabilidad.
Mira, vamos a hacer una cosa: habla con tus padres y
diles que estás saliendo con un chico, que se llama Mario,
y que es muy guapo. Así, un tiempo después, no verán
mal tus salidas con tu joven novio. ¡Los tienes que ir
preparando!

—Vale, pues les voy a llamar por teléfono y les voy a poner un poco en antecedentes... ¿Les digo que me voy a casar y todas esas cosas?

—¡Mujer, no te pases! Diles cómo se llama, cuántos años tiene, dónde trabaja, si es muy alto, muy majo. En fin, todo eso. Y luego les dejas caer que estás enamorada y, de momento, que has empezado una relación y no sabes dónde llegará, pero que tienes mucha ilusión.

Y con eso y lo que te pregunten, en especial tu madre, ya has abierto un caminito...

—Gracias, tía —Y le dio un abrazo muy fuerte y se fue corriendo al teléfono a llamar a su madre.

—¡Que se va a casar!, dice la bobita... ¡Pues no te queda!

—¡Hola, mamá!, soy tu hija Silvia. ¿Cómo estáis por Astorga? Yo muy bien... Escucha, que te quería contar una cosilla..., verás, he conocido a un chico majísimo..., y bla, bla, bla...

Llamó Mark a Gimena, puesto que hacía mucho que no hablaban por teléfono.

—¡Hola!, te echo de menos.

—¡Hola, Mark!, yo sí que te noto en falta ¡Te estimo!

—¿Cuándo te vas a escapar a Madrid?

—Yo soy una madre, viuda y empresaria con todo tipo de cargas sociales. La verdad es que lo tengo difícil.

—¡Si yo voy a Cuenca, al final se enterará todo el mundo! Escucha, ¿por qué no nos vemos en Valencia o Barcelona, por ejemplo?

—Lo podíamos estudiar. Mira, organiza tú una reunión con algún posible cliente y yo iré en representación de La Fábrica Artesana. ¡No sé cómo se lo podemos *vender* a Antonio sin que se dé cuenta! Pero claro, tendré que traer algún resultado de ventas.

—¿Cómo está tu preciosa niña?

—¡Ay!, es *un solete* y, cada día, más bonita. Bueno, si se me ocurre algo, ya te daré los planes para organizarnos. ¡Te quiero!

Subió Mario a casa de Silvia. No bajaba esta y llevaba más de media hora esperándola. La encontró llorando con un montón de papeles encima de la mesa. Por allí había dibujos y algún libro.

—¿Qué te pasa, cariño? —se asustó un poco el hombre.

—Nada, no es nada. No te preocupes. Es que estoy juntando todas las cartas, escritos y dibujos que encontramos ahí abajo y sólo de pensar lo triste que fue todo, se me caen las lágrimas.

—¡Pero eso fue hace setenta años! Ya está todo olvidado.

—¿Olvidado? Cuando lo tenga todo ordenado te lo mostraré y verás el olvido… ¡Qué desgracia!

¡Mira, mira cómo dibujaba Javier! —Y le enseñaba los bocetos al chico.

Entró su tía y se quedó un poco asombrada al darse cuenta de la envergadura y el cariz que empezaba a tomar la historia.

—Por favor, Silvia, céntrate en tus estudios y deja de pensar en cosas que ya no tienen remedio. ¿Quieres una historia triste? ¡Pues mira mi ejemplo!: aquí estoy subsistiendo y criando a mi Valentina y, a este paso, a ti también. ¡Eres como una niña, joder!

—Tiene razón tu tía —la amparaba el joven Mario, cogiéndole las manos a Silvia.

—Anda, llévatela por ahí y no volváis hasta que se me olvide que esta niña vive en la casa.

Las cuatro frases de su tía la pusieron en la realidad de la vida. Silvia dio unos suspiros, se limpió los mocos y estiró su cuello como dando por finalizado el capítulo de ese día. Se fue a pintar su carita al espejo y se preparó para salir. Fueron a Cuenca, conduciendo ella para irse soltando en la carretera. Sus problemas comenzaron cuando cogía el coche de Mario y luego pasaba al automático de su tía. ¡Y, por supuesto, para aparcar en la capital!

—Tranquila, Silvia, que al principio a todos se nos ha hecho difícil —decía Mario, comiéndose las uñas y teniendo paciencia infinita.

Cuando por fin aparcó, ella, muy previsora, se quitó unas preciosas manoletinas que llevaba y se puso unos taconazos que le estilizaron sus bonitas piernas. Sumado a su cortita falda, parecía una *vedette* de las mejores revistas de los años setenta.

Estuvieron tomando cañas con los amigos hasta las once de la noche. Poco a poco fueron desapareciendo todos y se quedaron solos, y llegó el momento de tomar otras decisiones.

—¿Cenamos un poco y luego nos vamos a un hotel? —preguntó tímidamente Mario.

—¿A qué hotel iríamos?

—No sé, ¿te gusta por el centro? ¿Quizás otro más lejano? —ella lo miró y no respondió. No estaba del todo segura del paso que iba a dar.

Leonor de Aquitania

Silvia y Mario seguían tomando cañas en Cuenca.

—Mario, me estoy acordando cuando te vi pintando la fachada de la tienda. No te dije nada porque se me olvidó, pero me dio mucha risa verte allí, en cuclillas y con la brocha.

—¡Joder!, llegué por la mañana y me dijo Angustias: «Ahí tienes un bote de pintura y una brocha. Sal a la puerta y mira lo que tienes que pintar». No me atreví a decir nada. Pinté y callé; era lo mejor.

Bien, cambiando de tema, ¿qué quieres que hagamos hoy, mi princesa? Son las once de la noche.

—Me hace ilusión dormir en el hotel de Leonor de Aquitania. Y ver por la mañana la Hoz del Huécar desde la ventana —apostilló Silvia.

—¿Joder, allí arriba? Bueno, pues sube al coche que en un cuarto de hora estamos allí. ¡Yo por esos pechitos voy donde haga falta! Mira, cenamos algo en la cafetería, allí mismo.

—Pero, a las nueve de la mañana como mucho, nos vamos corriendo para el pueblo, que mi tía…

—Déjame reposar un poco, que me llevas estresado —contestó Mario.

Y una vez que comieron un par de *sándwiches* vegetales y un par de cortados, subieron con ánimo y ardor contenido a la habitación contratada. Se ducharon y besaron por todas partes, con la chorretada de agua cayendo en el pequeño recinto de la ducha. Entre las aguas y jabones del rincón, salieron fogosos a su hermosa cama de sábanas blancas, secados deprisa y malamente.

Observó Mario un lunar encima del pubis de la chica. No se había dado cuenta antes de este pequeño detalle, pero dejó el examen pericial para otro momento.

¡Resoplaron, soplaron, gimieron y rieron!

Tumb, tumb, tumb, ¡los corazones latían con fuerza!

—¡Joder, qué polvo más bueno! —pensó el hombre.

—¡Jolines, qué bien ha estado! —pensó ella. Y se durmieron un rato con la televisión encendida.

Por la mañana, mientras jugaban con cosquillitas y abrazos, se asomaron al balcón para ver las preciosas vistas que desde allí se disfrutan. Solo por un rato visualizando estos parajes valía la pena una estancia en este hotel.

Él la recogió por detrás, pasándole los brazos por la cintura, y ella torció la cabeza para dejar que la besuqueara cómodamente por el cuello. Así estuvieron un rato, cuerpo con cuerpo y pieles rozándose sutilmente. Casi sin querer se estaban excitando y Silvia notó la erección del hombre que hurgaba por detrás, entre los molletes del culo.

—¿Tenías capricho o algún motivo para venir aquí? ¿Algo especial de Leonor de Aquitania?

—¡A las pruebas me remito! ¡Mira qué vistas y qué habitación y qué encanto tiene todo!... ¡Habrá cosa más bonita que la Hoz del Huécar!

Pero además hay otro motivo: el nombre de Leonor de Aquitania me atrae y me conquista. Asimismo, tú sabes que estoy estudiando historia y esta mujer ¡es un temazo! No sé decirte el porqué, pero es así: Leonor (5) de Aquitania… ¡Qué bonito!

Y no sigo diciéndote nada más porque me estás mirando debajo del ombligo…, ¡y me desconcentras!

—¡Es que no me había dado cuenta de que tienes un lunar justo ahí encima!

—No te has dado cuenta porque antes no iba depilada y se tapaba un poco. ¿Te molesta?

—Para nada, ¡lo veo hasta atractivo, el jodido lunar!

—Cualquier día me haré un tatuaje como si fuera una flor y el lunar será el estigma centrado de ella. ¿Te gusta la idea? —Y se miraba en el espejo—. ¡Huy, por favor, que son las nueve de la mañana y tenemos que desayunar y volver al pueblo!… ¡Espabila morenazo!

—No te precipites, tu tía nos ha dado permiso.

—No conoces tú a mi tía enfadada. ¡Las leonesas somos muy jodidas cuando se nos tuerce el morrito!

Esa mañana, en la casa de Gimena había muchos ruidos, porque estaban instalando un aparato de aire acondicionado en el despacho. Optó por coger a la niña y salir a la calle hasta que dejaran de trabajar los obreros.

Nota 5: Leonor de Aquitania fue soberana de Francia y después de Inglaterra. ¡Y tuvo mucho poder en un mundo que era solo de hombres! ¡Parió diez hijos y uno de ellos fue, nada más y nada menos, que Ricardo Corazón de León! La región francesa de Aquitania está encima del País Vasco, tocando al Atlántico. En ella hay ciudades tan importantes como Bayona, Burdeos y Biarritz, entre otras muchas.

Leonor nació en el año 1122 y murió en 1204 a los ochenta y dos años, cosa muy rara en aquella época, cuando la esperanza de vida era muy corta.

Dando vueltas por la plaza se acercó al bar de Julián y allí se sentó un rato en una mesa. Rosa salió enseguida a atenderla y le puso un café con leche a petición de su clienta. Trajo una cosita para la niña, que la cogió con ganas, y jugó un rato con ella hasta que se durmió.

—Gimena, tengo a mi marido en un mal trabajo en Cuenca y se gasta tanto en gasolina y viajes como lo que gana. ¿En La Fábrica no tendrías trabajo para él?

—Cariño, esas cosas las lleva Antonio directamente y yo no me meto en su organización. No obstante, y tratándose de ti, le dices a tu marido que me haga una especie de *currículum* y yo, personalmente, se lo entregaré al gerente. Quizás hoy no pueda ser, pero quién sabe el día de mañana. De esta manera estará en una lista de peticiones en los primeros lugares. ¿Te parece bien?

—¡Muchas gracias!, así lo hará y yo te entregaré la carta en mano —contestó Rosa con una sonrisa.

—Pero no lo divulgues por ahí, que, si se corre la voz, vendrá todo el pueblo a solicitar trabajo. ¡Como es lógico, una ocupación en Sierra para los que viven aquí es lo más buscado!

Volviendo a su casa, se paró en la puerta de la tienda. Salió Angustias a saludarla y ver a la niña Valentina.

—¿Cómo te fue por Madrid, Angustias? —le preguntó a la mujer por su viaje de formación informática.

—Bien, me gustó la experiencia; pero me di cuenta de que se vive mucho mejor en un pueblo pequeño que en esos monstruos de edificios y en sus calles llenas de coches y prisas.

—Y tu chaval, ¿cómo va? ¿Está aún en el paro?

Y le cambió la cara a la mujer y asintió con la cabeza con tristeza.

—Mira, te voy a proponer una cosa, si te gusta la idea. Espero no arrepentirme de ello: que se pase tu chico por la fábrica y hable con Antonio, que yo le llamaré, y estudien la manera de trabajar con nosotros. Posiblemente el lugar ideal sería estar aquí contigo para que le vayas enseñando el oficio de vendedor. Sabemos que desde que salió Mario te hace falta alguien aquí. ¿Te gusta el planteamiento que te propongo?

Angustias abrió unos ojos como platos y sacó su mejor sonrisa y hasta quizás alguna lagrimita incipiente.

—¡Ahora mismo le llamo! Y no sabes cómo te lo agradezco.

—Mujer, déjame que llegue a casa y llame a Antonio. No quiero que se presente el chico antes de esto. Otra cosa que te advierto —seguía hablando Gimena—: será un empleado más y no le debes permitir faltas ni retrasos en horarios ni otros detalles que, a la larga, serían perjudiciales para él.

De momento no será un contrato fijo y el tiempo nos dirá los resultados. Esto lo hago porque deseo que esta empresa la sintamos como una familia y valoremos la lealtad de quienes la conforman. Busco crear un ambiente de confianza y compromiso y quiero cuidar la fidelidad de sus empleados. ¡No sé si lo conseguiré!

—No te preocupes, que mi chico es una persona excelente y estaréis muy contentos. Te doy las gracias por este detalle que no olvidaré nunca —contestó Angustias con un súbito júbilo.

—Por cierto, dile a Eduardo que acabamos de recibir unas barandillas antiguas, unas balconadas y unos balaustres que debería ver. Son unas piezas espectaculares y seguramente durarán muy poco.

—¡Ah! Yo se lo diré —replicó Angustias.

Cuando se fue Gimena con la niña, Angustias se quedó pensando:

«¡Jolines, creí que esta relación mía con Edu no la conocía nadie y ahora esta mujer me confirma que está al tanto! ¡Y eso que parece que no se da cuenta de nada!».

—Oye, Eduardo —le comenta Angustias—, te llamo porque me dicen de fábrica que han recibido unas barandillas muy antiguas y con mucha solera. ¡Que deberías verlas! También balconadas y balaustres. Me comentan que las venderán enseguida por su excelente calidad. Otra cosa es que tú las puedas colocar, pero, al menos, échales un vistazo y sé el primero en ojearlas —le explicaba Angustias por el móvil.

—El viernes voy a verlas y ya me quedaré también el fin de semana, si tú me aceptas. ¿Me coges una habitación en un hotel de por allí? ¡Habitación con cama de matrimonio! —le contestaba Edu.

—¡Claro que te acepto, bobo!

—Antonio —le comenta Gimena—, te quería proponer una idea, a ver tu opinión: el chico de Angustias está en el paro, y quizás sería bueno que trabajara con su madre en la tienda. Así taparíamos el hueco que ha dejado Mario al salir de representante.

—¿Te lo has pensado bien? Avisada estás.

—Chico, yo les veo buena gente. Ponlo de momento en periodo de pruebas.

—¿Y si un día hay denuncias y pruebas de parentesco y esas cosas? Sería una parte del negocio. Te lo comento para que sepas, si le das trabajo, en lo que te metes. Incluso podría hacer alguna posible reclamación de parte de su herencia, en años venideros, si demostrara que los genes son iguales a los de tu hija. Esto se lo dije igualmente a Fausto un par de días antes de su fallecimiento y pudiera ser que influyera en su fin. ¡No lo sé!

—¿Y qué te contestó Fausto cuando se lo dijiste?

—Un día después, me llamó: «Que lo había pensado muy bien y que no quería saber nada de nuevos hermanos ni otros parentescos».

—¡Jolines!

—Ten en cuenta que, en este caso, hay un tándem de dos personas con intereses: Angustias y su hijo.

—Lo consultaré con la almohada, Antonio. De momento, entre nosotros, no hemos hablado nada. Gracias por esta información confidencial.

Llamó al timbre el director de la Caja, Ángel Correa. Había quedado con Gimena y entraron al despacho, donde sacaron varios documentos.

—Básicamente vengo a tu casa porque tengo aquí dos talones, de ochenta mil euros cada uno, del seguro de Fausto. He venido personalmente en cuanto los he recibido con una carta del seguro. A petición mía, una vez que les mostré los documentos, el pago lo han hecho en dos partes: una que será para tu niña y en su cuenta la ingresaremos y otra para ti, a ingresar en la tuya. Así podrás disponer de este dinero cuando quieras. Ni qué decir tiene, que pienso que hay mucho dinero inmovilizado en tu libreta y te puedo aconsejar varios sistemas para sacarle más rendimiento; sin riesgo, por supuesto.

—Gracias, pero de momento están muy bien así los dineros y no quiero inversiones, pues tengo otras ideas. Pero gracias por tu ofrecimiento —contestó la mujer al banquero.

Le llamó Mark por la noche y le propuso una visita comercial en Valencia a un grupo empresarial. Ella entendió enseguida las razones comerciales.

—¿Para cuándo sería?

—Para cuando tú quieras. Simplemente dime la fecha y yo lo organizo. Solo te adelanto —seguía Mark— que van a construir en Valencia un *circuito urbano* de carreras de (6) Fórmula Uno, y que comenzarán con las obras el año que viene. Yo he visto los planos y están a falta de cuatro cosillas. ¡Fabricarán hasta un puente levadizo de grandes dimensiones!

Pues bien, aprovechando el tirón que pudiera arrastrar esto y también La Copa América de Vela, de barcos y regatas, y que es la más importante del mundo, piensan estos empresarios que será una zona de las más buscadas por el dinero.

Las infraestructuras que se están haciendo —siguió explicándose Mark— dejarán en el futuro un rincón para gente de muy alto poder adquisitivo. Esta empresa piensa hacer unos apartamentos de alto standing en esa zona, entre el grao y el puerto. Ya tienen comprados los terrenos y están planificando su construcción.

El motivo de nuestra visita es tratar de ilusionarlos con nuestros productos y que nos los compren. Estos clientes, cuando venden los pisos, los quieren todos montados, por todo lo alto, y sus compradores así se lo piden. En nuestro caso hay que tratar de venderles todos los muebles hechos a mano de todos los pisos.

Los futuros dueños suelen adquirirlos más que nada como inversión y para disfrutarlos algunos días al año —terminó su exposición Mark.

—Déjame que me lo organice con mi hija y te digo algo en cuanto lo tenga claro —le contestó ella.

Nota 6: Las obras comenzaron en 2007 y el primer Gran Premio de Fórmula Uno se celebró en el 2008, cuando venció Felipe Massa (Ferrari). El fuerte calor de la Ciudad de Valencia fue uno de los principales motivos de queja por los aficionados.

El último año (2012), ganó la carrera Fernando Alonso. Solo se hicieron cuatro años las carreras y después fue retirada la idea con denuncias e investigaciones judiciales.

Gimena habló con Antonio, le comentó el viaje que tenía que hacer a Valencia y que allí se encontraría con Mark. Quiso pedirle algunos catálogos *un poco especiales* que llevaran todos los productos de la empresa con un listado de precios añadido, pero aparte.

—Me aconseja Mark que vaya yo, pues estos clientes siempre prefieren tratar directamente con *la cabeza de la empresa*. También porque piensa que, conociéndolos, les agradará más una mujer.

En cuanto a los productos, espero que el madrileño me ayude a venderlos. Y ahora mismo me voy a charlar con Angustias, que la veo muy preparada para que me explique cosas —dijo Gimena.

Luego habló con Silvia y Goyi y les dijo que tenía que viajar un par de días, o quizás tres, a Valencia por motivos empresariales. Más que nada para que se organizaran entre las dos.

—Escúchame, Mark, cariño, puedo escaparme y he arreglado tres días en total para cuando tú quieras. Supongo que será en días laborables.

Yo iré en el tren desde Cuenca a Valencia. Aguardo tus noticias con entusiasmo. Por cierto, me he comprado una lencería interior que confío que te guste. Solo para ti. —Y colgó, pues no quería que nadie de la casa la oyera hablar tan cariñosa.

Negocios en Valencia

El martes se fue con Silvia a la estación y quedaron en que la recogería de nuevo el jueves por la tarde. No hablaron del tema en el camino y ni siquiera lo sacaron.

—Que te lo pases bien, tía —le dijo Silvia al despedirse. No había nada más que hablar, pues las mujeres en estos aspectos son sibilinas.

En el tren revisó los catálogos y se planificó, de alguna manera, su posible exposición. La mujer estaba más que preparada para hablar con determinación y soltura y, además, ¡estaba muy guapa, qué caramba!

¡El viaje se le pasó en un verbo! Se pintó un poco los labios y se puso un poco de fragancia detrás de las orejas. Esperaba que Mark estuviera en el arcén de la estación. Lo vio rápidamente entre la gente, pues con su altura destacaba. Nada más juntarse, este le quiso dar un buen beso y ella le *hizo la cobra*. El hombre se quedó perplejo.

—¡Por favor, Mark, que en este tren viene medio Cuenca! Tiempo tendremos para todo, no te preocupes. ¿Cuándo has llegado tú?

—Hace un par de horas. He dejado el coche en el garaje y he venido en taxi. En ciudades que no se conocen bien, es mejor así. Cogeremos otro y vamos al hotel, que creo que te gustará.

Una vez dentro del coche, se morrearon un poco mientras eran llevados al hospedaje. En el camino el hombre le puso la mano encima de su falda, en el centro de sus piernas, y ella las abrió un poco, demostrando que la puerta no tenía cancela para él.

El hotel era una preciosidad, de cinco estrellas, junto a la Ciudad de las Artes y las Ciencias de Valencia. Desde su balcón se apreciaba todo el complejo y la imaginación que en su día tuvo el arquitecto Santiago Calatrava. Casi estaban en la puerta del Oceanográfico, un acuario con siete ambientes marinos distintos. Este es, quizás, el más grande de Europa.

Otro edificio singular e importante es el Museo de las Ciencias Príncipe Felipe. A su lado el Hemisférico, un cine digital. También el Palacio de las Artes Reina Sofía, espectacular —y polémico por sus posibles errores de construcción—. Todo el grupo de edificios singulares daba una imagen de modernidad y belleza que aumentaba con sus grandes láminas de agua.

—Me gustaría ver el Oceanográfico…, si tuviéramos tiempo —dijo ella.

—Buscaremos un hueco. De momento tenemos mañana cita a las diez con esta gente. Es posible que tengamos que comer con ellos. Si así fuera, solo nos queda la tarde libre hoy, o el jueves por la mañana —planificó el hombre.

Era mediodía y tenían algo de hambre. Pasearon por la zona, ya que había muchos restaurantes en las cercanías con muy buen perfil. Degustaron con tranquilidad una buena paella típica valenciana y unos aperitivos. Un vino blanco y fresco de la tierra maridaba perfectamente con el arroz. Después solo les quedaba subir a la habitación y, con todo el deseo carnal del mundo, amarse y fundirse durante un par de horas. Un poco de sueño encontrado entre las sábanas tampoco les vino nada mal.

Las cuatro y media de la tarde. Optaron por salir a conocer Valencia, ciudad antigua y preciosa. Mark ya había estado otras muchas veces, por diferentes motivos. Para ella, era su primera vez. Directamente se fueron al casco antiguo.

Valencia tiene esa solera mediterránea, entre mora y fallera; reposo y resguardo en su día de cruzados y judíos; rica y al tiempo pobre; campesina e industrial; todo se mezcla y ofrece un resultado fantástico.

Mark sabía que la iba a impresionar y se dirigió al centro de la villa donde entraron a una torre enorme. Se la conoce como El Miguelete (7) (*Torre del Micalet* en valenciano). Aunque para disfrutar de estas vistas, primero hay que subir más de doscientos escalones. Estos van rodeando a la torre octogonal por una escalera de caracol pronunciada y agotadora, pues no son precisamente cómodos los mismos. Es una escalinata desgastada y empinada de doscientos siete peldaños. Gimena estaba en forma, según ella, pues se había comprado una bicicleta estática y practicaba todos los días en casa. Comenzó la subida con ritmo y alegría. Mark iba detrás de ella.

———————

Nota 7: La construcción del Miguelete se inició en 1381 y finalizó en 1429. Es de forma octogonal. Es el campanario de la catedral de Valencia. Tiene, arriba del todo, un mirador de estilo gótico desde el que se divisa el centro de Valencia y, en días claros, se visualiza media provincia.

Torre del Micalet

Como sube y baja a este torreón tanta gente, han creado un sistema de semáforos en la parte final para ordenar la fluidez de visitantes. Las pequeñas ventanas que iban sucedién-dose desde distintos puntos del torreón enseñaban ligeramente la ciudad y adelantaban un final apoteósico.

El hombre, de vez en cuando y mientras no bajaba ni subía nadie, a escondidas, le ponía la mano entre sus bonitos muslos, pues Gimena, que iba delante, llevaba la falda a la altura de su nariz. Hay que decir que los peldaños son más altos de lo normal. ¡Son medievales!

Ella, al principio con risitas y juegos, movía sus caderas y provocaba, pero conforme iban subiendo escalones, y más de cien ya puestos en sus zapatos, la gracia la fue perdiendo y empezó a mirar con *mala leche* y recelos.

—Sube tú delante…, ¡listo!

Y, al cambio de posiciones, ella de vez en cuando le estiraba un poco de sus partes y *al jodido* tampoco le gustaba mucho el nuevo método impuesto. Afortunadamente se empezó a vislumbrar más luz en esa especie de túnel angosto, y esto indicaba que se estaban acercando a la terraza y al final.

¡Y las campanas! Once tiene en la tercera sala. Aún les quedaba la parte más difícil, pero corta.

¡Y llegaron! Las vistas de Valencia son bonitas y fastuosas desde este punto. El bullicio callejero se percibe allá, en la lejanía, mientras la brisa llega a la cara de cualquier turista. Se reponen los valientes que han sufrido la maratón de escalones y recuerdan que estos mismos hay que volverlos a bajar.

—Para bajar ponte tu delante de mí, pero sin hacer tonterías…, ¿vale?

—Prometo ser bueno y recogerte si tienes un traspiés.

—¡Mañana voy a tener agujetas, seguro! —ella comentó una vez abajo.

—¿Te apetece tomar un bocadillo de calamares típico? Conozco un sitio donde los hacen muy buenos, y estamos muy cerca.

Y se fueron al bar *Los Toneles*, en el centro de Valencia. En la calle Ribera, muy cerca de la estación y casi enfrente de los antiguos Cines Capitol. Sentados en una mesa en el medio del vial, les llevaron un par de jarras enormes de cerveza y, al momento, unos bocadillos de calamares crujientes que se salían por todas partes del pan, debido a su generosa cantidad. Todo ello aderezado con *alioli*. También sumaron unas patatas bravas deliciosas. ¡Quedaron reconfortados y, con un café posterior, como nuevos!

—¡Cariño, esta noche te voy a comer!

—¡Ya veremos quién come a quién… machote!

—Cojamos un taxi y vayamos al hotel, mi querida empresaria.

—Vayamos a la habitación, mí amado publicista.

**

—¡Ahí va! ¡Si tienes un tatuaje en el culo! ¿Es la cabeza de un tigre?

—¿No te gusta? Lo tenía como una sorpresa para ti —dijo el hombre, mirándoselo en el espejo.

—No está mal y da un poco de morbo. ¡Ven aquí, que vamos a ver quién muerde mejor, el tigre o la leona!

Un rato después, Mark, tumbado en la cama, boca abajo; y ella, en parte encima, prestando atención al tigre. Le dio unos besitos en *el mollete* del tatuaje.

—¿Te dolió mucho cuando te lo hiciste?

—Un poquito, pero nada de importancia.

—Pues yo me voy a tatuar en la puerta *de mi chichi* la figura de una cabeza de cobra a punto de atacar… ¡Aagg! —Y pone su mano en forma de garra—. ¿Te lo has hecho en Madrid?

Y, dándole un cachete, se dio media vuelta y se tapó para dormir.

—Oye, y mañana —se acordó sobresaltada y preguntó de nuevo, un poco asustada—, ¿cómo tengo que comportarme en la reunión con esa gente?

—Simplemente como eres, natural, fresca y encantadora. Tú llevas un producto de calidad y si lo quieren, que lo compren; y no hay que hacer descuentos ni cesiones de ningún tipo. ¡Eso es lo que muestro y esto es lo que os vendo! Unos buenos muebles hechos con calidad y adaptados a vuestros edificios.

—¿Tú me ayudarás?

—Trataré de hacerlo, pero no se tiene que notar que estoy de tu parte. Yo soy un mero mediador que os presento para que habléis de vuestros intereses.

Mira —prosiguió Mark—, normalmente son gente de mucho mundo y razonables, pero entre ellos siempre hay alguno o alguna, que suele ser "el borde y antipático". Vamos, el que *aprieta* y obliga a firmar compromisos. Suele ser el encargado directamente del proyecto y, por eso, su mayor interés.

Debes tener en cuenta que, si aceptaran tus propuestas, mirarán y comprobarán que tu empresa sea responsable de cumplir con los pactos adquiridos. Por escrito y firmado quedará la entrega del producto en contrato y con posibles penalizaciones. Les trastoca a ellos esas demoras e incumplimientos y no quieren la falta de seriedad. ¡Esto es muy importante para ellos!

Tú quieres que ellos paguen religiosamente, e incluso por anticipado, y ellos desean tus muebles en sus fechas establecidas. Una vez que consigas una relación comercial de confianza, esto te daría muchos más trabajos y bla, bla, bla.

Cuando se dio cuenta, ella estaba dormida y no se enteraba de nada.

«Algunas veces, no puedes imaginar lo que piensan las mujeres…, ¡yo creo que ni ellas mismas!», caviló el hombre, sin decir nada.

Se despertaron por la mañana casi al unísono. Ella se abrazó al hombre y, con cariño, le susurró al oído:

—¡Ah!, Mark… ¡Oh, Mark! —Y le tenía cogido con su mano el miembro—. ¿Me ayudarás?

—¡Sí… sí…, que te lo prometo, cuidaré de ti, cariño! —dijo con dulzura. Luego pensaba para sí mismo:

«¡A ver qué le vas a decir a una guapa mujer en esta situación! Eso sí, se lo estoy prometiendo y lo haré, puesto que me encanta esta hermosa rebelde.

¿Estoy enamorado? ¿A mi edad?».

La reunión

Las diez en punto en un despacho del centro de Valencia, en la calle Colón. Tres hombres sentados en una mesa enorme, Gimena y Mark, enfrente de ellos.

Ella, con aplomo, sacó unos catálogos y algunos dibujos de un cartapacio bonito. Se acordó de Fausto, su anterior marido, pues el portafolios era de él y, de alguna manera, pensó que la estaba protegiendo desde el cielo. Se presentó primero y puso encima de la mesa un vistoso bolígrafo:

—Estos son los productos y muebles que hoy en día estamos fabricando y vendiendo a nuestra clientela de toda España. Últimamente tenemos hoteles de alto prestigio que nos han solicitado algunas variantes para adaptarlos a su tipo de negocio. Les muestro los distintos burós o escritorios de cada habitación según sus peticiones. Trabajamos con maderas nobles, sentimos su aroma, contemplamos su veteado y apreciamos sus nudos añosos. Lo que les quiero demostrar con ello es que nosotros podemos adaptarnos a cualquier gusto o pretensión de nuestros clientes.

¡Que somos artesanos puros y para nosotros no tiene ningún secreto la madera! Pero, muy importante: nosotros no trabajamos los muebles con contrachapados. ¡Todo son maderas nobles y macizas!

¡Es artesanía! Si ustedes tienen ideas y su visión es esta, estamos dispuestos a estudiar y fabricar muestras y exponerlas a su criterio, y de paso calcularíamos perfectamente los costes.

La mujer terminó, después de hablar un buen rato, y esperó distintas preguntas de sus posibles clientes. Fue una disertación concreta, fluida y agradable. Nadie osó interrumpirla, pues sus bonitos ojos y su clara exposición los deleitó.

Tomó la palabra el más joven de la empresa y estuvo preguntando por el lugar de la fábrica, el número de empleados, el departamento de diseño, y ella le contestó precisa y con una cierta humildad.

—Somos una empresa pequeña, artesana, con ciertas limitaciones y ajustándonos en precio, gracias a que nuestra vida transcurre con sueldos chicos y cariño por lo que hacemos. Eso sí, la Serranía de Cuenca nos da calidad de vida y mucha tranquilidad —contestó la mujer.

Seguidamente le mostraron los planos de los distintos pisos. Ella apreció, nada más verlos, que se erigían como un edificio singular y que había paredes curvas, pues el inmueble, tenía una forma ovalada en la parte central.

—Les puedo asegurar, con estos planos a la vista, que los muebles que ustedes quieren para sus viviendas tienen que ser fabricados por gente como nosotros. Y creo que también ustedes piensan lo mismo —afirmó con rotundidad.

—Yo les he traído a esta empresa —introdujo Mark un comentario— por su poder de adaptación y versatilidad a peticiones diferentes, y porque les conozco como fabricantes serios y cumplidores en sus proyectos. No puedo decirles nada más.

La reunión acabó en media hora, y Gimena *se llevaba encima* los planos de dos pisos diferentes para calcular precios y dar información visual de los muebles, según sus ideas de diseño.

Al final no pudieron juntarse a comer ya que los clientes tenían otros compromisos. Se alegró la pareja, pues así tenían la tarde para ellos solos.

—¡Cariño, has estado genial! ¡Me daban ganas de subirte las faldas, allí mismo, y apretarte por detrás…, de lo guapa que estabas explicándote!

—¡Huy, pues estaba de nerviosa…!

—Bien, pues ahora, en ese programa en 3D que se trajo Angustias de Madrid, colocáis los muebles. Tenéis las medidas a escala en los planos y virtualmente los mostráis después, de uno en uno. Si tienes dudas, vale la pena que vengas a Madrid a montarlo y Yolanda que os ayude. ¡Pueden ser más de cuatrocientos mil euros solo un par de pisos! Ahora lo multiplicas por doce o catorce —aclaró el hombre.

La mujer y madre llamó a su sobrina para saber de su hija Valentina.

—¡Hola, Silvia! ¿Cómo va todo? ¿Se porta bien?

—¡Hola, tía! Sí, ha comido muy bien la papilla y ahora está durmiendo como una princesita. ¡Bueno!, antes ha hecho una *gran cagadita*, pero vaya. ¿Cómo te lo estás pasando tú allí? ¿Te gusta Valencia? ¿Y la reunión?

—Todo muy bien, cariño. Creo que hemos vendido bien el producto. Y la ciudad de Valencia es muy bonita. Mañana por la tarde estoy en casa. Dale un besito a mi niña preciosa.

Después de comer, la hermosa cama del hotel les recibió para una siesta placentera y un desahogo de sus pasiones. Para ellos no existía cansancio ni más obligación que el goce de sus cuerpos, entregados a una embriaguez carnosa.

Llegó un momento en que el hombre se durmió y ella le quitó la sábana y dejó su culo redondo a la vista. Observó la cabeza de tigre tatuada y no pudo resistirse. Sacó sus genes *de malota*. Cogió un bolígrafo del bolso y pintó en el glúteo virgen un chupete, que no le quedó nada mal. Se reía ella sola pensando en su reacción cuando lo viera. Luego se pintó en el cuerpo, enfrente del espejo, una flecha que salía de su ombligo y terminaba encima de su pubis. Y después, aburrida, se durmió.

¡Y ahí tenemos el culo de Mark con un tigre en un glúteo y un chupete en el otro!

El desastre

Llamaban a la campanilla de la puerta con insistencia. El teléfono sonaba constantemente. Angustias daba porrazos hasta dejarse las manos en la puerta de Gimena. Por fin abrió la misma con la niña en brazos, un poco asustada y al tiempo enfadada.

—¿Qué pasa? ¿Vas a tirar la puerta?

—Gimena, ¡fuego en la fábrica! ¿No oyes las sirenas?

—¡Dios mío!

Dejó la niña a Angustias y se fue con su coche tan deprisa como este le dejaba. Llegó a la puerta de la fábrica y allí estaba la Guardia Civil del pueblo, con su viejo Nissan Patrol, organizando las distancias prudentemente y apartando lejos a los obreros y a los curiosos. El alcalde, Humiliano, también llegó sofocado con Serafín, el alguacil.

Antonio estaba dando voces por todas partes para que los obreros salieran inmediatamente. Una fuerte humareda negra se desprendía hacia el cielo justo detrás de la puerta principal.

Algún obrero había conectado una manguera de agua y trataba de mitigar en algo el fuego iniciado. En ese momento llegó una dotación de bomberos con un vehículo pequeño que empezó a tirar mangueras por el suelo y abrió válvulas para que el agua saliera a raudales. Un bombero más mayor que el resto, que parecía que tenía más mando, ordenó a todo el personal y a los curiosos que se apartaran aún más lejos.

Un rato después se escuchó una explosión que asustó a todos y aún retrocedieron más. ¡Más humo, más olor, más pánico!

A los cinco minutos, otro camión más grande, llegado de Cuenca, se presentó rápidamente con las sirenas aullando. Del mismo bajaron cuatro hombres vestidos como marcianos y relevaron de alguna manera a los anteriores. Estos tiraron espumas blancas y concentradas que se supone que ahogarían las llamas.

Varios empleados de la fábrica se sentaron en un ribazo o zopetero un poco alto al lado del camino y miraban, asombrados, cómo su fábrica se derretía…, su lugar de trabajo. ¡Algunos lloraban, incrédulos!

Gimena se metió dentro de su coche y cerró la puerta para llorar, viendo cómo *su castillo de naipes* se caía y desmoronaba en un instante. Se acordó de su niña, Valentina. No supo el motivo, pero cogió el dedo donde llevaba el anillo de Fausto y le empezó a dar vueltas ayudándose del pequeño brillante como asidero.

Todas las ilusiones e intentos por mejorar se estaban quemando con frenesí. Puso la radio muy fuerte y gritó procurando no mover los labios para que nadie se lo notara, pero gritó todo lo fuerte que pudo con la boca entreabierta.

—¡Aaaaaaah! —Su corazón latía a punto de explotar,

intensamente. Cerró los ojos y contó hasta diez, quince, veinte. «¡Ya! ¡Ya se ha pasado! No hay nada que no tenga otra posible solución».

Pasó la crisis momentánea y volvió a la realidad. Afortunadamente los bomberos se fueron haciendo con las llamas. Cada vez salía menos humo y las coléricas flamas se fueron extinguiendo. Esta vez el ser humano había vencido al airado y rabioso fuego devastador. Antonio y Gimena se juntaron y se abrazaron con lágrimas en los ojos. ¡Pasaron por sus cabezas tantas cosas!

—Se quedará un retén aquí hasta que se enfríe la zona —les dijo el jefe de bomberos—. Pensamos que esta vez hemos ganado la partida. No obstante, no toquéis nada, que habrá que estudiar en unas horas cuál es el motivo que lo ha provocado.

Se asomaron a la puerta y apreciaron cómo el fuego había quemado completamente varios portones y el camión pequeño de la fábrica. Antonio pensó que este era el viejo y, dentro del mal, fue lo mejor que se pudo quemar. Parte del tejado había desaparecido totalmente entre un amasijo de hierros y humo.

—Antonio, estamos al día con el seguro, ¿verdad? ¡Dime que sí, por favor!

—Sí, Gimena, estamos asegurados y protegidos. No te preocupes por ello.

Bajó a su casa con la cara sucia y algunos tiznajos en brazos y ropas. Cogió y apretó a su niña contra sí y estuvo un buen rato inmóvil y quieta. Llegó un momento en que la niña estaba incómoda y empezó a gruñir y patalear para que su madre la dejara libre.

Goyi, como mujer mayor y con experiencia, acudió en ese momento para quitársela viendo que la situación crítica y apurada ya había pasado.

Explicación del siniestro:

El jefe de bomberos se pasó unos días después para tener una charla con Antonio y Gimena:

—Les voy a explicar nuestro punto de vista profesional, que puede tener errores, pero nuestra experiencia nos avala. Una vez comprobados los diferentes puntos y siguiendo la fuente de calor y la forma en que se extendió, casi podríamos asegurar que el incendio fue provocado por algún cigarrillo que contagió a los gases de los barnices empleados. No pensamos que sea un cortocircuito, aunque sí había allí una lijadora conectada en el centro de la mesa. Es otra hipótesis; si bien creemos que es la primera la más probable. En el informe lo dejaremos incierto y no aseguraremos nada en concreto.

Han tenido ustedes suerte, pues tienen tanta madera y tantos productos inflamables, que ha sido una fortuna que se iniciara en la puerta de entrada al recinto.

Se marchó el técnico, y a Gimena le salió su carácter leonés y le dijo a Antonio, con el dedo extendido, que era su forma de expresar enfado:

—Quiero despedidos a los responsables del incendio y aquí no hay concesiones de ningún tipo.

Dos días después, Antonio llamó a los dos obreros que solían restaurar los portones. Eran Lucio y Santiago.

—Os voy a decir, claramente y sin dudas de ningún tipo, que estáis los dos despedidos. El informe de los bomberos es claro y la ignorancia no sirve en este caso. Recoged vuestras cosas y quedáis, desde hoy mismo, fuera de esta empresa.

—Por favor, Antonio, déjeme que me explique por lo menos —le contestó Santiago, el más joven de los dos.

—Tú dirás —resopló Antonio con enfado.

—Yo no trabajé ese día en los portones y estaba con los del camión ayudándoles, que así me lo mandó el encargado. Solo tiene que preguntarles a ellos y se lo confirmarán. Y además… ¡Yo no fumo!

—¿Es eso cierto, Lucio?

—Así es, ese día estaba yo solo y es mi culpa.

—Pues, Lucio, quedas despedido y tú, Santiago, vuelve al trabajo —afirmó contundente el gerente.

Unos días más tarde, Gimena y Antonio reforzaron el programa de seguridad y prevención de la fábrica. Se aumentó con más carteles de *Prohibido Fumar* por toda ella. También se colocaron más extintores.

Se planificó la creación de una habitación solamente para guardar los barnices, pinturas, disolventes y todo el posible material inflamable que estaba, hasta entonces, dejado en cualquier rincón. Esta habitación contaba con un dispositivo de enfriamiento y aireación en los meses de verano, para que la temperatura fuera fresca y segura. Además, se encargó a un empleado para que vigilara todo el sistema de seguridad de la fábrica y, de alguna manera, fuera este el responsable del cumplimiento de los procedimientos. Todo esto, añadido al despido de Lucio, hizo que en el trabajo se lo tomara todo el personal y las normativas en serio.

—Pedro, a partir de hoy mismo —le dijo Gimena—, como experto en informática que eres, tendrás la obligación de sacar copia de seguridad todos los viernes a los ordenadores de Antonio, el de contabilidad y el tuyo.

Una vez que tengas las copias, las llevarás a la tienda de la plaza, donde serán guardadas. Si algún viernes no pudieras por necesidades imperiosas, lo tendrás que hacer el sábado, pero no queremos relajación en esta tarea que te estamos encargando. Tú serás el responsable de la misma. No podemos perder los datos de nuestros clientes y proveedores.

Con estas palabras Gimena y Antonio le dejaron claro que, a partir del incendio, las medidas de seguridad serían importantes para la industria.

No obstante, los propios empleados se dieron cuenta de la importancia que tenía en una fábrica de maderas el cumplimiento de las reglas y los cuidados en esta materia. El susto había pasado con rapidez y afortunadamente con pocos daños para lo que, en principio, parecía.

Edu y Angus

Eduardo —Edu para los amigos— se presentó en el pueblo tal y como había quedado con Angustias. Estuvo viendo las barandillas y las escaleras que habían recibido de alguna casa señorial derribada en algún lugar siniestro y le encantaron. Firmó un preacuerdo con Antonio y quedó en entregar una cierta cantidad a cuenta para que fueran restaurándolas.

Él sabía que posiblemente para instalarlas tendrían aún más trabajo, pero eran de tan buena calidad y prestancia que no podía dejarlas escapar.

Le rogó al gerente que se las almacenara y guardara el mayor tiempo posible, pues para colocar este tipo de piezas debería encontrar el edificio y el cliente singular.

En cuanto a la noticia del empleo del hijo de Angustias y su nuevo trabajo en la tienda, junto a su madre, le alegró mucho y pensó que esta era la mejor solución que pudieran haber encontrado. Además de tener a su hijo cerca y poderle enseñar todo lo que sabía, este recibiría un sueldo más que decente que le daría estabilidad económica.

Se fueron los dos en la moto a Cuenca para que ella le enseñara la ciudad. Comieron en un restaurante de los muchos y buenos que hay en la calle Colón. Allí, en los postres, el hombre le contó la última de sus hijos…

—Mi hijo discutió con mi hija y se dijeron de todo. Entró en el tema el novio, *o lo que sea,* de mi chica y se pegaron, pero bien. Según me dijo mi secretaria, ¡aquello parecía la guerra! Yo he tenido que tomar decisiones que debía de haber hecho hace muchos años…

Conclusión: que el chulo de mi hijo se queda con la empresa y a mi hija le monto otra pequeñita en Fuenlabrada, que es donde ella quiere estar.

¡A partir de aquí, que se busquen la vida los dos, que yo no quiero saber nada! —terminó de contarlo Eduardo—. Y aquí estoy que no sé qué hacer con mi vida…, y he pensado una cosa que te quiero explicar para que me des tu opinión: yo tengo una cartera de clientes muy buena y saneada con este tipo de muebles, portones y otras cosas del mundo de la decoración. Mi especialidad es restaurar caserones antiguos y casas señoriales. Esto, *de boca a boca,* me da un prestigio y continuidad que me ayuda a vivir cómoda y holgadamente. Y mi pregunta es la siguiente: ¿Qué te parecería si me busco una nave en tu pueblo y una casa y me vengo a vivir a Sierra?

—¡Uf!, no sé —resopló Angustias.

—No contestes aún, pues no he acabado de explicarme. No quiero meterme en tu casa ni forzarte a comenzar una relación seria. ¡Si es cierto que me encuentro muy solo y me arrimo a lo que más aprecio! Sin fechas, sin compromisos, sin normas…

¿Me dejas que venga a vivir a tu pueblo y me organice mi vida aquí? ¿Quizás a Cuenca, que está un poco más lejos? —se quedó pendiente Edu de una contestación de ella.

—¡Joder, yo no me esperaba esta propuesta! Soy una mujer que ha recibido muchos palos en esta vida y ello me ha curtido y endurecido. ¡No es mi idea el vivir con nadie! —respondió ella.

—No es vivir, es el salir de vez en cuando y viajar con el pretexto del diseño y la decoración. ¡Es tener una compañía! Te soy sincero, tengo suficiente para no pasar apreturas en lo que me queda de vida. Y si me falta algún día, puedo vender muchas cosas de mi patrimonio.

Mira, si vendiera el chalet de El Escorial, podría montar aquí una señora empresa, pero no es esa mi idea. Solo quiero algo pequeñito para entretenerme, lógicamente sin perder dinero, y una casa cómoda con una buena chimenea. Y todo esto se empieza y puede consolidarse en dos o tres años.

—Eduardo, cariño, creo que necesitamos más tiempo de relación para saber si nos puede ir bien o no.

—Mi guapa y valiente Angustias, que nosotros no somos ya unos niños y la vida se escapa muy deprisa. Pero no se hable más, dentro de tres meses volvemos a comentar este tema. ¿Te parece?

—Perfecto, pasaremos el verano y, de cara al invierno, hablamos.

—Sí, pero piensa que yo tengo sesenta años. ¿Y tú…?

—Cincuenta y cuatro, pero eso no se le pregunta a una señorita.

Luego, cuando estuvo sola, pensó:

«Mi mente es una pira de desconciertos. Él me ama; estoy segura. Yo en cambio nunca le engañé y siempre dije que, si estamos juntos, es porque mejor ser dos que solo uno para enfrentarse al mundo».

Ismael en Madrid

Mandaron a Ismael, hijo de Angustias, a Madrid, pues su propia madre observó que estaba más capacitado para manejar *ese puñetero* programa en 3D.

Además, estaba el contrato de los posibles clientes de Valencia y había mucho dinero por medio. El resultado redundaba en muchos jornales e ingresos para la empresa. Querían hacer una exposición perfecta de los muebles y de sus trabajos.

Y llegó Ismael al edificio de P&G.*Design,* en Madrid.

—¡Hola, Yolanda! Soy Ismael, hijo de Angustias. Mi madre te manda un fuerte abrazo y dice que me cuides lo mejor que puedas. ¡Ya sabes cómo son las madres!

—¡Hola, cariño! Sí que lo sé, porque yo también lo soy. ¿Cuántos años tienes?

—Tengo veinticuatro años cumplidos.

—Fíjate, tienes catorce años menos que yo. ¡Quién los cogiera!

Y se pusieron manos a la obra aplicándose Ismael en aprender, como *una esponja,* todo lo que Yolanda le enseñara. Quería hacer un buen trabajo y, además, era consciente de que podía ser un buen puntal para consolidar su empleo en La Fábrica Artesana.

Llevaban cuatro horas sin parar delante del ordenador y estaban cansados, con los ojos enrojecidos.

—Stop —dijo Yolanda—. Y se apartó con la silla de ruedas del ordenador, dando un empujón. Después se puso unas gotas de lagrimal en los ojos para lubricarlos—. Ahora nos vamos a la terraza de este edificio y verás qué bomboncitos hay por allí. ¡Pero buenos… buenos!

Efectivamente, en el mes de julio y con tantos calores, esta terraza y la piscina privada, propiedad de esta empresa, era uno de los puntos más visitados por las y los modelos. La indumentaria de la mayoría estaba limitada a la mínima expresión, para que no se marcaran tirantes en ninguna parte del cuerpo. También la protección —por parte de la empresa— contra posibles cámaras y fotos indiscretas y el filtro de la puerta de entrada, con un guardia jurado, ayudaba al relajo de los asistentes. Allí estaba prohibido hacer fotos de ningún tipo.

El camarero les atendió enseguida, pues Yolanda era una trabajadora con un cierto estatus en esta casa y conocida de muchos años. Se descalzaron y metieron los pies en una esquina del recipiente acuático.

—¡Caramba, qué gusto! —exclamó Yolanda, cerrando los ojos un buen rato.

El camarero les trajo unos refrescos y se los dejó en una mesita con dos tumbonas muy cerca de allí. La mujer firmó un papelito con la cuenta y se quitó la camisa blanca.

Se quedó con el sujetador a la vista, pero allí no desentonaba, pues había un montón de chicas sin nada puesto. Luego se subió la falda casi todo lo que pudo y dejó que *el Dios Sol* se la comiera.

—Mira y disfruta de estas chiquillas que hay por aquí que, en cuando te des cuenta, te dolerá algún hombro o rodilla y tendrás molestias con *los juanetes*; aunque bien es verdad que somos las mujeres las que más los padecemos. ¡Es la degradación propia de la vida, cariño! —le aseguró Yolanda que seguía con los ojos cerrados.

Entonces Ismael le tendió la mano y la invitó a tumbarse en una hamaca al lado de los refrescos. Ella le siguió un poco confusa. Luego acercó una sombrilla para que no les diera el sol. Después, le cogió los pies y les fue dando un masaje, primero a uno y después al otro. Más tarde le empezó a presionar en las plantas en algunos puntos y lugares concretos, y ella se empezó a relajar y casi se durmió.

—He de decirte que tengo experiencia como masajista y he recibido también algunos cursos de acupuntura, aunque no ejerzo.

—¡Uf!, pues puedo asegurarte que te ganarías muy bien la vida con esto. ¡Qué maravilla!

—Ahora dime, ¿cuál es el hombro que te molesta?

No quiso ni hablar y le señaló el derecho. Empezó un masaje suave y poco a poco notaba ella cómo el calor le subía por todo el brazo hasta el mismo lugar donde siempre lo tenía dolorido.

—¡Qué placer! Tú no te puedes ir de Madrid —se tomó un trago de cola y se recostó un rato más en la tumbona.

Él se dejó caer al lado y esperó a que *la jefa* diera por terminada la siesta.

—¡Buenooo! Ahora nos vamos a comer a la cafetería del primero y seguiremos con el puñetero programa —dijo Yolanda al rato, haciendo un amago de estirarse

Después de la comida subieron con un café *de llevar* a la oficina. El joven empezó a trabajar con el ratón y, mirando con ahínco al monitor. Ella lo miraba de reojo y pensó:

«Jolines, qué gusto tener "un retozo" con un chaval así de guapo».

Al día siguiente, Ismael llegó por la mañana y ya estaba Yolanda con el programa montando unos muebles virtuales dentro de cada piso valenciano.

Se aplicaron a tope con esa especie de curso formativo y sobre las trece horas ella dio por terminado el mismo.

—Bueno, Ismael, yo creo que estás preparado para manejarte bien con este programa. No obstante, si tienes alguna duda desde tu pueblo, me llamas y te la aclaro o te doy asesoramiento para que sigas trabajando, pero creo que, según mi opinión, te puedes valer casi solo —dijo ella.

—Te lo agradezco, Yolanda, pues pienso que he aprendido mucho en este poco espacio de tiempo. ¡Eso se lo debo a mi profesora! —contestó Ismael.

—Ahora, si quieres, podemos subir otra vez a la piscina. Luego comeremos y punto final.

—Como quieras, pero te advierto que yo hoy me he traído un bañador que me compré ayer.

—Pues en mi taquilla siempre tengo uno guardado en esta época de tanto calor. Vámonos, valiente —y le cogió de la mano y le estiró con decisión y hasta un poco de arrojo y atrevimiento.

Se situaron en las tumbonas los dos, con una cerveza al lado y unas almendras. Ismael se tiró dentro de la piscina y braceó un poco para arriba y para abajo; en un rato, a su lado tenía un par de chicas guapas y alegres que se acercaron. Yolanda observaba curiosa cómo las nuevas generaciones tienen la suficiente empatía para entablar conversaciones sin ningún rubor ni complejo.

Poco después y ya en las hamacas, el hombre le cogió los pies a la mujer y le dio un masaje mejorando, si cabe, el del día anterior. Esto ella lo estaba esperando *como agua de mayo* y resoplaba de placer cada segundo del masaje. Parecía, y así era, la mayor de toda la terraza. ¡No le importó, pues su relajo era tremendo!

En especial cuando Ismael empezó a tocar puntos concretos de las plantas de sus pies en una especie de acupuntura personalizada. Luego se puso con su hombro y Yolanda fue, por un rato, la mujer más feliz del mundo. Después, medio dormitaron un poco los dos.

—Ismael, ¿qué puedo hacer con mis juanetes?

—Mira, muchas veces son temas genéticos y ante esto poco se puede hacer. Los zapatos de tacón no son nada buenos y los pies *apretados* en calzados estrechos no ayudan nada.

¡Tú eres alta y no tienes que abusar de tacones para nada! Zapatos cómodos y masajes con cremas en los pies ayudan. Pero no soy un erudito en el tema; y solo un pobre masajista arrinconado.

¡Y, por supuesto, también está la intervención quirúrgica! Ante ese tema, no me atrevo a aconsejar nada y ni siquiera a comentarlo —terminó Ismael y zanjó la conversación de los pies.

—Ahora nos vamos a comer, que te invito yo —comentó la mujer—, y será fuera del edificio. Te llevaré a un restaurante pequeñito que hay cerca especializado en comida italiana. ¿Te gusta la idea?

—Me encanta. Soy un fanático de la pasta.

Ya en el restaurante y tomando un café expreso típico, charlaron un poco de sus vidas y problemas particulares.

—¿Cuándo te marchas a Cuenca?

—Mañana a primera hora. Hoy me dedicaré a conocer Madrid.

—¿Estás en un hotel bonito?

—Sí, la verdad. Esta aquí muy cerca. Es *un tres estrellas* muy acogedor.

—Ismael, ¿me invitas a tu hotel? —dijo ella con rubor y hablando bajito—. En vez de conocer Madrid, ¿me quieres conocer a mí? —sus ojos se quedaron abiertos, mirándolo fijamente. Su boca entreabierta, golosa, incitante.

—¡Yolanda, no hay cosa que me pudiera apetecer más!

Pagaron la cuenta deprisa y dejaron buena propina por no perder tiempo en recoger las vueltas. Al pasar por una farmacia, Ismael compró una crema para hidratar y nutrir el cuerpo. En media hora estaban jadeando y resoplando con placer. Un rato después ella estaba tumbada boca abajo y, casi sin decirlo, esperando otro masaje de esas manos prodigiosas. ¡Se diría que estaba con él solo por ello!

Tenía Yolanda una espalda larga y bonita, pues no era bajita precisamente, y sin ningún tipo de michelines ni celulitis a la vista. Sus glúteos armoniosos y turgentes, y sus piernas largas y bonitas como si estuvieran moldeadas. Su corte de pelo corto, demostraba su carácter y fuerte personalidad. Morena con ojos grandes y labios bonitos. Quizás una operación de nariz en su día le hubiera beneficiado, pero, con el paso del tiempo, esta le imprimía carácter y originalidad. Sus gafas le daban un aire de ejecutiva empollona y eficiente, aunque sin ellas era aún más hermosa.

El hombre le untaba la crema por sus hombros, cuello y espalda, y ella seguía callada. Poco a poco bajaba a su cintura y sus posaderas redondas se apretaban conforme le llegaban los dedos del hombre. Puso las manos en sus nalgas y en especial por la parte interior de las mismas, y se estremeció y resopló suavemente.

—No, por favor, no sigas.

—Quieres que pare o lo dices por recato.

—¡Por recato, por el puñetero pudor!

Una hora después ella le dio un beso cariñoso en sus labios y los párpados y se levantó cara a la ducha.

—Me tengo que marchar, que soy una mujer casada. Ismael, no me gustaría que esto se lo dijeras a tu madre.

—Yo vivo con una buena chica y la quiero. Tampoco me gustaría que nadie supiera nada. ¡Pero te aclaro que ha sido precioso nuestro encuentro!

Y se despidieron...

Yolanda cogió su coche y se fue a su casa a seguir viviendo su cotidiana y tediosa rutina con su marido y sus dos hijos. Cada uno aportaba un niño al matrimonio. Este encuentro ocasional le daría una inyección de alegría escondida para subsistir, al menos, hasta las próximas vacaciones. Con esta cita corta y fugaz se quitó la aburrida monotonía que últimamente lastraba su matrimonio.

Al pasar por las calles del centro, viniendo del *super*, se paró en un escaparate donde había unas sandalias preciosas y cómodas. ¡Entró y salió con ellas puestas!

¡Se sentía cómoda!

¡Se sentía hermosa!

¡Se sentía segura!

Ismael cogió su tren al día siguiente y al mediodía estaba en la tienda con su madre explicándole los avances. Al rato se fue a comer con Loli, que así se llamaba su compañera. Le dio un abrazo y unos besos largos y melosos...

—¡Buenas tardes, cariño! ¿Me has echado de menos? —le preguntó la mujer.

—¿Acaso lo dudas, mi cielo?

*

Dos días después empezaban a verse los resultados y la sapiencia de Ismael. El joven estaba preparando un dosier muy bien enfocado para su presentación y venta en Valencia.

Llegó un paquete a la tienda con un CD con nuevas instrucciones de Yolanda, de Madrid, y una cajita muy bonita acompañándolo. Al abrirla, había un reloj de hombre de la empresa P&G.*Design.*

Era bonito y posiblemente lo entregaban a clientes vip de la casa. Dentro de la cajita, una pequeña nota que el chico leyó y guardó sin hacer ningún comentario.

Esto a Angustias, su madre, no se le escapó y le miró fijamente un rato. Luego, con dos dedos de la mano izquierda hizo una especie de círculo, y con otro dedo estirado de la otra mano, lo pasó un par de veces por dentro para un lado y para otro…

—Mamá, por favor, no inventes cosas raras.

—¿Cosas raras? ¡Jaa! ¡Ya sabes, *donde tienes la olla, no metas…*! —explicó Angustias a su hijo.

Por la tarde, con Gimena se juntaron Antonio e Ismael en el ordenador de la tienda. Ismael les presentó un poco la exposición virtual que había preparado cara a los nuevos clientes. Se apreciaban los edificios en escala y, posteriormente, la fachada bonita y virtual. Después se desglosaban poco a poco por habitaciones y surgían las paredes de la finca y los muebles que se instalaban como bajados del cielo.

Al final cada mueble virtual, una vez tocado por el ratón, se hacía grande y se mostraba tal y como era con fotos y medidas. Con otro toque cambiaban sus maderas de color y decoración. ¡Era una demostración brillante!

—Sinceramente, Ismael, si no vendemos esto será porque los clientes no son los adecuados para nuestros productos. Prepárate bien, que te vendrás con nosotros a Valencia el día de la presentación.

Habla con Antonio las veces que haga falta y que te dé precios, ventajas e inconvenientes —le propuso la dueña—. Y os diré más, posiblemente llevemos el día anterior un par de muebles curvos, a título de muestra, que tendremos tapados con una tela bonita hasta el momento de su presentación.

Esta reunión la vamos a pedir, y pagar —dijo Antonio—, en algún hotel céntrico y en su salón más elegante. Tened en cuenta que, si esto nos sale, será el trabajo de más de un año de la fábrica.

II Reunión en Valencia

Llegó el momento de presentar sus trabajos y propuestas. En el tren hacia Valencia iba Gimena con una carpeta dentro de la bonita cartera de piel de su difunto Fausto. Allí llevaba fotos, futuros trabajos, dibujos y presupuestos.

Dormiría en Valencia y a las nueve y media de la mañana del día siguiente tendrían la reunión, allí mismo, en el mejor salón del hotel escogido para la misma. Ella tenía una habitación reservada. Antonio e Ismael viajaron en una furgoneta de la empresa llevando un par de muebles muy singulares y también se quedaron en el mismo hotel. Mark se juntaría para la cena con ellos.

Un precioso edificio de cinco estrellas en el que dejaron instalados y tapados, previo acuerdo hotelero y tapados con unas bonitas telas, los dos muebles que pensaron que más les impactarían y gustarían a sus clientes. Estos estaban a la entrada del salón de la reunión, disimuladamente tapados. Cada uno estaba decorado en un color diferente; uno en un verde antiguo y descolorido con unas florecillas pintadas en las esquinas; el otro en un grisáceo claro embellecido con ribetes a tono con el color.

Se fueron a cenar los cuatro a un buen restaurante y el madrileño les dio unos consejos de cómo debían comportarse en la reunión. Mark, con más experiencia, les indicó que no dieran ninguna sensación del mucho interés que tenían por el proyecto.

Asimismo, también les dijo que a estos clientes les gustaba la seriedad y los compromisos adquiridos, una vez que se firma, de las fechas de entrega.

—Lógico por vuestra parte, el firmar las cantidades estipuladas e ir cogiendo dinero para ir trabajando. Los muebles se irán creando, más o menos, conforme llegan los pagos estipulados. De tal manera que, si hubiera una quiebra o cualquier otra incidencia ajena al proyecto, vosotros pudierais *salvar los muebles,* y nunca mejor dicho, para que no os arrastraran otras empresas ajenas a La Fábrica.

Gimena, a escondidas, recibió a Mark en su habitación y ya procuraron estar lejos de los otros dos hombres para no encontrarse en pasillos y ascensores.

—¡Mi querido hombre, mi rey!

—¡Mi emperatriz, mi sultana!

La reunión, a la mañana siguiente, fue un éxito y fueron aceptados los trabajos. La exposición virtual de Ismael, más las respuestas profesionales de Antonio y el encanto de la mujer, no dejaron dudas a los compradores. El puntazo fue la retirada de las telas y la muestra de dos muebles siguiendo las paredes curvas del edificio y pintados y decorados de maneras diferentes. La calidad, e incluso hasta el olor a maderas nobles de los mismos, les contagió la ilusión.

Todo fue firmado y las fechas de producción pactadas y acordadas. Quedó pendiente el tema de los muebles de las cocinas y baños. La empresaria de Sierra propuso dos alternativas:

A/ Buscar una empresa especializada en este tipo de muebles y accesorios y llevar la supervisión directamente por La Fábrica Artesana.

B/ Desentenderse de ellos y que los propios clientes buscaran otros carpinteros.

Dieron toda la responsabilidad a La Fábrica Artesana y solo variarían algunos criterios, si los futuros compradores de los pisos desearan otros muebles diferentes de los acordados. Pero también les dijeron que la mayoría se venderían a extranjeros y con todo ya instalado. En principio se montaría un piso piloto por todo lo alto.

Los dos hombres subieron sus muebles *de muestra* a la furgoneta y se marcharon muy contentos hacia Sierra. Gimena se quedó y volvería en tren al día siguiente. Les comentó que quería comprarse ropa.

—Cariño, hoy pide cava que nos lo hemos ganado.

—Sí, pero con cuidado, que tú eres peligrosa con las burbujas y te pones muy tontita…

—¿Tontita yo? ¡Ya te vas a enterar en la siesta!

Estaban los dos entre almohadas y sábanas blancas. Indolentes, perezosos. Mark le miró la mano y le cogió el dedo donde llevaba el anillo de su antiguo marido, Fausto.

—No sé si me gusta eso —bromeaba el hombre mientras le sujetaba la mano—. ¡Pareces una viuda!

—Es que soy una viuda, cariño. Sé que es una tontería esto del anillo. Aunque me alivia cuando lo miro y lo toco. Es como si fuera mi protección, como si llorara un rato.

Petición de mano

Un mes después, Eduardo había llegado al pueblo y estaba hospedado en un pequeño hostal. Se quedaba todo el fin de semana. Angustias, un poco incómoda, pues no lo admitía en su casa, pero también le molestaba un poco que se alojara en un hotel. ¡Aunque reconocía que estaba muy a gusto con Eduardo!

Por la tarde se sentaron en una mesa en la puerta del hotel a tomar un café después de comer. Allí, con pequeñas bromas y guiños antes de la siesta, Eduardo se empezó a encontrar un poco indispuesto y mareado. Su tez se puso pálida y fue algo preocupante. Lo subieron a su habitación entre Angustias y una camarera y lo acostaron un rato. Llamaron al médico para que le hiciera una visita.

Al parecer, dicho por el doctor, había tenido una bajada de tensión. No era nada alarmante y, una vez que se tomó un café y un refresco de cola, fue cambiando de color y mejorando.

Se quedaron los dos encima de la cama viendo la televisión en la habitación, con las manos juntas, y en un momento dado el hombre bajó el volumen del receptor y miró directamente a los ojos de Angustias.

—Angus, ¿te quieres casar conmigo?

—¿Ahora, a cuento de qué viene esto?

—Mira, mi amor, yo soy una persona mayor y *con posibles* —que dicen las gentes de pueblo—, y tú, más joven y pobre. Si nos casáramos, tendrías parte de mis bienes y, además, todo lo que yo comprara por aquí sería para ti solamente. ¡Es una forma de asegurarte tu vejez! Podemos hacerlo en secreto sin que nadie lo sepa y yo me compraría algún piso o casa dentro del pueblo, y viviríamos, de momento, cada uno en su lugar.

También montaría un pequeño negocio de decoración y diseño, que ya te comenté, y tendría una nave con ciertos accesorios. Esto lo podríamos llevar los dos juntos. ¿No te seduce la idea? ¡Lo del negocio es por estar entretenido y porque me gusta!

—Me lo pones tan bonito que no sé qué responderte. Déjame algún tiempo más de reflexión y no sufras, que yo te quiero mucho. Simplemente, que siempre he luchado por ser una mujer independiente y, ahora que lo estaba consiguiendo, vienes tú a ponerme un yugo.

—Me abro el corazón y te ofrezco todo lo que tengo y tú lo consideras un yugo. ¡Hay que joderse con las mujeres!

Ella se apretó y acurrucó dentro de los brazos de Eduardo. Él sacó de la mesita una caja pequeña que tenía escondida y se la ofreció a la mujer. Cuando la abrió, observó unos preciosos pendientes con unos brillantes en el centro de un diseño moderno.

—No he querido regalarte un anillo de compromiso puesto que no lo quieres, y he pensado que estos bonitos pendientes te agradarían, ya que: «Una mujer sin pendientes es como un burro sin dientes».

—¡Oye, vaya frase más inoportuna! —exclamó ella un poco ofendida—. ¡Pero me encantan, cariño! ¿Me los puedo poner?

—Claro, cielo. Una vez que has cogido la cajita, son tuyos.

Y Angustias se quitó unos pequeñitos que llevaba puestos de nácar y se puso los recientemente obsequiados mientras se miraba al espejo. Eran las primeras joyas de calidad que tenía en toda su ajetreada vida. Luego, le dio unos besos a su pareja, muy agradecida…

—Bueno, pues, mientras tanto, ve buscando e indaga por si hubiera alguna buena venta de algún chalet o casa bonita en el pueblo. Incluso un posible terreno para hacer una nave. De unos trescientos a cuatrocientos metros, pienso que sería más que suficiente.

Planificación de empresa

Le comentó Gimena al gerente:

—Antonio, tenemos que contratar a un encargado que nos vigile y controle las obras de Valencia y se ocupe de buscar y adjudicar las mismas a alguna empresa de cocinas. ¡Pero con una cierta solvencia!

—¡Ya lo había pensado yo, no creas! Tiene que ser alguien profesional y con conocimientos en montajes de este tipo. También que cumpla y controle el rendimiento de los que trabajen en ello. ¡Y estar casi todos los días en Valencia! —dijo Antonio.

—¿Quizás sería mejor alguien que viva en Valencia y no en Cuenca?

—Yo prefiero uno de Cuenca que me ayude también en otras cosas, pues, chica, ¡no llego a todas partes!

—¿Y si buscamos un par de carpinteros especialistas y los metemos en nómina? ¡Podíamos crear un apartado de muebles de cocina y baños!

—Para eso habría que abrir otra nave con independencia total, y solo para ello. Serían dos empresas en una que, juntándolas a los portones y ventanales, ¡serían tres negocios en uno! —contestó Antonio un poco asustado.

—Mira, yo tengo varios terrenos en Sierra, bueno, tiene mi niña Valentina. Si quieres, lo estudiamos. Podríamos hacer una nave donde ubicar los portones, los muebles de cocina y almacenamiento de materiales. ¡Habría que pedir un préstamo para ello!

—¡Joder, qué atrevida eres! ¿No serás también un poco inconsciente?

Y sí, yo también lo he pensado alguna vez, pero las cifras me marean. Además, está el consejo de Mark que nos dio sobre el crecimiento desmesurado de la empresa, que no lo dejo *en saco roto.* Ten en cuenta que una nave nueva son más impuestos anuales, más personal, vehículos, maquinaria, materiales… Un mundo nuevo. ¡Vamos, otra empresa montada de la noche a la mañana!

—Antonio, ¿tú le ves futuro a esta empresa?

—¡Síííí!, pero quiero dormir por las noches y esto me quitaría el sueño.

—Hablaremos con Mark y lo estudiamos. Se trata de ponerte gente debajo de ti que te ayude y tú quedar como supervisor general. Para ello, tú tendrías que delegar en muchas cosas. ¡Serías un verdadero gerente de empresa!

—Vale, vale, lo miramos, pero con cautela, que las prisas me dan miedo —dijo Antonio, precavido.

—Hay otra cosa que te quiero comentar que deberíamos de mejorar. Se trata de los beneficios anuales de los propietarios y aquí entra mi cuñada Laura. Estos son pocos y me consta que no están contentos los madrileños con el rendimiento que les reporta esta empresa. ¿Qué te parece si le ponemos un alquiler o cuota fija y mensual a la empresa? Piensa que, si ahora quisiéramos hacer una nave nueva en los terrenos, habría que contar también con ellos, pues son parte y reparte —aclaró la mujer.

—¡Para! ¡Me estás asustando! Estoy seguro de que tienes razón y otro día lo asimilaré mejor, pero hoy son demasiadas cosas. ¡No quiero que esto algún día explote y se nos vaya de las manos! —dijo el gerente un poco asustado.

—Bueno, márchate, coge a tu mujer y vete a un buen restaurante y disfruta. ¡Que paga la empresa! ¡Que nos lo merecemos, coño! —dijo sonriente Gimena dándole un fuerte abrazo.

—Escucha, mañana sábado te llevarán la mesa del sótano y los bancos. La hemos tenido que hacer en dos partes para que pueda entrar por esas escaleras, pero, una vez montada, quedará preciosa. ¡Esto es un regalo de tus empleados!

—Habrá que preparar un almuerzo para todos, supongo —dijo ella.

 Habla Gimena con el abogado:

—Pablo, quisiera preguntarte unas cositas laborales referentes a la fábrica. Además de que me pusieras al día de otras cosas pendientes.

—Pues tú me dirás, y en lo que pueda te ayudaré, como siempre.

—Verás, estamos pensando en cambiar los acuerdos de la fábrica con sus propietarios, mi cuñada Laura y una servidora. Es muy poco lo que recibimos, en especial Laura, mi cuñada, que está descontenta, y hemos pensado que vamos a poner un alquiler fijo y mensual, además del pago anual. ¿Puede ser? —preguntó ella.

—En principio no veo inconveniente si las dos partes y la gerencia de la empresa lo firman —contestó el abogado.

—Pues prepara un contrato pendiente solo de las cantidades y ya te diré algo una vez leído y consultado.

—Cuando lo tenga, te lo envío. El alquiler debiera ser, para tu cuñada Laura y tu hija, al cincuenta por ciento.

—Otra cosa más: estamos creciendo y nos gustaría montar una nave nueva de unos mil metros, partiendo la empresa en dos productos diferentes. Hemos pensado en unos terrenos que tiene Fausto, o sea, mi hija Valentina, en la entrada del pueblo. La idea podría ser buena, pero como hay que hacer una nave completamente nueva, nos gustaría darle una carencia de unos años al alquiler o, quizás, un precio pequeño para no ahogar a esta empresa en demasía, ¿qué me aconsejas?

—Bueno, eres su tutora, y supongo que ningún juez pondría en entredicho que desees lo mejor y más rentable para tu hija, pero debes tener en cuenta que este terreno no se podrá vender nunca hasta que Valentina sea mayor de edad. ¡Bueno, salvo fuerzas mayores! Lo suyo es que hagamos un contrato renovable hasta que tu niña cumpla los dieciocho. En resumen, que inviertan lo que quieran en esa finca, pero su renovación será dentro de dieciocho años.

Todo lo que se haga allí se quedará en propiedad de tu hija Valentina el día de mañana y los inquilinos se irán con una mano delante y otra detrás. Habrán disfrutado durante esos años de los bienes colocados dentro de la finca, pero los dejarán dentro de ella —se extendió Pablo—. Claro, que también se podría prorrogar el mismo llegadas esas fechas y de común acuerdo.

—Y podríamos poner un alquiler, casi simbólico, los dos primeros años y subirlo después a unos precios lógicos de mercado —sugirió ella.

—Mujer, que tú eres abogada y sabes que lo que se firma por las dos partes y de común acuerdo se queda plasmado y vigente, pues para ello están los contratos —terminó el letrado.

**

Unos días después fueron a visitar al consistorio en una reunión concertada. En el salón, el alcalde Humiliano, que ya los estaba esperando, pues le había llamado Félix. Se sentaron a su lado Antonio como gerente, Félix como constructor y Gimena como dueña.

—Verás, Humiliano —comenzó Gimena—, hemos pensado en crecer un poco como empresa, y tú ya sabes el interés que siempre hemos tenido por este pueblo. Queremos ayudar en lo que podamos en su progreso y en la vida de los de aquí. Tenemos la idea de hacer una nave nueva y dividir la empresa en dos partes.

Una con el trabajo que siempre hemos hecho y otra nueva con muebles de cocina y similares, de contrachapados y otros tipos como mármol, silestone y demás materiales que fueran surgiendo. Ello, lógicamente, nos obliga a crecer con trabajadores, que nos gustaría que fueran de aquí, y hemos pensado en montar la empresa en el pueblo.

—¡Claro, claro!, eso está muy bien y como comprenderéis me agrada, pues soy el responsable, de alguna manera, de este pueblo.

—Mira, la idea es construir una nave de mil metros con almacén trasero y zona de aparcamiento delantero. En ella se montarán algunas cocinas de muestra a nivel de exposición, y una oficina y vestuario de personal —explicó Félix.

—¿Y dónde habéis pensado hacerla?

—Pues en la zona de la carretera, en unos terrenos que tengo de mi pobre Fausto —dijo la mujer.

—¿Cuántos empleados serán más o menos?

—Unos seis, más un gerente y quizás un vendedor y un oficinista. Pero esto aún no lo podemos asegurar —se metió Antonio por medio.

—Lo estudiaremos y se propondrá en Junta Municipal, ya que sabéis los jaleos con la oposición y esas cosas. Pero vamos, es un bien para el pueblo y no creo que haya ningún problema.

En cuanto al lugar, vosotros sabéis que esta zona está pensada para crecimiento industrial del pueblo y tampoco debiera tener ninguna pega.

Me tendréis que traer un plano de la misma para exponerlo y tú, Félix, ya sabes, todos los demás papeles que suelen hacer falta. Pero vaya, encantado con vuestra propuesta.

Y salieron los cuatro a tomar un refrigerio a cuenta de la nueva empresa con buenos augurios y promesas fiables.

La Fábrica Artesana empezaba a crecer en Sierra.

—Por cierto —dijo Gimena—, ahora sí que habrá que pensar en un nuevo nombre, como nos aconseja siempre Mark. Tengo que reconocer que me equivoqué dilatando el tema cuando él nos lo aconsejó. ¿Por qué sonríes?

—Estoy asombrado, pues es una ocasión de ver a una mujer que reconoce el haberse equivocado. ¡Esto ocurre tan raramente!

—Mira que eres tontico, Antonio —y dejó caer una sonrisa afable.

—El siguiente paso es visitar al puñetero banco —dijo Antonio con pesadumbre.

La nueva fábrica

Antonio entrevistaba a un posible nuevo empleado.

—Me llamo Juan Luis Escribano y tengo cuarenta y dos años. Vivo y soy de Cuenca, llevo quince años como carpintero en una empresa que está pasando un mal momento y he decidido buscarme otras opciones, ya que realmente no le veo futuro. El propio dueño nos aconseja que nos busquemos otro trabajo, puesto que el cierre es inminente. Él se jubila y termina.

—Profesionalmente, ¿en qué apartado de carpintería estás, Juan Luis? ¿Cocinas, puertas, muebles? —le preguntó Antonio al entrevistado.

—Hacemos cocinas, colocamos puertas blindadas, armarios roperos, suelos de tarima… y todo lo que se nos pide y pudiera darnos un medio para vivir. Además, yo hago las veces de encargado, paso presupuestos, compro materiales y un montón de cosas más que se le puedan ocurrir.

—¿Qué cargas sociales tienes? ¿Estás casado?

—Estoy casado y tengo un par de niñas de ocho y seis años. Mi mujer no trabaja y está en casa.

—¿Y tu formación profesional viene acompañada con estudios?

—Tengo el bachillerato y la carrera de maestro a falta de un año para terminarla. Las necesidades en su día me obligaron a aparcar mis estudios —respondió Juan Luis.

—Te explicaré nuestros compromisos: nos hemos quedado con unos contratos importantes de fabricación de cocinas y cuartos de baño en pisos de lujo de Valencia. Nuestras pretensiones para este puesto son: viajar —en este caso tú mismo— a Valencia con frecuencia y coordinar estos trabajos, al menos de momento. Hay que supervisar la decoración y la carpintería. ¿Estarías dispuesto para este nuevo reto?

—Supongo que los fines de semana casi todos los tendría libres y, en ese caso, sin problemas por mi parte.

—Tengo que hacer alguna entrevista más, pero si te vuelvo a llamar es para que tengas otra charla con la dirección de la empresa y nos dé el visto bueno. En cuanto al sueldo, sería una especie de ayudante de gerencia, de la cual yo soy el responsable, más dietas, gastos, coche y otros emolumentos. Creo que ganarás bastante más que hoy en día —terminó Antonio.

—Pues muchas gracias por la posibilidad del trabajo y espero con impaciencia vuestra llamada —terminó el nuevo, Juan Luis.

—Gimena —comentó Antonio—, he tenido un par de entrevistas para el posible encargado del trabajo de Valencia. Hay un chico que me agrada, aunque puedo equivocarme. Me gustaría tener una segunda charla con él, pero estando tú presente.

—¡Muy bien, veo que ya vas aceptando la ampliación de la fábrica!

—¡No me hables!, que llevo unos días que no duermo bien y estoy con el cuerpo revuelto por las preocupaciones. Esto es demasiado para mí, pues no lo controlo…, ¡se me escapa!

—Un encargado en una fábrica y otro en la otra y tú, de *jefe* omnipresente. ¡Si al final vas a estar más descansado! —se reía Gimena.

Ten en cuenta que solo en Valencia serán unos ciento cuarenta mil euros por piso en muebles. ¡Más las cocinas! Los dos edificios tienen unos treinta pisos en total… ¡Multiplica tú mismo y saca conclusiones!

Sí que haremos una fuerte inversión, pero ellos nos irán pagando en varias partidas conforme vayamos fabricando los muebles. ¡Si ellos cumplen y nosotros también, serán unos tres años con un ritmo vertiginoso! Quedará una nave nueva y montada, pero que nunca sería una utopía. ¡Me atrevo a pronosticar que la nave nueva nos saldrá pagada de este proyecto! —dijo resolutiva la mujer.

—¿Y si dejan de pagarnos?

—Paramos, pues trabajaremos al ritmo de los cobros como así lo hemos establecido. Nos costaría algún dinero, pero nada que no pudiéramos soportar. Nos quedará la inversión de la nave, que, por otra parte, nos viene bien. Allí podrás meter los portones y los ventanales y acopiar género que ahora te colapsa un poco. Pero empezaremos a fabricar una nueva línea de cocinas y baños que pudiera ser rentable.

Todo dependerá del acierto en escoger a los encargados ideales para cada actividad. Si el chico este es bueno en cocinas y es organizado, casi funcionará sola la nave y ese apartado nuevo. Tú vigilarás por encima, que no nos engañen y tiren el dinero en balde o para provecho propio, que estas cosas son muy golosas.

—Vale, vale, lo que tú digas. Pero si viene una recesión o malos tiempos, el cierre y los despidos de personal habrá que asumirlos por los dos, no solo por mí —asintió Antonio preocupado.

—Tienes que buscarte también un ayudante para La Fábrica Artesana además del nuevo para Valencia. ¡Serán los que te quitarán preocupaciones!

—¡Quizás me darán más aún!

—Mira, Antonio, cuando visitamos a esta gente de Valencia, no teníamos nada y ahora hay un trabajo para más de dos años. Te quiero decir con esto que si enseñamos lo que fabricamos…, gusta.

¡Que trabajamos bien, caramba!

Nuestro siguiente paso es acudir a una feria del mueble, pero sin complejos, como artesanos de primer orden y con nuestros precios, y estoy segura de que saldrán de ella unos cuantos buenos clientes.

—Sí, yo también lo tengo claro, pero eso da más trabajo y más preocupaciones —exclamó Antonio.

—Por eso te aconsejo que contrates nuevos encargados, gerentes o como los quieras llamar. Si yo estuviera equivocada, se despiden dentro de un par de años y volvemos a ser una fabriquita pequeña y artesanal —anotó Gimena—. Y también tendrás que comprar una buena furgona tipo Mercedes Vito o similar para viajar mucho a Valencia y, de paso, llevar materiales y muebles.

Inauguración del sótano

Buenos embutidos tenían preparados para bajarlos al sótano. Vinos acordes a los mencionados y quesos variados. Unas ensaladas y un par de sandías y melones frescos, además de unas cerezas chilenas gordas como ciruelas. Para hacer boca, unas anchoas colocadas en hojas de endivias y otras varias cosas apetecibles. Habían ido a Cuenca a comprar Goyi y Silvia. ¡Goyi se lució!

Era la inauguración del sótano como bodega y zona de meriendas y comidas. Estaba bonito con una bicicleta vieja colgada en la pared, cerca de un rincón, a modo de decoración.

Solo quedaba la llegada de los diferentes comensales: la familia de Félix y Amelia, Antonio, el gerente, con su mujer y Serafín, el alguacil. Unas doce personas en total, pues tampoco se podían alojar allí muchos más.

La niña Valentina gateaba y empezaba a correr, ayudándole un poco algún mayor, con una amplia sonrisa y siempre con algún juguete cercano. Con el aire que entraba de la calle, gracias al ventilador, y con la nueva iluminación y todo limpio, era un recinto agradable y fresco, que estando ya en el mes de agosto, se disfrutaba.

Brindaron al comienzo del ágape por la vida y el futuro de la empresa. En un momento dado se presentó Mario, que estaba de viaje, y a Silvia, la sobrina, le subió un color rojo a las mejillas y sus ojos se abrieron con intensidad y alegría, ya que no lo esperaba. Más tarde, llamaron al timbre y se presentó Mark, dándoles una grata sorpresa.

A Gimena, súbitamente también le subió el rubor a las mejillas y sus ojos se llenaron de brillo. El hombre llevaba un espectacular ramo de flores que llenó de fragancias el recinto del sótano. Era una sorpresa para todos, aunque realmente nadie vio rara su presencia, ya que el trabajo y sus muchas relaciones por el mismo, iban siendo cada vez mayores. Por otra parte, suponían que Antonio o Gimena le habían comentado algo de la inauguración del sótano.

Este hombre aprovechó para comentar y planificar el proyecto de la nueva nave y otros muchos cambios sustanciales en la empresa. ¡Lo cierto es que fue bien acogido por todos!

No se sabe el motivo y sería una casualidad o, quizás, alguien avispado dejó premeditadamente el hueco. Cierto es que había una silla libre al lado de la viuda y allí se sentó el publicista. A ella le llegó su olor cercano y lo disfrutó, con disimulo. Le embriagaba su aroma, al que ya estaba acostumbrada. Algún roce de piernas y muslos y algún tocamiento indebido y disimulado aún la excitaba más.

El recinto era acogedor, cómodo y, en especial fresco, lo cual, en estas fechas de finales de verano, era de agradecer. Los vinos buenos y la comida ofrecida de un manjar a otro, si cabe aún mejor. Llegó el final de la misma y acabó, como es costumbre en Castilla, con un buen cava para brindar por una buena vida, una empresa pujante y salud para todos. Las dos tartas de coco y de hojaldre con frutas que preparó Goyi redundaron en un final completo.

Poco a poco se fueron despidiendo todos y *el ama* dijo que no recogieran nada, salvo los alimentos perecederos, que *mañana será otro día*…

Al final quedaron Gimena y Mark solos, pues Silvia, con no se sabe qué pretexto, se fue a Cuenca, ya que tenía que hacer alguna cosa importante. Tanto, que a Mario no le dio tiempo a preguntar las prisas y el motivo. ¡Seguro que era su deseo de abrazarlo y amarlo! ¡Las leonesas cuando besan… besan y abrazan!

—Cariño, —le dijo Mark— me voy, que tengo que buscar habitación en algún hotel.

—¡De eso nada, hoy te quedas en mi casa, en mi cama y en mis carnes toda la noche!

—¡Pero tú eres la que dices que hay que llevarlo en secreto, mi amor!

—¡*Pues donde dije digo, digo Diego*! Hoy no sales de mi casa sin haberte chupado todos los jugos de tu cuerpo.

Y se subieron a la parte de arriba. Goyi ya había acostado a Valentina, que dormía placenteramente en su cunita. La observaron un rato como si fuera un milagro de la naturaleza, que así lo era, pues la niña estaba hermosa. ¡Daban ganas de comérsela!

Ya solos, se fueron al dormitorio donde se ayudaron a quitarse la ropa lo más rápido posible. Ella, una vez desnudos, giró al hombre y quiso ver su trasero para comprobar los tatuajes de su culo.

¡Estaban igual! El chupete y el tigre seguían colocados en cada mollete de sus nalgas. Le dio un azote.

Se acercaban para besarse los labios. Allí, sentados uno al lado del otro, con los talones clavados en las sábanas…, se añadieron más besos. Los estímulos llegaban a sus cabezas como pequeñas corrientes eléctricas, subiendo por la médula espinal hasta sus dientes, hasta el cráneo. Después llegaron a los excitados gestos del amor. Y después, de nuevo, otros besos. Ella estaba hermosa y cercana, con los labios ligeramente abiertos y esperando más. ¡Era feliz!

Durmieron plácidamente hasta que el amanecer y las ganas de micción los despertó. Se ducharon y se lavaron los dientes. Iniciaban una nueva relación que, a partir de este momento, empezaba a ser en común como pareja.

Los avatares de la vida los había unido y el futuro se apreciaba prometedor para ellos.

¡Se acabaron los secretos y los disimulos!

Sí, pero no

Eduardo y Angustias puestos enfrente el uno del otro en el quicio de la puerta de la casa de ella.

—¿Cuál es el motivo de esta cita? ¡Me tienes un poco preocupado! —preguntó Eduardo.

—Edu, cariño, siéntate que quiero hablar de nuestra vida en pareja con claridad. Creo que lo nuestro —y se calló un rato premeditadamente— es mejor dejarlo ahora como buenos amigos y no seguir con esta relación que tú estás organizándote a mi alrededor.

—Pero… ¿Tú no estás a gusto conmigo? ¿No me quieres ni siquiera un poquito?

—Sí que te aprecio y te estimo, y también estoy a gusto contigo, pero, y siempre hay un pero: no me *acabas de llenar* para una relación de toda la vida.

—Pues no lo acabo de entenderlo, sinceramente. Yo te doy y ofrezco todo mi cariño, mis bienes y mi hombro para apoyarte. Y en cuanto al sexo, creo que funcionamos relativamente bien. ¿Dónde está el problema?

—Mira, Edu, yo necesito un hombre que me atraiga y me convierta en una mujer sumisa que viva solo para él. En resumen, me gusta un hombre *malote* que me dé sorpresas y siempre me tenga pendiente de su hombría y su carácter. La vida rutinaria me aburre y prefiero para eso vivir sola e independiente.

—¿Y yo no te doy eso…? Puedo cambiar si tú me ayudas ¿Qué quieres, más sexo?

—Quiero «un machote» que me empotre contra la pared cuando menos me lo piense. Quiero un hombre que me ponga celosa y me haga pensar que pudiera serme infiel. ¡Quiero sentirme joven y activa los años que me quedan!

—Entonces, ¿qué es lo que te gusta…? ¿Te arreo dos hostias de vez en cuando?

—Si alguna vez algún hombre me pegara… le rebanaría el cuello con un cuchillo cuando se quedará dormido. ¡Seguro! —contestó Angustias, precisa.

—Mujer, que tienes cincuenta y cuatro años y económicamente siempre vas muy limitada. ¿No te cansas de estar siempre en precario?

—Cierto lo que dices, pero tengo una libertad que contigo me limita. Yo sé que es culpa mía y tú, pobrecito, no te mereces esto. Para cualquier mujer eres el sueño ideal, pero no tienen mi carácter ni mi sensación de autonomía individualista. Opto por vivir sola que acompañada, esa es la pura realidad.

—Entonces… ¿Esto se acabó y punto final?

—Prefiero decirte ahora lo que pienso que callarme. Seguimos siendo amigos y, cuando quieras, estaré a tu lado, pero sin lazos ni agobios que me atenacen. Tú en tu casa y yo en la mía.

—Bien, entonces pararemos el tema de comprar nada aquí, en el pueblo, y seguiré con mi vida en Madrid. Como puedes comprender, esto es para mí como un jarro de agua fría.

—Aquí tienes los bonitos pendientes que me regalaste, que tuyos son y deben volver a su dueño.

—¡Por favor, Angus!, esos son tuyos, que te fueron regalados con todo el cariño del mundo. Si no están en tus orejas, no deben estar en ningún otro sitio. ¡Quédatelos, te lo ruego!

Se dieron un beso y un abrazo largo. Eduardo puso su preciosa moto en marcha y, mientras se calentaba esta, se fue poniendo su faja, su braga, su casco, su *barbour* y sus guantes.

Este tiempo se le hizo infinitamente largo e incómodo a ella. No hablaron, no se dijeron nada…, se terminó.

Arrancó Edu hacia Madrid con algunas lágrimas incipientes. Abrió un poco la visera del casco para que entrara aire y le refrescara la cara.

Ella lo vio marchar con tristeza, pero de alguna manera dio un respiro profundo, exhalando la libertad conseguida.

Y pensaba Angustias para sí misma:

«La verdad es que Eduardo es un bombón como hombre y compañero. Yo creo que, a mí, personalmente, *¡me falta un hervor!* Pero soy así y no lo puedo remediar».

Hay parejas que se consolidan y otras que perecen. Lo peor es cuando por falta de valentía, mueren tristemente las ilusiones de las dos partes en una vida rutinaria y aburrida. El tedio y el hastío no dejan de ser un principio de anomalía.

La dinastía

Mark solía llegar al pueblo los viernes al mediodía. Se marchaba de nuevo a Madrid los lunes por la mañana. Algunos días venía un miércoles u otro día cualquiera aprovechando sus viajes con sus clientes de Valencia y Alicante. Ya era una pareja conocida y admitida por los vecinos del pueblo, y *ese* «señor rarito con un Porsche estupendo» era uno más aceptado en las tertulias y habladurías de los vecinos.

Gimena se duchó y se fue a la cocina a preparar un desayuno para los dos. Mark se quedó dormitando en la cama medio agotado, pues la noche había sido *tórrida* y, quizás, con demasiados desenfrenos.

Se tenía que marchar a Madrid. Era lunes y tenía una reunión importante al mediodía en su despacho. Se dieron un beso tierno en el mostrador de la cocina y comieron tostadas con mermelada con café recién hecho.

—Mi cielo, me tengo que marchar, que los negocios no funcionan solos. Me esperan en Madrid.

—Sí, cariño, pero antes vete a la habitación que nos queda una batalla pendiente que no terminamos ayer...

—¿Cómo? ¡Pero si no hemos parado en toda la noche! —contestó él un poco asustado.

—Lo que te digo, vete a la cama y desnúdate; serán diez minutos escasos.

—Vale, vale, pero mi cuerpo no es una máquina a la que solo hay que meterle una moneda para que funcione.

—Yo a ese artefacto lo pongo firme en dos lengüetazos —Y sacó la punta de su lengua y se repasó los labios con lujuria.

Un rato después, Mark se subió al precioso Porsche y salió de la plaza acelerando, casi huyendo…

«Joder, esta mujer no tiene límites y tengo que descansar de ella, que *me mata a polvos*».

Se quedó enredada entre las finas sábanas de la cama, estirándose un poco y disfrutando de la vida. Escuchó la puerta y percibió que era Goyi, la criada, que venía como todas las mañanas. Notó también ruidos de la niña Valentina, empezando a removerse en su habitación. Gimena se levantó y se fue otra vez a la ducha. Y debajo de la alcachofa del agua empezó a pensar y recordó que, desde la cena anterior, que habían sido tres veces los encuentros provocados y satisfechos por Mark.

«¡Jolines, si parezco una quinceañera! ¿Por qué estoy tan caliente y ardorosa? ¿A qué se deberán tantas ganas? Voy tan cachonda todo el día que… Prefiero no seguir pensándolo. ¡Me da demasiada vergüenza!

»¡Ay, madre mía!, ¿qué te apuestas a que estoy otra vez embarazada? —Y se miraba sus pechos sensibles en el espejo, con pavor —. ¡Así fue la otra vez con Valentina! ¡Dios mío!».

Epílogo

La empresa, como tal, despuntaba en su sector gracias a la buena gestión, sin incertidumbres ni agobios financieros. Ya estaban en plantilla unos cuarenta y cinco trabajadores. La Fábrica Artesana había contratado a una chica joven, de la edad de Cristo, con estudios como diseñadora y creativa que le descargó de trabajo a Antonio. Este empezó a disfrutar de su familia y de otros placeres de la vida, cosa de la que hasta entonces, no había tenido tiempo.

Silvia había terminado la carrera y Mario, su pareja, estaba haciendo una muy buena cartera de clientes, consolidándose como un buen relaciones públicas con un futuro prometedor. Estudiaban la posibilidad de casarse.

Félix y Amelia miraban la vida con optimismo y observaban el crecimiento de sus hijos. La empresa, con nuevos empleados eficientes, le permitía a Félix el tener un cierto relajo y le ayudaba a disfrutar de su familia. Por otra parte, un ictus que le dio a Félix sin previo aviso le hizo mirar la vida con otras perspectivas.

El alguacil Serafín tuvo la mala fortuna de vivir el fallecimiento de su mujer quedándose solo y melancólico.

En cuanto a la niña Valentina, creció entre algodones y fue haciéndose una preciosa adolescente y, con los años, en una jovencita que se fue a estudiar a Madrid. Eso sí, las vivencias y experiencias le fueron formando su carácter, pero esto sería tema para otro libro.

Gimena y Mark tuvieron otro niño al cual le pusieron de nombre Marcos.

Al padre, Mark, le empezaron a pesar sus años de trabajo y vendió su enorme empresa a una multinacional extranjera. Se aficionó a la pesca en el pueblo y sus contornos junto con Antonio, el gerente de la fábrica y también medio jubilado. Los dos fueron conociendo cada rincón y cada poza donde poder capturar las truchas más deseadas.

Cuando en septiembre llegaba la época de setas y hongos, se convertían en unos expertos recolectores que disfrutaban del monte y de la cocina castellana.

El pueblo vivía al paso marcado por sus amaneceres y noches oscuras sin importarle mucho la hora en concreto. Los vecinos mantenían sus actividades con la armonía de una comarca pequeña y relativamente feliz.

¿Y Gimena? Pues esta mujer se fue haciendo mayor y fue relajando su vida azarosa, convirtiéndola en una madurez tranquila y calmada. La cocina le fue dando aditivos para obtener ilusiones junto a sus familiares y amigos. También la protección y el cuidado de sus hijos Valentina y Marcos.

¡Sierra...! Población fresca, a mil metros de altura. Ubicada en la Serranía de Cuenca. El río Júcar riega sus tierras mientras busca el Mediterráneo. Arriba, en los montes, los ríos cercanos, el Cuervo y el Escabas, se marchan hacia el Tajo.

La Ciudad Encantada, paraje muy cercano que fue declarado como "Sitio Natural de Interés Nacional" en junio de 1929. La acción del agua, el viento y el hielo han hecho posible este fenómeno kárstico.

Los cercanos parajes de Tragacete y el Nacimiento del Río Cuervo, Uña y el embalse de la Toba, entre otros, no se pueden olvidar.

Y con estos apuntes y estas pequeñas historias cotidianas termina esta novela, sin más pretensiones que entretener a los posibles lectores que, estoy seguro, en su mayoría son amigos míos.

FIN

<u>Distintos personajes del Diario de un Comunista:</u>
Simeón Cifuentes: El abuelo
Aurelia Cifuentes: Madre de Fausto
Josefa Cifuentes: Hermana de Aurelia
Javier Cifuentes: "El Churro"
María Retuerta: Compañera de Javier

<u>Distintos personajes del libro:</u>
Fausto: El difunto falleció el 31 enero de 2006
Gimena: Viuda de Fausto
Valentina: Hija de Fausto y Gimena (recién nacida)
Félix: El amigo constructor
Amelia: Mujer de Félix
Laura: Hermana de Fausto
Ricardo: Marido de Laura
Serafín: Alguacil del pueblo
Humiliano: Alcalde del pueblo
Antonio: Gerente de la Fábrica
Rosa: La hija del Bar Julián
Mark: Técnico publicitario – P&G.Design - Madrid
Yolanda: Experta informática madrileña
Ángel Correa: Director de La Caja
Juan: Hermano de Gimena
Silvia: La sobrina. Hija 2ª de Juan.
Pedro: Informático de La Fábrica
Angustias (Angus): Decoradora de La Fábrica Artesana
Eduardo (Edu): Decorador
Ismael: Hijo de Angustias.
Gregoria (Goyi): Auxiliar de Ayuda a Domicilio
Pablo Gutiérrez: Abogado
Mario: Vendedor de La Fábrica y pareja de Silvia
Lucio: Trabajador de La Fábrica

Otros libros: —*El Legado de la Casona*
            —*Historias de amor y otras patrañas*
            —*Fernanda y el abuelo detective*
            —*Las piedras mal puestas*

Portada de creación propia.
Imágenes y textos compartidos:
Cuando haya muerto, llórame tan sólo... - Poema de William Shakespeare
(yavendras.com)
Blog Magia Serrana
70 años de España a través de ABC (1905-1975)
Wikipedia: Texto de la Licencia Creative Commons

Imágenes capturadas de internet para una mejor compresión
y transformadas.
Página 89 Semana Santa
        92 S. Santa Cuenca
        94 Puenete S. Pablo
        101 Santuario Las Angustias
        2460Nacimiento Río Cuervo
        258 Torre del Miguelete
Resto de imágenes, propiedad del autor.